QUATRO TITIAS
E UM
CASAMENTO

QUATRO TITIAS E UM CASAMENTO

JESSE Q. SUTANTO

Tradução de Ana Beatriz Omuro

intrínseca

Copyright © 2023 by PT Karya Hippo Makmur
Publicado pela primeira vez pela Berkley, um selo da Penguin Random House LLC.

Direitos de tradução acordados com Jill Grinberg Literary Management LLC e Sandra Bruna Agencia Literaria, SL.

Todos os direitos reservados.

TÍTULO ORIGINAL
Four Aunties and a Wedding

COPIDESQUE
Angelica Andrade

REVISÃO
Mariana Gonçalves
Marcela de Oliveira

DESIGN DE CAPA
Tiffany Estreicher

ADAPTAÇÃO DE CAPA E DIAGRAMAÇÃO
Victor Gerhardt | CALLIOPE

CIP-BRASIL. CATALOGAÇÃO NA PUBLICAÇÃO
SINDICATO NACIONAL DOS EDITORES DE LIVROS, RJ

S966q

   Sutanto, Jesse Q.
      Quatro titias e um casamento / Jesse Q. Sutanto ; tradução Ana Beatriz Omuro. - 1. ed. - Rio de Janeiro : Intrínseca, 2023.
   Tradução de: Four Aunties and a Wedding
   Sequência de: Disque T para titias
   ISBN 978-65-5560-703-1

   1. Romance indonésio. Omuro, Ana Beatriz. II. Título.

23-82674   CDD: 828.995983
                             CDU: 82-31(594)

Meri Gleice Rodrigues de Souza - Bibliotecária - CRB-7/6439

[2023]
Todos os direitos desta edição reservados à
EDITORA INTRÍNSECA LTDA.
Rua Marquês de São Vicente, 99, 6º andar
22451-041 – Gávea
Rio de Janeiro – RJ
Tel./Fax: (21) 3206-7400
www.intrinseca.com.br

*Para os meus leitores.
Obrigada por amarem as
titias tanto quanto eu.*

Caro leitor,

Muito obrigada por escolher *Quatro titias e um casamento*. Quando escrevi o primeiro volume da série, *Disque T para titias*, queria, acima de tudo, compartilhar com o mundo um pouco da minha família e da minha cultura, ambas incríveis, e me sinto muito sortuda por poder fazer isso mais uma vez com este livro. Em *Disque T para titias*, tomei cuidado para não cruzar a linha que separa a autenticidade do estereótipo. Quis mostrar o inglês "imperfeito" que minha família fala sem transformá-lo em motivo de piada. Fiquei muito grata e comovida com a recepção calorosa da história. Com a sequência, quis abordar o tema da diáspora asiática.

Assim como Nathan, meu marido é metade asiático, metade britânico. Minha sogra é sino-singapurense e, quando conheci meu esposo, fiquei feliz porque morava em Oxford e sentia muita saudade de casa. Cresci em Singapura, e singlish, uma língua crioula de base inglesa falada por lá, é o idioma em que me sinto mais confortável. Por isso, conhecer outro singapurense em um país estrangeiro foi como um sopro de ar fresco.

Fiquei toda empolgada e perguntei ao meu marido qual era seu prato singapurense preferido (o meu era *roti prata*), onde ele estudou em Singapura e se poderíamos conversar em singlish, *lah*? Todas as perguntas foram recebidas com uma expressão vazia. No fim das contas, apesar de ter ascendência singapurense, quando saiu do país ele era muito novo para se lembrar de alguma coisa além de "Faz muito calor".

Mais tarde, quando já estávamos namorando havia um tempo, eu estava animada para conhecer os pais dele. Achava que sua mãe se lembraria mais de Singapura, mas, no fim das contas, ela falava um inglês britânico perfeito e, exceto no preparo de uma comida chinesa deliciosa, havia se integrado por completo à cultura inglesa. Até me pediu que a chamasse pelo primeiro nome, em vez do tipicamente asiático "Tia".

Quando meus pais conheceram os pais do meu marido, foi bastante esquisito. Eles ficaram perplexos uns com os outros. Eu tinha pensado que achariam coisas em comum, já que tanto meus pais quanto minha sogra são, tecnicamente, imigrantes, mas a reunião em família só deixou as diferenças mais gritantes. Felizmente, ambos os casais se esforçaram para se conectar, e todo mundo se dá muito bem agora, mas levou um tempo para chegarmos até aqui.

A experiência deixou evidente quão diferente cada experiência diaspórica é. Muitas vezes, somos colocados em uma única categoria: asiáticos. Um termo guarda-chuva que ignora as diferenças enormes que surgem não só por conta do local de onde viemos, mas da época em que deixamos nossas terras e onde nos instalamos. Em *Quatro titias e um casamento*, espero mostrar quão variadas as experiências dos asiáticos da diáspora são e como não existe um jeito certo ou errado de "ser asiático".

Jesse

PARTE 1

◆

PLANEJANDO O CASAMENTO PERFEITO

(Tudo se resume ao vestido, sério.)

1

Tento não respirar enquanto o último gancho do corpete é encaixado.

— Ai, isso tá apertando as minhas costelas.

Yenyen bufa e dá um último puxão forte, que me arranca um gritinho.

— Antigamente, as noivas quebravam as costelas para entrar nos vestidos de casamento — diz ele, e percebo que o comentário não foi feito com indignação, mas em um tom nostálgico, o que é um pouco preocupante. — Como você está se sentindo?

Arrisco voltar a respirar e, para minha surpresa, apesar da tortura que foi entrar no vestido, agora que entrei, preciso admitir que estou confortável. Que mágica é essa? Eu jurava que não ia conseguir inspirar nem um tiquinho de ar. Encaro Yenyen, surpresa.

— Dá pra respirar.

Quase não vejo seus olhos por trás dos óculos de sol redondos com lentes arroxeadas, mas tenho certeza de que reviraram.

— *Aduuuh*, é óbvio que dá para respirar, bobinha. As criações de Yenyen não são apenas belas, são projetadas para proporcionar conforto máximo também.

Não consigo segurar o sorriso. Yenyen tem mania de se referir a si mesmo na terceira pessoa, o que deveria soar meio estranho, mas na verdade é até cativante. Seu nome verdadeiro é Yenzhen, mas ele não deixa ninguém o chamar assim. Na tradição chinesa, é comum ter apelidos com repetição de fonemas e, como diz Yenyen, ele é o melhor amigo de todo mundo, então todo mundo tem que chamá-lo de Yenyen.

— Você está pronta para finalmente vê-lo? — pergunta ele.

Estou? Meu coração acelera. Minhas bochechas ardem. Esse é o milionésimo vestido que experimento. Juro que já tentei todos os modelos disponíveis em Los Angeles e sempre tem algo de que Ma ou minhas tias não gostam. Ao longo dos últimos meses, enquanto vasculhávamos todas as lojas especializadas em vestidos de noiva do centro da cidade, não conseguia parar de pensar nos comentários delas.

— Paetê não brilha o suficiente.

— Acho que renda pinica. Está me pinicando. Está te pinicando?

— Com peito demais. — (A Segunda Tia quis dizer "corpete". Acho.)

E assim por diante, até Nathan anunciar que tinha conseguido que o estilista de vestidos de noiva mais famoso da Indonésia viesse a Los Angeles e fizesse peças sob medida, incluindo — e essa foi a *pièce de rèsistance* — vestidos para a mãe e as tias da noiva.

Engulo em seco e assinto para Yenyen.

— Estou pronta!

— Certo, mas continue de olhos fechados! — Ele junta a cauda atrás de mim enquanto me viro devagar para encarar o espelho de corpo inteiro. Depois de um minuto mexendo e ajeitando o tecido, ele diz: — Pode abrir.

Obedeço. Meu queixo cai.

— Yenyen...

Sinto o ar preso na garganta. Não tenho palavras para descrever o vestido. Eu sei, neste exato momento, que é ele. O Vestido. O corpete é coberto pela renda mais macia e delicada do mundo, que parece ter sido costurada por fadas com seda de aranha. A saia tem uma textura espumosa deslumbrante que de alguma forma é leve o suficiente para eu conseguir caminhar. O tecido abraça meu corpo nos lugares certos e acentua minhas curvas de um jeito que é, ao mesmo tempo, sexy e recatado. É como se eu estivesse vestindo uma nuvem. Meus olhos se enchem de lágrimas.

— É perfeito — sussurro.

Yenyen tenta dar uma de blasé, mas é óbvio que está se esforçando para conter um sorriso enorme.

— Vamos mostrar para sua família?

Lá vamos nós. Respiro fundo. Não sei o que vou fazer se elas não gostarem. Eu me preparo, fechando bem as mãos. Vou lutar por este vestido. Já aguentei calada a lista interminável de reclamações, apesar de vários dos vestidos que experimentei serem perfeitamente aceitáveis. Mas este não é apenas perfeitamente aceitável. É perfeito de verdade. E não vou deixar que o estraguem. Não vou. Não...

— Tá-dá! — exclama Yenyen ao abrir a porta do quarto com um floreio.

Cerro os dentes, aguardando a chuva de críticas, mas não ouço nenhuma. Na verdade, não há ninguém no cômodo. As cadeiras e o sofá vazios estão dispostos em um semicírculo na sala de Ma.

— *Aduh* — grita Yenyen, erguendo as mãos. — Yenyen não consegue trabalhar assim. Você faz ideia de como uma boa apresentação é importante? Isto não é só um vestido, é uma experiência!

— Mil desculpas. Não sei aonde elas foram. Talvez ao banheiro?

Estou prestes a chamá-las quando ouço passos retumbando pelo corredor.

— Meddy? É você? *Sudahan ya?* — pergunta Ma.

— É! Ela está pronta! — responde Yenyen, ríspido. — Por favor, sentem-se para que Meddy possa mostrar às senhoras o lindo vestido de noiva.

— *Eh, tunggu!* Meddy, você feche os olhos!

— O quê?

O rosto de Yenyen está ficando vermelho. O momento dele está sendo arruinado, coitado.

— Só faz o que elas estão falando — digo, e dou tapinhas delicados em seu ombro.

— Inacreditável! — exclama ele, perplexo, mas recupera o controle e arruma minha saia e minha cauda para que deslizem perfeitamente sobre o piso de madeira.

— Pronta ou não, *ah*? — berra a Segunda Tia.
— Pronta.
Fecho os olhos, sinto um pouco de medo do que estou prestes a ver. Ma e minhas tias saem do quarto de Ma dando risadinhas feito adolescentes. Porém, antes que cheguem à sala de estar, Yenyen murmura "Isso não é bom" e corre até o corredor para vê-las.
Daria para ouvir seu espanto até em Santa Monica.
— Estes *não* são os vestidos que Yenyen trouxe para vocês!
— Não, são os vestidos que *Jonjon* trouxe para elas — diz outra pessoa em um tom pomposo.
Certo, nem mesmo a pessoa mais determinada é capaz de manter os olhos fechados em uma situação dessas. Abro um olho assim que um homem alto e magro vestindo um conjunto apertado de pele de cobra emerge da cozinha.
Yenyen solta outro suspiro de espanto.
— Jonjon. Como ousa?!
— O que tá acontecendo? — pergunto.
— Olá! É um prazer conhecê-la. Meu nome é Jonjon, talvez você já tenha ouvido falar de mim? Fui eleito o estilista mais *avant-garde* da Indonésia? Meu trabalho foi destaque na *Tatler* e na *Vogue*? — Ele estende a mão repleta de maxi anéis. Sem saber o que fazer, eu a aperto debilmente. — Sua família me pediu para desenhar vestidos para o seu casamento.
— Mas Yenyen desenhou os vestidos! — protesta Yenyen.
Jonjon solta um riso debochado.
— Aqueles sacos marrons inchados? Acho que não. Estas senhoras merecem coisa melhor. Prontos para vê-las?
— Espera, espera! — Yenyen pega uma manta de lã do sofá e me cobre com ela. — Ok, quando for a hora certa, você tira a coberta com um floreio, *ya*?
— Hã. Tá bom.
Envolvo o corpo com a coberta e assinto para Jonjon, um pouco temerosa pelo que estou prestes a presenciar.

— Apreciem! — exclama Jonjon, fazendo um gesto grandioso, e em seguida aperta um botão no celular, e uma música pop começa a tocar enquanto minhas tias desfilam pelo corredor.

Eu me viro. Encaro o espetáculo diante de mim, chocada e horrorizada.

Grande Tia, Segunda Tia, Ma e Quarta Tia estão todas enfileiradas, usando os vestidos mais espalhafatosos e agressivamente roxos que já vi na vida. De verdade. Como vou descrever esse tom específico de roxo? É como se o rosa-flamingo e o azul-neon tivessem tido um filho que depois cheirou cocaína e resolveu socar a própria cara. É *muito* roxo. E são *muitos* materiais diferentes. Estou falando de tafetá, bordados e paetês... meu Deus, é muito paetê. A cada movimento delas, cristais e joias cintilam e ameaçam me deixar cega. E essa nem é a pior parte.

— O que são essas coisas na cabeça das senhoras?

Minha voz sai rouca de horror, mas a Quarta Tia deve ter interpretado como fascínio, porque abre um sorriso afetado e bate os cílios postiços para mim.

— Não são simplesmente maravilhosos? — Ela dá tapinhas delicados na... coisa em sua cabeça. — Chamam de *fascinators*. São indispensáveis em casamentos ingleses. Vamos nos encaixar tão bem.

— Com essa *coisa* na cabeça? Quer dizer, o que... eu... mas... — gaguejo.

— *Aiya*, você odiou! — Ma choraminga, depois se vira para as irmãs. — Eu disse para vocês, eu falo, dragão-de-komodo não é boa escolha. A gente deveria ter escolhido flamingo!

Abro e fecho a boca, mas nenhuma palavra sai. O que se diz diante de quatro mulheres usando dragões-de-komodo de vinte e cinco centímetros de altura na cabeça? Bem, pelo menos não são de verdade. Acho.

— Não são de verdade, né? — pergunto.

Não sei se conseguiria perdoar minha família se fossem.

Jonjon abre um sorriso convencido.

— Parecem de verdade, não é mesmo? Dá para entender por que você acha que são. A técnica é impecável, né?

Mais uma vez, nenhuma palavra sai. Os dragões estão em posições variadas, uma mais esquisita do que a outra, mas de algum modo, compatível com a personalidade de cada uma delas. O dragão da Grande Tia está apoiado nas pernas traseiras, com as dianteiras nos quadris, como uma tia asiática que não aprova suas escolhas de vida. O dragão da Segunda Tia está em alguma pose bizarra de Tai Chi. O de Ma está sentado, todo comportado enquanto beberica um chá. Sim, as patas estão segurando uma xicrinha de verdade. E o da Quarta Tia está cantando em um karaokê.

Eu me viro para Yenyen. Talvez ele possa fazer o trabalho sujo e pôr um fim nessa palhaçada. Assim como eu, também encara os *fascinators*, boquiaberto. Estende um braço e toca o dragão da Quarta Tia, cauteloso, como se temesse que o bicho ganhasse vida e abocanhasse sua mão.

— Incrível — diz ele.

Eu me aproximo e sussurro:

— O senhor não quer dizer "ridículo"?

Ele olha para mim e noto, tarde demais, que a expressão em seu rosto não é bem choque, mas encantamento.

— Olhe só para a técnica. As escamas, os olhos!

— O senhor quer dizer o jeito como eles te seguem pela sala?

Não consigo conter um arrepio.

— Se chama "efeito Mona Lisa" — explica Yenyen.

Ma e minhas tias ficam radiantes.

— As senhoras sabem que ele tá falando dos dragões, né? — interrompo.

Meu comentário deve ter soado mesquinho, mas sério. Não existe a menor chance de eu deixar isso acontecer. Não posso deixá-las encontrarem os pais de Nathan com um maldito dragão-de-komodo na cabeça.

— Certo, *yang bener ya*. Hora de uma conversa séria — declara a Grande Tia, endireitando as costas e alisando a frente da saia em camadas. — O que você acha, Meddy?

Tiro os olhos da cabeça delas e foco seu rosto. É aí que percebo: a Grande Tia está nervosa. É a primeira vez que a vejo com uma expressão tão vulnerável. Na verdade, acho que já aconteceu outra vez, mas foi quando ela teve que esconder o corpo de um homem que eu havia acabado de matar. A preocupação e a esperança estampadas em sua expressão me causam um aperto doloroso no peito. Meu olhar desvia da Grande Tia para as outras, que estão de olhos arregalados, ansiosas. Ma torce as mãos, e a Segunda Tia parece estar a um comentário cruel de entrar em uma pose de Tai Chi. A Quarta Tia examina as unhas, mas, de vez em quando, me lança um olhar de soslaio. Por isso sei que está tão nervosa quanto as outras.

Droga.

— Hã... — Minha voz falha. Pigarreio e tento outra vez. — Hã. Mais importante, o que *a senhora* acha, Grande Tia? A senhora se sente bem no vestido?

Ela começa a assentir, mas Jonjon grita "Cuidado!", e ela endireita a cabeça. O dragão-de-komodo balança por alguns segundos enquanto o encaramos, prendendo a respiração. Então o animal se equilibra.

Percebo a oportunidade e a agarro.

— Hã... por mais incríveis que eles sejam, se as senhoras não conseguem se mexer direito, não sei se é uma boa ideia. Quero que se sintam completamente à vontade no meu casamento, Grande Tia.

— É verdade... — concorda ela.

A esperança tremula em meu peito.

— Ah, não tem problema. No dia do casamento, é só pedir para a cabeleireira e a maquiadora costurarem os *fascinators* na peruca — sugere Yenyen. — É assim que a maioria das celebridades faz para eles não caírem, sabe.

— Muito obrigada, Yenyen. Muito útil essa informação — sibilo, entre dentes.

Ele deveria estar do meu lado!

— Então você gosta? — pergunta a Grande Tia, procurando meus olhos.

— Eu... — Seis pares de olhos me fitam como seis raios laser ardentes. Sei quando fui derrotada. — Se as senhoras gostam, então eu também gosto.

O rosto de Ma e das tias derrete em sorrisos enormes e, pelo menos neste momento, fico feliz por ter aceitado a ideia. Quando o bom senso retorna, eu me rasgo por dentro. O que acabei de fazer? Com o que acabei de concordar? O que a família certinha de Nathan vai pensar? A ideia de apresentar minha família maluca para a mãe bem-vestida e eloquente dele quase me provoca um surto. É óbvio que, como sempre, assim que a ideia me passa pela cabeça, a culpa me atinge com força total. Eu não deveria ter vergonha da minha família, nem mesmo quando minhas tias estão usando dragões-de-komodo na cabeça. Elas já passaram por tanta coisa por minha causa, tipo encobrir um assassinato. O mínimo que posso fazer é fingir que gosto destas roupas horrorosas.

Mas não tenho a chance de dizer mais nada, porque Yenyen brada:

— Certo, agora é a vez de Yenyen!

Então ele arranca a coberta de mim. Minha família suspira ao ver o vestido.

— *Wah, bagus, bagus!* — exclama a Segunda Tia.

— Ah, amei. Sexy sem ser vulgar — concorda a Quarta Tia.

Eu me viro para Ma.

— O que a senhora acha?

Ela está tentando conter as lágrimas.

— Ah, Meddy.

Sua voz embarga, e ela segura minhas mãos. Sinto um nó na garganta e aceno com a cabeça em meio às lágrimas.

— Sim, é muito bonito. Uma noiva tão linda — diz a Grande Tia, dando tapinhas carinhosos em minha bochecha. Sorrio de volta. O dragão-de-komodo no topo de sua cabeça lança um sorrisinho para mim. — Você vai ser a sensação de Oxford.

Pelo menos alguma de nós vai. Sinto um frio na espinha quando ela menciona Oxford. Desde que li a primeira página de *Harry Potter e a Pedra Filosofal*, aos dez anos de idade, fiquei fascinada. Anos atrás, quando visitei a família de Nathan, ele me levou em um tour pela universidade. O passeio só me fez ter certeza do meu amor pela cidade. Nem pisquei quando ele sugeriu fazer o casamento em uma das mais antigas e grandiosas faculdades da instituição: a Christ Church College. Com seus jardins extensos e uma catedral magnífica, é o local perfeito para uma cerimônia. A princípio, pensei que Ma e minhas tias seriam contra, mas, quando contei, elas literalmente deram gritinhos de alegria, em especial quando nos oferecemos para pagar as passagens de avião. E, por mais horrível que pareça, tem outra vantagem em fazer o casamento na Inglaterra: não vou precisar convidar o restante de minha família gigantesca.

Não é que eu não os ame; a questão é que são muitas pessoas — para começar, todos os meus primos e suas famílias, depois os primos de Ma e suas famílias. Existe um motivo para casamentos sino-indonésios terem milhares de convidados. Todo mundo é parente de todo mundo e, se você não convidar o primo do cônjuge do primo de seu primo, muita gente vai ficar magoada. Gerações de brigas familiares se originaram quando um tio não convidou o sogro do cunhado do primo para o casamento da filha. Com um casamento em outro país, podemos dizer ao restante da família que não queremos impor nada e que eles não precisam se sentir obrigados a gastar milhares de dólares em uma viagem para a Inglaterra só para comparecer a uma cerimônia. No fim das contas, as únicas pessoas do meu lado da família que vão são Ma, minhas tias e alguns primos, o que é um alívio enorme. Nenhum dos filhos das minhas tias vai. Fiz uma chamada de vídeo com eles, e todo mundo concordou que as tias ficariam tão emotivas e controladoras que provavelmente seria melhor, para a sanidade de todos, que eles não fossem. A expressão de alívio no rosto de meu primo Gucci foi tão nítida que não consegui conter o riso e tive que tirar um print da tela, só para o caso de precisar chantageá-lo no futuro. Eles prometeram que comemoraríamos na próxima reunião de família. De alguma maneira, ainda acabamos com mais de duzentos convidados, graças aos numerosos contatos de trabalho de Nathan, o que satisfez a necessidade de um grande casamento por parte de Ma e minhas tias.

Ma agita a mão diante de meu rosto.

— Hum, Meddy... Olá? Você prestando atenção ou não, *ah*?

Volto à realidade e levo um susto ao olhar para o dragão-de-komodo. Esses bichos, juro por Deus.

— O que foi, Ma?

— Temos surpresa para você — anuncia ela alegremente.

Ah, não. Da última vez que Ma fez uma surpresa, eu acabei com ela. Ou melhor, com ele.

— Hã. O quê...? — Minha voz sai carregada de preocupação.

— Agência de casamento! Encontramos uma perfeita para você.

— O quê? Mas... — Muitas coisas passam pela minha cabeça nesse momento. A primeira e mais importante é um choramingo infantil: *Mas é o meu casamento. Eu que deveria tomar essa decisão!* Porém, antes que eu possa protestar, me dou conta de que Ma dificilmente conseguiria encontrar uma agência de casamento sozinha. A única que ela conhece é, bem, a nossa. — Ma, eu já disse, quero que as senhoras estejam lá como convidadas, não como fornecedoras.

— É óbvio que não é a gente — esclarece a Grande Tia, me cortando, abanando a mão como se eu fosse um mosquito. — *Mana mungkin?* Como iríamos cuidar do seu casamento usando esta roupa?

Hum. Talvez eu devesse pedir para elas cuidarem, no fim das contas. Qualquer coisa para me livrar desses dragões.

— Eu disse para vocês que Meddy ia querer escolher os próprios fornecedores, como qualquer outra noiva — reclama a Quarta Tia, tirando os olhos do espelho em que estava se admirando. — Né, Meddy?

O olhar que Ma lança para ela seria capaz de derreter plástico. Droga, por que tinha que ser logo a Quarta Tia a dizer isso? Não posso concordar com ela. Seria uma traição para Ma, e ela jamais me perdoaria.

Então me dou conta de outra coisa: como minha família encontrou fornecedores na Inglaterra? Elas não sabem nem usar direito a internet. Se bem que Ma fez *catfishing* com um cara durante meses.

— Então, o que você acha, Meddy? — pergunta Ma, os olhos brilhando de esperança.

A Grande Tia e a Segunda Tia me encaram. Até a Quarta Tia me olha pelo espelho.

— Não posso concordar sem saber quem... ou o que eles fazem. Quer dizer, Nathan e eu estamos procurando fornecedores também...

— *Aduh*, é óbvio que não espero que você concorde em contratar agora — rebate Ma, abanando a mão. — Está achando que eu teimosa a ponto de querer que você concorde sem nem saber quem é?

Hum, na verdade, era isso mesmo, mas não digo.

— É óbvio que não. Eu muito razoável. Você conhece eles primeiro, vai amar *pasti*, tenho certeza.

— Conhecer? Mas eles não estão na Inglaterra?

— Ah, sim. Estão aqui. Mas fazem casamento fora. E são negócio de família, como nós. E melhor de tudo, são nossa família!

Não me mexo.

— São da família?

A Grande Tia assente.

— *Mereka itu*, cunhada da prima da sobrinha da prima da sua avó. Parentes muito próximos.

Tento entender a conexão familiar, mas desisto depois de "sobrinha da prima da avó".

— Eles pelo menos têm site?

A Segunda Tia agita o dedo indicador para mim.

— Não precisa de site. Vamos encontrar eles para dim sum. Eles mostram para você todas as fotos.

— Hã. — Acho que é melhor concordar para elas pararem de me perturbar. — Certo. Mas quero que Nathan participe e, se não gostarmos, por favor, não...

— *Aiyah*, é óbvio que não vamos forçar vocês a nada se não gostarem — resmunga Ma. — O que você pensa que a gente é? Ditadoras?

— Não, as senhoras são mães chinesas, o que é quase a mesma coisa — murmuro, apertando o braço de Ma com afeto.

— Rá, rá, rá, você tão engraçada. Minha filha tão engraçada. Espera só até virar mãe também. Aí vai entender. Certo, vai se trocar. Vamos todas nos trocar. Depois vamos.

— O quê? Agora?

— É claro que agora! Se não agora, quando?

Óbvio. Eu deveria ter imaginado. Mesmo assim, não consigo segurar um sorriso ao observar minha família saindo da sala de estar às pressas, com os dragões-de-komodo balançando sem parar. Eu me viro e olho para o espelho, depois suspiro feliz diante de meu reflexo com um vestido incrível. Até Jonjon está admirando, relutante, o trabalho de Yenyen. Como consegui o vestido mais deslumbrante que já existiu? Esse casamento vai ser maravilhoso.

2

Menos de uma hora mais tarde, estou esperando Nathan em frente ao nosso restaurante de dim sum preferido enquanto Ma e minhas tias entram para encontrar a família proprietária dessa agência misteriosa de quem pelo visto somos parentes. Não consigo conter o sorriso que se abre em meu rosto ao vê-lo atravessar o estacionamento. Quer dizer, nossa. Ele é muito gostoso. E é meu, todinho meu!

Tá bom, vai com calma, sua pervertida. Acho que uma parte de mim fica mesmo meio sem controle sempre que vejo Nathan de longe. Não consigo deixar de despi-lo com os olhos, o que sei que pode causar muito constrangimento. Mas, fala sério, vou fazer o quê? Olha só para ele, com o maxilar marcado e os ombros largos e os braços musculosos e aquele peitoral e...

— Você tá fazendo aquela cara de tesão de novo — diz ele.

— Só quero comer alguma coisa.

— Eu?

— Nossa, eca. Mas é, você.

Quando ele se inclina e me dá um beijo de leve na bochecha, sinto seu perfume. A clientela do restaurante é composta em sua maioria por tios e tias chineses que ficam julgando sem piedade todos os casais jovens, e Nathan sabe que não me sinto confortável com demonstrações públicas de afeto na frente desse grupo específico. Olhares de tesão são aceitáveis; beijos de verdade, nem ferrando.

— Então, antes de a gente entrar, preciso te contar uma coisa.

— Ah, não. — Ele arqueia as sobrancelhas, preocupado, e abaixa a voz enquanto toma meu braço. — É sobre... aquilo?

Sinto o estômago revirar. Odeio ter colocado esse peso nos ombros de Nathan. Já faz quase um ano desde que Ma me arranjou um encontro às cegas com Ah Guan. O episódio acabou com minhas tias e eu matando-o por acidente. Ênfase em "por acidente". Como se não fosse ruim o suficiente, o corpo de Ah Guan foi enviado por engano para um casamento no hotel de Nathan, onde, graças a uma série de contratempos causados por minhas tias, ele acabou aparecendo no altar como um dos padrinhos. Apenas uma combinação mágica de raciocínio rápido, falsa coragem e pura sorte possibilitou que saíssemos impunes. Até hoje, não consigo acreditar na sorte que tivemos por uma pessoa como o delegado McConnell ter assumido o caso. Sua incompetência foi vital para garantir que ninguém acabasse acusado de nada.

Embora o caso de Ah Guan tenha sido arquivado — foi declarado um acidente infeliz —, Nathan ainda tem medo de que isso volte para nos assombrar, e odeio essa preocupação. Ele descobriu a verdade por trás da morte de Ah Guan em tempo recorde e decidiu nos ajudar a encobri-la. Mesmo que nunca tenha me cobrado pelo sacrifício inacreditável que fez por mim, não posso me esquecer disso. Odeio que ele precise carregar esse fardo por causa de algo que eu fiz.

— Não — respondo depressa, e Nathan relaxa os ombros. — Ma e minhas tias encontraram uns fornecedores que, pelo visto, são nossos parentes e elas querem muito que a gente os conheça.

— Ah. É só isso? Você parecia tão preocupada que achei que era uma coisa mais séria.

— Ah, quer dizer, meio que é. — Suspiro. — Sonho com o nosso casamento há tanto tempo, e estava muito ansiosa pra encontrar os fornecedores certos com você. Não esperava que minha família se metesse e quisesse procurar pela gente. Na verdade, não sei por que eu não esperava.

— Ei... ei, vem cá. — Nathan me puxa num abraço, despertando um imenso interesse em todos os tios e tias aleatórias ao redor. — Vai ficar tudo bem. Sua mãe e suas tias só estão muito animadas com o casamento.
— Eu sei. — Suspiro e aninho a cabeça em seu peito. Uma ideia começa a surgir, e dou tapinhas em seu peitoral. — Uau, tá ficando enorme. Você anda pegando firme na academia. Que homem.

Nathan sorri.

— Sei que você só tá me bajulando, mas eu gosto. Por favor, continue falando dos meus músculos.

— Bom, eu estava pensando aqui... vamos conhecer esses fornecedores...

— E?

Passo um dedo em seu peito.

— E, se não gostarmos, você bate o pé como o machão que é e diz pra minha família que vamos contratar outras pessoas.

Nathan ri.

— Eu? Dizer não pra Grande Tia? Nem pensar.

Dou um soquinho em seu braço, e ele ri.

— Vamos fazer isso juntos — fala, beijando minha cabeça.

— Tá bom. — Suspiro. — Vamos nos preparar pra conhecê-los.

— O quê? Agora?

— É. Vamos lá, machão.

— Nathan, aqui! Nathan! Nathan! — grita Ma, levantando-se e acenando desesperadamente enquanto atravessamos o restaurante.

Nathan acena de volta, mas ela continua gesticulando e gritando o nome dele.

— Como pode ela nunca ficar animada assim ao me ver? — resmungo.

— Porque eu sou, nas palavras dela, "um exemplar perfeito de homem".

Reviro os olhos. Quer dizer, é óbvio que concordo com Ma, mas Nathan não precisa saber. Ao longo do último ano, minha família o paparicou como se ele fosse o tão aguardado filho pródigo, e, em vez de ficar assustado como eu imaginava, Nathan aceitou toda a atenção com muito prazer.

À medida que nos aproximamos, vejo que não há um, nem dois, nem três rostos novos à mesa, mas...

— Cinco fornecedores? — sibilo.

Nathan aperta minha mão.

— Vai dar tudo certo. Vamos dar uma olhada no portfólio deles e depois recusar de forma educada, mas firme.

Respiro fundo. Eu consigo. Sou uma pessoa adulta, pelo amor de Deus. Posso me impor diante da minha família, principalmente quando o assunto é o meu casamento. E, apesar de todas as piadas, sei que Nathan me apoiaria se eu quisesse.

Todo mundo sorri e acena quando chegamos. Nathan e eu damos a volta na mesa, cumprimentando um por um — primeiro a Grande Tia, depois a Segunda Tia, e assim por diante. Mesmo que eu tenha chegado aqui com a Grande Tia e as outras, ainda preciso fazer cena e saudá-las mais uma vez. Depois de minha família, vêm os fornecedores. Eles não são bem o que eu esperava. Há uma mulher mais velha que deve ter mais ou menos a idade da Grande Tia, três homens que podem ter qualquer idade entre trinta e cinquenta e cinco anos, e uma moça que acho que tem a minha idade.

A moça se levanta e dá a volta para apertar minha mão e a de Nathan, com um sorriso enorme e amigável.

— Meddy, é tão bom finalmente te conhecer. Ouvi tanta coisa a seu respeito. Estou muito animada com o seu casamento.

Seu sorriso é contagiante, e me pego sorrindo de volta até me conter. Não quero dar a impressão de que já aprovei a escolha. Cerro os lábios em uma linha fina. Então a mulher me entrega seu cartão de visitas, e eu sei que nós duas estamos destinadas a ser amigas, porque está escrito:

Staphanie Weiting Tanuwijaya
Fotógrafa
Não espere mais, Staph é mestra em fotografar casais!

Mordo o lábio para conter o riso.

— Não é um erro de digitação, aliás. É Staphanie com "A" mesmo — explica ela.

Eu a encaro.

— Sei bem como é isso.

— Eu sabia que você me entenderia, Meddelin — diz ela. — Quando sua mãe me falou seu nome, eu fiquei tipo "Tá, eu preciso conhecer essa moça. Ela deve saber como é crescer com um nome soletrado errado".

— E sei mesmo! — Solto uma risada. — Meu Deus, coitada. Imagino que você ouça muitas piadinhas, né?

— Aham. E com meu nome chinês, Weiting, também. Aí nem se fala. Ouço piadinhas o tempo todo.

Ainda estou rindo quando nos sentamos uma ao lado da outra.

A Grande Tia pigarreia, e Staphanie e eu ficamos quietas. Quando todos voltam a atenção para ela, a Grande Tia gesticula para mim.

— Esta, Meddy, a noiva, e aquele Nathan, o noivo.

A mulher mais velha assente e abre um sorriso de avó para nós dois.

— *Wah, cakep sekali ya?* Vão dar para você bebês muito fofos — comenta ela com Ma, que sorri. A senhora continua: — Vocês precisam ter bebês logo, certo, não ser como esses casais modernos de hoje, que espera e espera, senão o útero seca.

— Ama! — repreende Staphanie, então se vira para nós. — Mil desculpas. Esta é a minha avó. Ela é só, hã, ela...

Ver como Staphanie fica horrorizada com a família aquece meu coração. Finalmente, alguém que entende de verdade como é crescer com uma família igual à minha.

— Tudo bem, eu entendo — digo.
— Ah, a senhora muito certa — diz Ma para a avó de Staphanie.
— Sim, não sei por que esses jovens querem esperar, esperar até ficar velhos demais para fazer bebês!
Nathan coloca a mão reconfortante em minhas costas. Dá para perceber que está se esforçando para segurar o riso. Fico feliz por ele ao menos achar Ma engraçada.
— Por favor, comam — pede Staphanie, colocando um *har gow* em meu prato.
Eu me apresso para devolver o gesto, espetando um *char siu bao* e o colocando no prato dela. Ao redor da mesa, nossas famílias estão fazendo o mesmo, pegando bolinhos e servindo nos pratos uns dos outros — uma batalha para mostrar qual família é mais educada. A esta altura, Nathan já está acostumado e se joga com gosto, dando o maior *siu mai* para a Grande Tia e o *cheung fun* mais gorducho para a avó de Staphanie. Gritos de "*Aduh*, não se preocupe comigo. Coma você, coma você!" e "*Wah*, que bom rapaz!" enchem o ar e, em pouco tempo, o prato de todo mundo está cheio. A batalha termina em empate. Agora finalmente podemos começar a refeição.
Staphanie dá uma mordidinha em seu *bao*.
— Então, só para te dar uma ideia geral da nossa empresa... — Ela gesticula para a família. — Assim como a de vocês, é um negócio de família. Minha ama é a cerimonialista...
— Uau! — Nem preciso fingir a admiração. — Que incrível, *Tante*! — exclamo, usando o termo indonésio formal que quer dizer "tia". — Organizar casamentos é muito complicado, principalmente quando se trata de casamentos sino-indonésios.
A avó de Staphanie assente, mal disfarçando o orgulho.
— Pode me chamar de "Ama".
Chamar outra pessoa de "avó" parece um ato de traição com minha falecida ama, mas a avó de Staphanie tem aquele jeitinho de avó. Quero muito chamá-la de "Ama", mesmo que tenhamos acabado de nos conhecer.

— Tudo bem, Ama — diz Nathan, depois abre seu sorriso de menino.

Ela retribui o gesto, e é aí que eu sei que encontramos a cerimonialista do nosso casamento.

— Ama é conhecida por ter o olhar mais afiado da indústria — continua Staphanie. — Ela nunca deixa passar nada.

— Ah, isso muito importante — diz a Grande Tia, assentindo.

— Sim, olhar afiado muito importante para casamento, porque isso e aquilo, precisa acompanhar, *ya*?

Ama assente e abre um sorriso educado.

— Ama costumava caçar quando era mais nova. Ela tem o olhar mais afiado da indústria e não deixa passar um único detalhe, então não se preocupem: vocês estão com a melhor cerimonialista do ramo — ressalta Staphanie.

Não me dou ao trabalho de disfarçar a admiração.

— Que incrível.

Ama cerra os lábios do jeito que as pessoas fazem quando estão tentando conter um sorriso largo, o que é adorável.

— E este é o Grande Tio — apresenta Staphanie, apontando para o homem ao lado de Ama. — Ele cuida das flores e da decoração.

— Olá, Om — cumprimento.

"Om" é a palavra indonésia que significa "senhor".

Ele faz um gesto descontraído e diz:

— Não, não, pode me chamar de Tio James.

— Se escreve J-E-M-S — sussurra Staphanie, e preciso segurar uma risadinha. — Enfim, o Grande Tio é muito conhecido por seus arranjos com lírios...

— Eu que sou famosa por isso! — intervém Ma. — Até meu fornecedor de lírios... ah.

Ela hesita. Acho que percebeu o que estava prestes a dizer. *Até meu fornecedor de lírios ser assassinado pela minha filha.*

— Até ele começar a trabalhar com peônias — acrescento depressa, sentindo o coração disparar.

— Ah, *iya*, peônias, sim.
Ma abre um sorriso meio forçado.
— Será que podemos ver fotos dos arranjos florais? — pergunta Nathan.
Disparo um olhar de gratidão para ele.
— Ah, sim, claro. — Staphanie pega um tablet e abre a galeria, depois desliza o aparelho para mim e Nathan. — Aqui está.
Os buquês e arranjos são lindos, bem equilibrados e dispostos com maestria para exibir suas cores vibrantes.
— São lindos, Om... Quer dizer, Tio Jems — falo. — Vocês têm alguma foto de buquês com hortênsias? Gosto muito dessas flores.
Uma careta atravessa o rosto de Tio Jems por um segundo. Eu me contorço por dentro, com medo de estar sendo exigente demais. Não estou, certo? Quer dizer, é normal pedir para ter sua flor preferida no buquê de casamento.
— Sim, é claro — intervém Staphanie, pegando o tablet de volta e rolando pela galeria. — Hum, talvez não aqui, mas vou procurar nossas fotos antigas em casa e mandar pra você.
— Tá, obrigada.
— Enfim, o Segundo Tio cuida da parte de cabelo e maquiagem — continua Staphanie, apontando para o homem ao lado de Tio Jems.
— Tio Henry — diz ele, acenando para mim.
— Tem um "D" rebelde no meio do nome dele — sussurra Staphanie.
Não sabia que era possível gostar ainda mais dela, mas gosto. Onde essa garota esteve a minha vida toda? Ela clica em outro álbum na galeria e nos devolve o tablet.
Como esperado, o trabalho do Tio Hendry é lindo e — ouso dizer — rivaliza com o da Segunda Tia. Como se conseguisse escutar meus pensamentos desleais, ela se levanta da cadeira e se aproxima para ficar com a fuça em nosso pescoço enquanto olhamos as fotos.

— *Wah, bagus sekali* — comenta ela. — Você faz aquela coisa de trança lateral muito bem, aquela muito complicada, *ah*?

Tio Hendry assente.

— É, muito complicada, mas faço aulas e pratico em cabelo de Staphanie.

— Ah, sim, sempre pratico em cabelo de Meddy também — comenta a Segunda Tia, ainda espiando o tablet. — Ah, esta foto! — Ela arranca o aparelho de minhas mãos e o encara de perto. — Esta foto sua?

Tio Hendry a encara por um segundo, em silêncio.

— Sim? — responde, cauteloso.

— *Wah*! Esta aqui vejo sempre em Pinterest! Tão popular. *Wah*, então é você o artista por trás!

A admiração em seu rosto é nítida. Ela encara Tio Hendry como se ele tivesse acabado de salvar uma criança de um prédio em chamas. Troco olhares com Nathan, que está sorrindo abertamente e erguendo as sobrancelhas para mim. Dá para perceber que está pensando a mesma coisa que eu — será amor à primeira vista?

Tio Hendry interrompe o contato visual.

— *Aduh*, não é nada, técnica muito fácil.

— Estou tentando descobrir, sabe, como fazer cabelo desse jeito? Não consigo acertar, *waduh*, me deixa louca. Tento em cabelo de Meddy tantas vezes, ainda não fica legal. Você precisa me ensinar a fazer assim!

O coitado do Tio Hendry parece estar pronto para se jogar da janela mais próxima. Não é páreo para a Segunda Tia. Na verdade, para nenhuma das minhas titias.

— Ahem — pigarreia a Grande Tia. Nem se dá ao trabalho de fingir uma tosse. — Por favor, ignore minha Er Mei, ela *lupa* boas maneiras, pedindo para revelar segredo de negócios. Hendry, ignore ela, tá?

A Segunda Tia fez uma cara feia e, por um instante, fico com medo de que vá começar uma discussão no meio do restaurante.

Ou fazer uma pose de Tai Chi. Então ela suspira e sorri para Tio Hendry.

— Mil desculpas, minha Da Jie tem razão. Acabei me empolgando. Não precisa revelar seu segredo de negócios para mim.

Então retorna à cadeira e dá um gole em seu chá.

A tensão é grande demais para mim, então deixo escapar:

— Segunda Tia, tenho certeza de que o Segundo Tio adoraria ouvir sobre os *fascinators* de dragão-de-komodo e como vão combinar com o penteado das senhoras.

— Ah, sim, temos chapéus britânicos tradicionais para casamento — explica a Segunda Tia.

— Chapéus britânicos tradicionais com dragões-de-komodo? — sussurra Nathan.

— Não pergunte — retruco.

— Parece legal! — diz Staphanie. — O Segundo Tio adoraria dar uma olhada, né, Segundo Tio?

O homem assente rapidamente.

— Sim, é claro. Talvez eu possa ir até a sua casa e ver esse dragão qualquer dia desses?

O rosto inteiro da Segunda Tia se ilumina com um sorriso. Ela está praticamente brilhando como uma lâmpada.

— Certo, *boleh* — responde, baixando o sorriso para a xícara de chá, corando.

Staphanie e eu trocamos olhares, então ela diz:

— E por último, mas não menos importante, o Terceiro Tio, nosso mestre de cerimônias.

— Ah, que legal!

Outra vez, não preciso fingir admiração. Ser um Mestre de Cerimônias é um dos trabalhos mais estressantes em casamentos sino-indonésios. Eles são basicamente a voz do cerimonialista, direcionam os milhares de convidados e os reúnem em grupos apropriados para fotos, proporcionam entretenimento sempre que há um intervalo e conduzem a festa. Os MCs precisam ser comunicativos, carismáticos, desinibidos, charmosos e animados. Não sei como alguém consegue fazer tanta coisa.

— Pode me chamar apenas de "Francis". Sou novo demais para ser tio — diz ele.

— Não! — exclama a Grande Tia, alto o bastante para fazer todo mundo se sobressaltar. — Sem essa de chamar pessoa mais velha pelo primeiro nome.

Olho para o Terceiro Tio de Staphanie, sem saber o que fazer, e pergunto:

— Que tal "Ko Francis"?

"Koko" significa "irmão mais velho" em indonésio.

— Pode ser. Vocês dois precisam me contar como se conheceram e tudo o mais. Aposto que têm uma maravilhosa história de amor que eu posso colocar no melhor discurso do mundo.

Rá. Pena que nossa história de amor não envolve salvar filhotinhos de lontras, e sim se safar de um assassinato de verdade.

Quanto mais o almoço avança, mais percebo que gostei muito, muito mesmo, de Staphanie e sua família. Como poderia não gostar? Eles são tão excêntricos quanto a gente. E, como esperado, as fotos dela são maravilhosas — com uma superexposição de leve, iguais às minhas. Ela captura a vivacidade dos casamentos em tons pastel.

— Que câmera você usa?

Não consigo parar de admirar a galeria. As cores gritam fotografia analógica, algo que eu sempre quis tentar, mas nunca tive coragem.

— A mesma que você, a 5D Mark III.

— Sério? Uau. Nunca consegui esses tons pastel nas minhas fotos. Eu chutaria que é uma 1D.

Há um instante de silêncio, então Staphanie ri.

— Você é muito gentil. Não, estas não foram tiradas com uma 1D.

— Estou impressionada. Você vai ter que me ensinar a conseguir esses fundos tão suaves na 5D.

— Aham, pode deixar!

Ela pega uma costelinha de porco e a coloca em meu prato.

Se eu não retribuir — ou melhor, retaliar —, Ma vai me dar uma bronca mais tarde por ser mal-educada.

— Para, vai. Você tá me fazendo passar vergonha — digo, colocando o tablet na mesa e pegando um *har gow* para ela.

Staphanie sorri.

— De que outro jeito vou mostrar para todo mundo que minha Ama me educou bem? Além disso, na verdade, eu só queria mais comida e, se eu pegasse, Ama diria que fiz a família passar vergonha.

Começo a rir. Eu me identifico com cada frase que ela acabou de falar.

— Tá bom, me diz quais comidas você quer e eu te digo quais eu quero.

— Fechado.

Enquanto nossas famílias conversam, Staphanie e eu enchemos os pratos uma da outra com vários tipos de bolinho. Quando o almoço termina, sei que, contra todas as expectativas, Ma e minhas tias de fato fizeram um bom trabalho e escolheram os fornecedores perfeitos para o meu casamento.

3

Cinco meses depois

— Meu Deus, o que a senhora colocou aqui, Quarta Tia? — resmungo, sofrendo por causa da mala gigante.
— Um corpo. — Mas quando vê que não estou rindo, acrescenta: — Rá, rá, brincadeirinha.
Ela pega a frasqueira, uma maleta com o mesmo tom de marrom que a mala com as letras LV estampadas na superfície.
— *Aduh*, Meddy, tome cuidado com isso, por favor. É uma Louis Vuitton!
Eu a encaro. Os negócios da família cresceram muito no último ano e, em teoria, elas podem comprar qualquer coisa da Louis Vuitton, mas conheço minha família bem o suficiente para saber que não gastariam milhares de dólares nos produtos autênticos.
— É uma Louis Vuitton *de verdade*, Quarta Tia?
Ela aponta o dedo para mim.
— É uma Class One, e é tão boa quanto a original! Custou dois mil dólares, ok? Pode levar para Paris e ninguém vai saber que é falsa.
Na Indonésia, há diferentes categorias para produtos falsificados: a maioria das coisas Class One vem da Coreia do Sul e é confeccionada com couro de verdade por artesãos de verdade; produtos Class Two vêm em grande parte da China; e os Class Three são feitos no sudeste asiático — Indonésia, Bangladesh, Vietnã e por aí vai. Produtos Class Three custam bem baratinho, mas aí você tem que aceitar o couro sintético e logotipos malfeitos que dizem "Prata" e "Bluberry". Os Class One custam mais ou menos um quarto dos originais. Ainda são caros, porém mais

acessíveis, e é quase impossível diferenciá-los dos verdadeiros. Vêm até com certificado de autenticidade.

Ma solta um bufo de desdém diante das bolsas da Quarta Tia.

— É por isso que você nunca fica rica. Gasta dinheiro em coisa boba feito essa. A Irmã mais velha não se orgulharia. Ela nos ensinou direitinho a economizar dinheiro.

Lá vamos nós de novo. Eu me preparo para algum tipo de resposta sarcástica da Quarta Tia, mas ela fica quieta. Em vez disso, apenas abre um sorrisinho para Ma e sai para procurar um carrinho de bagagem.

Ouço um bipe, e o Uber da Grande Tia e da Segunda Tia chega. Eu as cumprimento assim que saem do carro, depois vou até o porta-malas para ajudar com a bagagem, e...

Ah, não.

Entendi por que a Quarta Tia não respondeu Ma. As malas da Grande Tia e da Segunda Tia também são da Louis Vuitton. Se elas se revezassem dando socos no coração de Ma, daria no mesmo.

— Muito bonitas, *yah*? — pergunta a Segunda Tia. — É Class...

— Class One, é, eu sei, eu sei. — Suspiro e tiro a primeira mala marrom. — Como pode vocês todas terem malas combinando, menos a Ma?

A Segunda Tia fica parada por um segundo. A Grande Tia, voltando com um carrinho de bagagem, repreende:

— Ei, por que tá aí parada igual *patung*? Vem ajudar.

— Natasya não tem mesmas malas que a gente — diz a Segunda Tia.

Uau, nada de respostas sarcásticas para a Grande Tia. A Segunda Tia deve estar mesmo preocupada.

A Grande Tia pausa, depois suspira.

— Quando Mimi nos falou para comprar mesma mala, a gente deveria ter imaginado que ela não contaria para Nat. *Aduh, aduh. Pasti* Nat vai ficar muito chateada.

Droga. Acho que estava esperando demais quando achei que a paz depois de toda a confusão com Ah Gua seria permanente. Foi bom enquanto durou, mas, pelo visto, as implicâncias antigas estão de volta mais uma vez. Mesmo levando em conta o passado turbulento entre Ma e a Quarta Tia, porém, isso das malas foi golpe baixo.

Enquanto penso no assunto, Ma chega correndo com outro carrinho.

— Vem, coloca sua bagagem aqui... ah. — Ela congela olhando as malas. — Vocês todas compraram Louis Vuitton?

Sua voz sai tão baixinha que quero correr e dar um abraço forte nela.

A Grande Tia e a Segunda Tia fuzilam a Quarta Tia com o olhar.

— Você não contou para Natasya que todas nós compraríamos a mesma mala?

A Quarta Tia não se dá ao trabalho de olhar para nós.

— Não contei? Devo ter esquecido.

— Como você pôde esquecer coisa tão importante? — pergunta Ma, ríspida.

Estou do lado de Ma nessa história, mas, mesmo assim, preciso fazer um esforço consciente para não revirar os olhos. Quer dizer, na escala do que é importante, acho que comprar malas combinando é meio que... besteira. Mas talvez seja só porque sou filha única e não cresci tendo brigas veladas, e outras nem tanto, com minhas irmãs.

— Tudo bem, Ma. A senhora pode comprar um conjunto igual quando a gente voltar.

— Mas nós nunca viajamos! — choraminga Ma. — Era minha única chance de ter bagagem combinando com a família, e agora arruinada!

— As senhoras vão pra Jakarta todo ano — observo.

— Não conta como viajar.

— Se pegar um voo de vinte e três horas não conta como viagem, então não sei o que conta.

Suas narinas inflam e até a Grande Tia dá um passo para trás, mas, nesse exato momento, ouvimos uma buzina, e dois carros estacionam ao nosso lado. Uma das janelas se abre, e Staphanie põe a cabeça para fora, sorrindo para nós. Fui salva! Corro até ela.

Staphanie foi fundamental nesses últimos meses em que Nathan e eu passamos pelo processo excruciante de planejar um casamento fora do país. Ela cuidou dos mínimos detalhes, como fazer o registro no condado de Oxford para que o casamento fosse reconhecido legalmente, nos ajudar a encontrar a confeitaria perfeita para o bolo de casamento e até fazer a reserva no hotel para minha família.

— Que bom que você chegou! — digo e dou um enorme abraço nela.

Staphanie enrijece, e eu me toco. Será que é estranho eu a ter abraçado? Talvez ela me veja apenas como uma cliente, e não como uma amiga? Mas então ela devolve o abraço e o momento esquisito passa. Quando nos soltamos, cumprimento sua família por ordem de idade, começando com a avó e terminando com o Terceiro Tio, enquanto Staph faz o mesmo com a minha. Não consigo deixar de notar que a Segunda Tia vai na direção do Segundo Tio e diz que amou a pochete dele. Também não consigo deixar de notar que está usando um pouquinho mais de maquiagem do que de costume.

— Você lembrou de trazer nossos chapéus, certo? — pergunta a Segunda Tia.

— É claro — responde o Segundo Tio com um sorriso.

— A senhora deu os *fascinators* para o Segundo Tio? — digo.

— Dei. Ele disse que ia costurar mais grampo para deixar mais seguros — explica a Segunda Tia.

— E costurei. Eles muito seguros agora. Durante casamento vão ficar bem firmes na cabeça, garanto.

A Segunda Tia quase desmaia. Ora, ora. Staph me pega observando, e nós duas sorrimos uma para a outra antes de irmos pegar mais carrinhos.

— Mal posso esperar por essa viagem! — exclama ela. — Como vão as coisas?

— Vocês chegaram bem na hora — sussurro. — Você não vai acreditar, mas Ma e minhas tias estavam prestes a começar a Terceira Guerra Mundial por causa de malas.

— Putz. — Staph faz uma careta, compreensiva. — Eu super entendo. Meus tios estavam discutindo sobre quem tá levando tralhas demais e precisa deixar alguma coisa pra trás.

De alguma forma, o comentário me tranquiliza um pouquinho e, novamente, sinto uma onda de gratidão por Staphanie estar aqui.

Quando voltamos com os carrinhos, nossas famílias estão conversando amigavelmente. Não há mais nenhum sinal de que Ma estava prestes a explodir poucos minutos atrás; agora, está rindo educadamente de algum comentário do Terceiro Tio de Staphanie. Apenas os olhares afiados mais sutis lançados de vez em quando para a Quarta Tia revelam os verdadeiros sentimentos de Ma. Ela não vai deixar essa passar tão fácil.

— Parece que a sua mãe já superou — diz Staph.

— Que nada — bufo, incrédula. — Ela só tá esperando o momento certo de se vingar. É assim também com os seus tios? Por favor, me diga que eles implicam um com o outro desse jeito.

— Hum, com certeza rola muita briga, e eles precisam provar um pro outro que são os mais fortes o tempo todo. Vai vendo.

Quando nos reunimos com o grupo, ela faz sinal para que eu preste atenção nos carrinhos. Aproveitando a deixa, seus três tios partem para a ação e avançam para as malas, puxando-as depressa até os carrinhos.

— Deixa que eu faço! Você muito velho! Vai ficar com dor nas costas mais tarde!

— Hã? Eu, velho? Ainda mais forte que você!

— Você vai quebrar a roda! Por que só não arrasta a mala como uma pessoa normal?

Minha família e eu assistimos, boquiabertas, enquanto os três disputam a bagagem. Toda a agitação de braços e manobras exageradas dão bem mais trabalho do que seria necessário. Finalmente, todas as malas são empilhadas nos carrinhos e os homens recuam, ofegantes. De uma vez só, olham ansiosos para Ama, que assente e diz:

— Muito bom, vocês todos bons meninos.

Os sorrisos dos tios iluminam o rosto de cada um.

É assim que é ter uma avó ainda viva na família? Acho que é meio como a Grande Tia é conosco. A diferença de idade entre ela e as irmãs é tão grande que todas a veem como uma mãe. Exceto a Segunda Tia, óbvio. Assim que a ideia me passa pela cabeça, a Grande Tia entrelaça um braço com o de Ama e, juntas, as duas mulheres grisalhas vão para dentro do aeroporto. Staphanie e eu pegamos um carrinho cada e empurramos.

— Nathan e os seus amigos estão animados com a viagem?

— Muito! Meus melhores amigos, Selena e Seb, vão viajar amanhã. Nathan deve chegar daqui a mais ou menos uma hora. Teve que resolver uns imprevistos de trabalho.

— Legal. A gente chegou quatro horas mais cedo, o que não faz o menor sentido.

— É culpa da Grande Tia.

— E de Ama.

Sorrimos uma para a outra.

Dentro do terminal, encontramos bancos para os mais velhos, pegamos todos os passaportes e vamos ao balcão de check-in. Enquanto revisamos os assentos, a mulher no balcão aponta para um pedaço de papel e avisa:

— Apenas um lembrete, estes itens são proibidos no voo.

Assinto no piloto automático, passando os olhos pela lista. Arma, não. Faca, não. Spray aerossol, não. Bateria portátil, não. É óbvio que não trouxe nada disso para o aeroporto, eu...

Taser.

Minha mão voa para minha bolsinha de mão, onde está meu taser letal. A ideia de ter que abandoná-lo antes de entrar em um país novo faz meu estômago revirar. Lembro a primeira e única vez em que precisei usá-lo. Como ele fez o corpo de Ah Guan sacudir feito um boneco. A batida de carro. E todas as coisas horríveis e angustiantes que aconteceram depois.

— Tá tudo bem, Meddy? — pergunta Staph.

Assinto em silêncio.

— Hã. Eu preciso... hã. Já volto.

Pego o montinho de passaportes, mas minhas mãos estão tão suadas que quase os deixo cair. Seguro com força e me afasto do balcão, sem saber para onde ir. Talvez eu possa enfiar o taser na bagagem de mão? Será que não teria problema ou eu estaria infringindo alguma lei?

— O que foi? — pergunta Staph ao me alcançar. Ela faz uma cara preocupada quando percebe meu estado. — Vamos para o banheiro.

Ela pega os passaportes e me leva, sem esperar resposta.

No banheiro, ela arranca um pedaço de papel, umedece-o na torneira e o entrega para mim.

— Limpa o rosto. Vai ajudar.

Pressiono o papel úmido e gelado contra a testa e fecho os olhos. Respiro fundo. Solto o ar. Depois de um tempo, abro os olhos e encaro o reflexo de Staph.

— Desculpa. Estou bem.

— Quer conversar?

Abro a torneira e jogo um pouco de água nas bochechas.

— É bobagem. — Abro a bolsa e tiro o taser. O peso da arma faz meu coração acelerar. Odeio essa coisa, mas não consigo ficar sem ela. — É que... acabei de perceber que não vou poder levar.

— É um taser?

Staph estende a mão.

— É.

Entrego a arma e observo enquanto ela a examina.

— Hã. Já pensei em comprar um, mas sou mais spray de pimenta. — Ela me devolve. — É, tenho certeza de que não dá pra levar um desses no avião.

— Eu sei. Eu deveria ter me tocado antes, mas é que andei tão distraída com todo o resto que nunca pensei...

— Você tem lidado com muita coisa. Tudo bem esquecer.

— Bom, é que não é só isso. — Suspiro, apoiando o corpo na pia e passando os dedos nas bordas angulares do taser. — Esta coisa já salvou minha vida. Tipo, literalmente.

Staphanie arregala os olhos.

— Uau.

— Pois é. Eu fui em um encontro, e o cara tentou... ah. Estou revelando demais. Melhor parar.

— Meu Deus. Sinto muito. — Ela fica horrorizada.

— Tudo bem. Não aconteceu nada. Eu só... eu consegui escapar.

Não consigo impedir minha mente de voltar à pior noite da minha vida. Eu me salvei usando o taser contra meu agressor, que depois morreu por... bem, por outros motivos.

— Mesmo assim. O simples fato de viver uma situação dessas já deve ter sido apavorante. Já passei por algo parecido. Na faculdade, fui em uma festa de fraternidade e... é, as coisas saíram um pouco do controle. Por sorte, meu primo estava com um desodorante em spray. Funciona quase tão bem quanto spray de pimenta, sabe, principalmente se você acertar os olhos do agressor.

— Uau, que sorte o seu primo estar lá.

O sorriso de Staphanie desaparece.

— É. A gente era muito próximo. Ele tinha a minha idade.

— Tinha? Eu... ah, sinto muito.

— Tudo bem. Enfim, não saio de casa sem meu spray de pimenta desde aquele dia. Quer dizer, tirando hoje. É ilegal na Inglaterra, dá pra acreditar? Mas coloquei um frasco de perfume na bagagem de mão. Tá cheio de álcool e pimenta-caiena. Vamos fazer o seguinte: assim que chegarmos à Inglaterra, a gente compra uma garrafa de spray e te dou metade.

— Ah, não. Não posso pegar seu spray de pimenta caseiro.

Staph ri.

— Pode, sim. Tem spray demais pra mim. O que eu vou fazer, borrifar pimenta em todos os homens da Inglaterra? Sendo realista, não vou dar nem uma borrifada antes de a coisa toda estragar e eu precisar jogar fora.

— Tá bom — digo, relutante. — Obrigada. Isso ajuda.

Há. Ajuda mesmo. Quem diria? Aperto de leve a mão dela, grata.

— Fico muito feliz por sermos amigas.

É muito estranho que, apesar de só conhecer Staphanie há cinco meses, sinto como se fôssemos amigas desde sempre.

— Eu também — responde ela. — Agora vamos entregar esse taser antes que achem isso com você e te prendam.

4

Nathan chega ao portão de embarque faltando apenas dez minutos, um pouco ofegante e com o cabelo deliciosamente bagunçado.

— *Aiya*, você finalmente chega — repreende Ma, dando tapinhas carinhosos no ombro dele. — Avião quase sai sem você. Falamos que precisa esperar noivo, mas eles dizem que não dá.

É verdade. Ma e minhas tias passaram os últimos trinta minutos se revezando para informar aos funcionários da companhia aérea que eles não podiam começar o embarque porque Nathan ainda não havia chegado. Para a surpresa de ninguém, eles não foram tão compreensivos como minha família esperava.

— Sim, agora vamos falar para eles se apressarem e começarem embarque, todos aqui, muito rude deixar passageiros esperando — diz a Grande Tia, que se vira para o portão.

Os funcionários se retraem enquanto ela se aproxima. Coitados. Não os julgo.

Sorrio para Nathan.

— Que bom que você chegou.

— Desculpa ter demorado tanto. A reunião durou uma eternidade. A diretoria tá um pouco preocupada com a minha ausência por uma semana. — Ele aperta meu braço de leve. — Vocês pelo menos aproveitaram a área VIP?

Ah, a área VIP. É a primeira vez que uma pessoa de minha família, incluindo eu mesma, tem o privilégio de viajar na primeira classe. Staph e seus parentes vão na classe econômica. Achei que íamos ficar com eles até a hora do embarque, talvez comer uns sanduíches juntos, mas ela praticamente me empurrou para a área VIP e me disse para aproveitar. Eu não sabia como era; sempre pensei que fosse uma salinha de espera bem jururu, mas, assim que entramos, minha família surtou e eu nem pude falar nada.

Fomos recebidas por uma cascata ornamental que abafava os ruídos normais de aeroporto. Atrás da divisória, havia um bufê enorme e variado, incluindo camarão-tigre, caviar e um bar completo. Ma e as tias deram gritinhos e correram direto para os camarões, enquanto eu fui pegar uma mesa para nós. Depois vimos os chuveiros. Nunca pensei que fosse querer tomar banho em um aeroporto, mas aqueles chuveiros eram lindos — mármore reluzente, duchas generosas e toalhas aquecidas fofinhas.

— A Quarta Tia bebeu demais — sussurro para Nathan, apontando com a cabeça para ela, que está dormindo em uma das cadeiras, de boca aberta.

Como sempre, as pessoas estão olhando, mas não sei se é porque a Quarta Tia está roncando ou por causa da roupa de hoje: um vestido verde-esmeralda brilhante, uma echarpe laranja-neon e óculos de sol combinando com o vestido.

Nitidamente aliviada, a funcionária responsável pelo embarque pega o microfone e diz:

— Voo 382 para Londres, Heathrow, está pronto para embarque. Passageiros da Primeira Classe e da Classe Executiva embarcarão primeiro.

Ela mal consegue terminar a última frase quando a Grande Tia e Ma atacam o balcão.

A Segunda Tia cutuca a cabeça da Quarta e, como não funciona, sacode a irmã com força, gritando:

— Eh, Si Mei, ah, *bangun*! Já vamos embarcar!

Lanço um olhar de desculpas para Staphanie. Ela e a família devem pensar que somos tipo homens da caverna, mas estão todos ocupados lidando com as inúmeras bagagens de mão, passaportes e um monte de salgadinhos e bebidas que compraram fora da área de embarque. Pelo menos não estão presenciando a cena.

A Quarta Tia acorda com um ronco assustado e se levanta da cadeira em um pulo.

— Quê? Ah, pronta!

Endireitando a echarpe, pega a bolsa Louis Vuitton (Class One) e marcha em direção ao balcão, com o tecido laranja balançando às suas costas.

— Pronta pra ir? — pergunta Nathan.

Assinto, juntando minhas coisas, e embarcamos juntos.

Primeira Classe! Nem as confusões de sempre da minha família conseguem apagar a magia da experiência.

— Boa tarde, srta. Chan, bem-vinda a bordo — cumprimenta um comissário com um adorável sotaque britânico. — Permita-me levá-la até seu assento.

É óbvio que permito! Sorrio e o sigo até a cabine, onde há fileiras de lindos assentos de couro marrom grandes demais para mim. Incrível.

— Este é o seu assento. Gostaria de um...

— Olá. Ah, olá, querido!

A voz inconfundível da Grande Tia enche a cabine. Juro, todas as pessoas no avião começam a olhar.

Nathan e eu congelamos; então esticamos o pescoço e vemos a Grande Tia, acomodada em um dos assentos enormes, acenando para uma comissária de bordo. A moça se aproxima com um sorriso confuso.

— Sim, srta. Chan? Posso ajudá-la?

— Ah, sim, querida — responde a Grande Tia, ainda naquele novo sotaque estranho e horroroso que me faz querer enfiar uma faca no cérebro. — Gostaria de xícara quente, pode ou não? Obrigada, querida.

Preciso dar um crédito para a comissária, ela não demonstra nenhuma emoção, apenas sorri e diz:

— É claro. Um chá quente saindo.

— Adeuzinho, querida! Adeuzinho!

Eu me viro para Nathan, em pânico.

— Acho que ela tá tendo um derrame.

Ele começa a rir e coloca nossa bagagem de mão no compartimento superior.

— Ela tá bem.

Corro até o assento da Grande Tia e me agacho a seu lado.

— Oi, Grande Tia.

Cuidado, Meddy. Ainda é a Grande Tia, mesmo que, aparentemente, uma espécie de alienígena britânico desequilibrado tenha se infiltrado na mente dela e assumido o controle.

— Ah, Meddy! Nathan! Tudo bem? — pergunta.

— Não — repreende Ma no assento ao lado. — Você tem que dizer "Como você está, Nathan, querido?".

A Grande Tia assente, séria, depois se vira para nós e diz:

— Como você está, Nathan, querido?

Meu sorriso luta para se transformar em uma careta.

— O que aconteceu? Por que a senhora está falando desse jeito?

— Surpresa! — exclama Ma. — Todas nós fizemos aulas para falar igual britânicos.

A Grande Tia assente, aparentemente orgulhosa.

— Sim, todas nós fizemos para você não passar vergonha — explica a Segunda Tia, no assento atrás das duas.

Então percebo que, nos últimos meses, Ma e as tias andam falando mais em inglês, e menos em mandarim ou em indonésio. Eu tinha notado algumas semanas atrás, mas não dei importância. Agora percebo que estavam se preparando para a viagem, para ficarem mais confortáveis com as gírias britânicas. Fico dividida entre o carinho e a vergonha: história da minha vida. Quer dizer, o fato de que tiveram todo esse trabalho é profundamente tocante, mas também, argh!

— Falem por vocês. Eu só topei fazer essa viagem para poder impressionar o príncipe Harry — declara a Quarta Tia. — Sem ofensa, Meddy. Mas só estou aqui por ele.

— Ele é casado, sua sem-vergonha! — repreende Ma. — Casou com moça decente, moça muito boa, diferente de você.

— Quem sabe, talvez eles gostem da ideia de um casamento aberto.

O rosto de Ma adquire um tom de roxo alarmante, mas, antes que ela possa formar uma só palavra, digo depressa:

— Que legal, mas acho que as senhoras não precisam falar com sotaque britânico. Obrigada por terem feito aulas; foi incrível! Mas prefiro o sotaque normal.

Dou uma cotovelada em Nathan, que se apressa em concordar.

— É, a Meddy tem razão. O jeito que as senhoras falam é ótimo. Excelente.

— Own, grata — diz Ma, abrindo um sorriso afetuoso para Nathan.

— A senhora não precisa falar "grata" — retruco, seca.

— Meddy, não seja tão punheteira, *lah* — interfere a Segunda Tia.

Os olhos de Nathan quase saltam das órbitas.

— A senhora acabou de me chamar de "punheteira"?

— "Punheteira" significa pessoa que sempre estraga a diversão.

— Isso... não. Segunda Tia, esse não é o significado de "punheteira".

— É sim, veja aqui, escrevi em meu caderno, hum, onde está... — Ela tira um caderno da bolsa e folheia página por página, todas cheias de anotações de gírias britânicas escritas à mão, murmurando baixinho o tempo todo. — *foder... foda... foda-se...*

— Para de falar isso, Segunda Tia — imploro.

— Significa "fada".

— Definitivamente não significa "fada" — emenda Nathan, mal conseguindo conter o riso.

— Então o que significa? — pergunta a Segunda Tia.

De repente, parece que a cabine inteira está olhando para nós. Nathan hesita.

— Hã. Significa... hum. — Depois de um silêncio interminável em que nem sequer um olho na cabine pisca, Nathan murmura:
— É, a senhora tá certa, significa "fada".
Covarde da porra.
A Segunda Tia, a Grande Tia e Ma assentem, satisfeitas. A Quarta Tia sorri para nós. Puxo Nathan de lado. Assim que chegamos aos assentos e não podemos ser ouvidos, digo:
— Vamos sair do avião. Não é tarde demais, o portão ainda tá aberto.
Nathan dá tapinhas afetuosos em meu braço.
— Vai dar tudo certo.
— Nathan! Elas estão falando igual o Hugh Grant!
— Garanto que não soam nem um pouco como o Hugh Grant.
— Eu sei! Mas elas *pensam* que sim. E não param de dizer obscenidades! E se elas chamarem a sua mãe de "punheteira" e soltarem um "foda-se" pro seu pai?
Nathan morde os lábios para conter um sorriso.
— Na verdade, seria muito engraçado.
Dou um soquinho em seu braço, forte o bastante para ele se encolher.
— Pra você, talvez. Eu ficaria horrorizada. Meu Deus, isso é terrível.
— Óbvio que não. Tem mais alguma coisa te incomodando?
Respiro fundo.
— Morro de medo dos seus pais perceberem que elas são malucas e te convencerem a cancelar o casamento.
Nathan ri.
— Meddy, não esquenta. Meus pais sabem que algumas coisas vão ser difíceis de entender. E eles te adoram. Então vão adorar sua família, assim como eu. Eu adoro sua mãe e suas tias, você sabe.
Suspiro, deitando a cabeça em seu ombro, o que é reconfortante.
— Eu sei. Mas nunca vou entender por quê. Você sabe que elas são malucas, né?

— Do melhor jeito possível. Vai por mim, minha família vai se apaixonar por elas.

Fecho os olhos e tento acreditar, mas, de alguma forma, sempre que tento imaginar a família extremamente certinha de Nathan conhecendo a loucura caótica que é a minha, a única coisa que consigo visualizar é um desastre. Estou convencida de que, em algum momento, Nathan vai perceber que minha família e eu somos uma bagunça total e decidir escapar antes que seja tarde demais. E aí vou acordar desse sonho maravilhoso e voltar para o mesmo lugar em que estava antes do casamento de Jacqueline e Tom Cruise Sutopo — sozinha, esmagada sob o peso da culpa familiar e, o pior de tudo, sem Nathan.

5

Apesar dos assentos confortáveis, só de pensar em minha família conhecendo a de Nathan eu já fico tão ansiosa que não consigo pregar o olho durante o voo inteiro. Em dois momentos, quando já estava quase dormindo, ouvi Ma ou as tias falarem alguma coisa do tipo "Eh, San Mei, ah, uma boa xícara não cairia mal, né?". Então meu coração acelera tanto que me dá dor de cabeça. Meu Deus, por favor, por favor, faça elas perceberem quão ridículas soam. Quem diria que eu sentiria falta do jeito normal de falar de minha família?

Enquanto todo mundo dorme, fico encarando Nathan feito uma esquisitona, tentando convencê-lo por telepatia a continuar me amando, mesmo que seus pais acabem odiando minha família. O que com certeza é bastante saudável e respeitável, e nem um pouco patético.

— Dá pra sentir você me encarando — murmura ele, com os olhos ainda fechados.

— Bem que você queria — digo e me viro depressa.

Pego o cardápio no bolso do assento e finjo estar muito interessada.

Ele segura minha mão e abre um sorriso preguiçoso.

— Não esquenta, vai ficar tudo bem. Ei, lembra a última vez que fizemos essa viagem?

Como eu poderia esquecer?

— Eu caí no sono e acordei com o pescoço travado em uma posição esquisita.

Seu sorriso aumenta.

— Você ficou tão fofa. Eu não conseguia tirar os olhos de você.

— Seu bobo. Volta a dormir.

Dou um beijo em sua bochecha e aproveito a chance para sentir seu perfume — de novo, algo totalmente normal e nem um pouco bizarro —, depois volto a ler o cardápio. Quando olho novamente para Nathan, ele caiu em um sono profundo. Assim como todos os outros passageiros. Volto a roer as unhas e imaginar como tudo pode dar errado.

Quando aterrissamos em Heathrow, estou acabada. Tudo passa em um borrão: o desembarque, o reencontro com Staphanie e a família, a imigração, a série interminável de malas Louis Vuitton falsas e, finalmente, a entrada nos carros particulares que alugamos para a viagem de Londres até Oxford. No carro, sou vencida pela exaustão e caio no sono, com a cabeça repousada no ombro de Nathan ao longo do trajeto de uma hora e meia. Quando o motorista anuncia que chegamos, acordo assustada e, horrorizada, percebo que, mais uma vez, meu pescoço está travado em um ângulo esquisito.

— NÃÃÃO!

Sério? De novo isso? Bem quando estou prestes a reencontrar a família de Nathan?

Na rua, minha família se amontoa a meu redor.

— Meddy, querida, o que aconteceu com o seu pescoço? Por que desse jeito? — pergunta Ma.

— Tudo bem, querida? — diz a Segunda Tia.

— Pare de falar "querida" — resmungo.

— É forma de carinho — insiste a Grande Tia. — Para mostrar que amam você, chamam você de "querida". Britânicos, eles muito carinhosos.

— Eu sei o que significa, eu só... ai.

— *Aiya*, precisa de compressa quente — aconselha Ma, massageando meu pescoço. — Nathan, você precisa massagear pescoço. Ela tem pescoço rígido, igual a mim, sabe? Todo dia precisa massagear, *aiya*, você precisa cuidar melhor de minha filha.

— Desculpa, Ma — diz Nathan, envergonhado. Ma o convenceu a chamá-la assim desde que ficamos noivos e, para a surpresa de ninguém além de mim, ele aceitou numa boa, sem uma única reclamação. — Vou melhorar.

— O que você precisa é fazer *kerok* — anuncia Ama.

— Ah, sim, *kerok*! — exclama a Grande Tia.

— O que é "croque"? — pergunta Nathan.

— Acho que a tradução é "esfoliar" — explica Staphanie. — É quando você usa uma moeda ou a tampa de um frasco de Tiger Balm pra esfoliar a pele até ficar vermelha.

— Ah, *gua sha*. É, meu pai costumava fazer isso sempre que eu pegava um resfriado ou não estava me sentindo bem. Funciona!

— Eu tenho Tiger Balm — oferece o Segundo Tio.

— *Wah*, tão prestativo — elogia a Segunda Tia, piscando sem parar para ele. — Talvez mais tarde eu vou para seu hotel pegar Tiger Balm para Meddy.

— Ninguém vai esfoliar minha pele. Ela vai ficar marcada por semanas. Não vou aparecer no meu próprio casamento com manchas vermelhas enormes no pescoço e nas costas.

— É, a pele costuma ficar bem feia mesmo — concorda Staphanie, rindo.

A Segunda Tia parece tão decepcionada que me sinto obrigada a acrescentar:

— Mas a senhora ainda pode ir pegar o Tiger Balm no quarto do Segundo Tio, só por garantia.

Ela se ilumina, até a Grande Tia murmurar:

— *Tch*, pega mal, que sem-vergonha.

As bochechas da Segunda Tia ficam vermelhas, mas ela continua sorrindo para o Segundo Tio.

— Por falar em hotel — digo, depressa —, estou muito cansada. Que tal todo mundo entrar e descansar?

— Vocês podem ir — responde Staphanie. — Minha família e eu vamos ficar na faculdade, então vamos pra lá e nos encontramos mais tarde, pode ser?

— Tá ótimo.

Eu me despeço de Staph com um abraço, depois entro no hotel com minha família.

O Randolph é o hotel mais elegante de Oxford, um prédio admirável de tijolos expostos construído em estilo gótico vitoriano. É difícil não se impressionar. Na verdade, é difícil não se impressionar com qualquer coisa em Oxford. A arquitetura da Inglaterra é muito diferente da de Los Angeles.

As construções de Los Angeles são todas baixas e extensas, enquanto Oxford é repleta de construções de tijolos e arenito altas e magníficas, decoradas com pedra esculpida e mármore, ameias, colunas e coruchéus. O interior do Hotel Randolph é tão impressionante quanto o exterior: o piso é de madeira escura, há lustres pendendo do teto, e tudo é revestido de couro genuíno. O tipo de lugar em que as pessoas falam baixinho, em tom de rever...

— *Wah*, este lugar com certeza muito caro, né?

A voz de Ma, que já é alta em circunstâncias normais, soa como um grito na atmosfera silenciosa. Cabeças se viram. Olhos se esgueiram sobre nós.

— Céus, sim, este lugar tão elegante, *ah*? — concorda a Segunda Tia em um tom igualmente alto. — Você ganhou desconto ou não, Meddy? Se não, talvez possa pedir desconto, *ah*?

Eu me viro para a Grande Tia com uma expressão de súplica. Não posso mandar Ma e a Segunda Tia falarem mais baixo, nem para não barganharem um desconto, mas ela pode. A Grande Tia é uma mulher sensata. Vai entender. Ela vê o desespero em meu rosto e dá tapinhas reconfortantes em meu ombro. Solto o ar. Ela vai mandar as irmãs pararem com esse sotaque ridículo e afirmar que desconto está fora de cogitação.

— Vocês, jovenzinhos, escolhem bem — diz ela, solene. — Não precisa pedir desconto. — Ah, graças a Deus. — Este hotel...
— Ela assente educadamente para os funcionários da recepção, que estão todos nos encarando, e fala bem alto, enunciando cada palavra: — Este hotel é do caralho.

* * *

Não consigo encarar o carregador quando ele traz a bagagem. Sei o que todo mundo neste prédio deve pensar delas. De nós. Argh.

— Ainda remoendo o que aconteceu lá embaixo? — pergunta Nathan, secando o cabelo com a toalha ao sair do banheiro.

Em condições normais, eu aproveitaria o momento para admirar seu abdômen, especialmente quando ele está usando apenas uma toalha ao redor da cintura, mas ainda estou muito estressada com o comportamento da minha família.

— Como se desse pra esquecer "do caralho"! Quer dizer, o que a Grande Tia estava tentando dizer, cara?

Nathan ri.

— Pra ser justo, "do caralho" significa "incrível", então ela não estava errada. Este hotel *é* muito incrível.

— Você entendeu o que eu quis dizer.

Solto um grunhido e me jogo na cama. Enterro o rosto nos travesseiros fofinhos.

— Eu sei — diz ele em um tom gentil. A cama afunda de leve quando Nathan se senta do meu lado. Ele afaga minhas costas, e eu derreto sob seu toque. — Elas só estão sendo elas mesmas. Maravilhosas e carinhosas. Você não costuma se importar. O que tá te incomodando de verdade? São meus pais?

Os pais de Nathan, Annie e Chris, não poderiam ser mais diferentes de Ma e minhas tias. Às vezes, até esqueço que Chris nasceu em Hong Kong. Sua família imigrou para a Inglaterra quando ele tinha apenas três anos, e ele estudou nos melhores colégios internos do país. É basicamente um sr. Darcy moderno agora, tanto no modo de falar quanto no de se comportar. Uma partezinha minúscula de mim talvez tenha desejado, em suas horas mais sombrias, que minha família tivesse se integrado um pouco mais ao país que adotaram, assim como Chris.

Olho para Nathan.

— Bom, é. Óbvio que estou ansiosa por causa dos seus pais. Eles são tão educados e bem-comportados e...
— Insuportáveis? Andam por aí de nariz empinado?
— Não! — Começo a rir. — Eles são ótimos. Aposto que nunca te fizeram passar vergonha em eventos escolares nem chamaram qualquer coisa de "do caralho". Por que vocês têm que usar palavrão em tudo?" Qual é o problema de vocês, britânicos?
— Hum. Boa pergunta. Tenho certeza de que suas tias vão repetir durante o jantar pra descrever a comida da Ma ou coisa do tipo, aí vamos poder ter uma conversa animada sobre a epistemologia dos nossos elogios mal-educados.

Solto outro grunhido nos travesseiros.
— Vai ser tranquilo. — Nathan ri. — Elas vão se enturmar direitinho.
— Minha família nunca se enturmou direitinho em lugar nenhum.
— Elas vão se enturmar direitinho com a minha.

Tenho que sorrir diante do otimismo incorrigível de Nathan. Como se as experiências extremamente diferentes dentro da diáspora asiática não fossem o bastante, os pais dele também são muito mais ricos do que minha família. É dinheiro antigo: antes de se mudarem para a Inglaterra, os avós de Nathan eram grandes comerciantes em Hong Kong. E a criação abastada sempre fica muito evidente toda vez que os visito. Quer dizer, eles têm taças diferentes para vinho branco e vinho tinto, pelo amor de Deus. Isso é que é ser chique. Ma e minhas tias raramente bebem, exceto pela Quarta Tia, que ingere de tudo naqueles copinhos de papel vermelhos — ela tem a alma de um universitário.

Então meus olhos passeiam pelo rosto ridiculamente perfeito de Nathan, por seu peito ridiculamente perfeito e seu abdômen ridiculamente perfeito.
— O que você tá olhando com essa cara de tarada?
Eu o puxo para cima de mim.

— Só estou admirando o produto antes de me casar com ele.

Nathan tira uma mecha solta de cabelo caindo no meu rosto, então me dá um beijo lento e profundo. Durante mais ou menos uma hora, esqueço minha família e seus sotaques novos e estranhos.

6

Nathan estava errado. Eu estava certa.

Normalmente, eu ficaria feliz com isso, mas, agora, daria tudo para ser o contrário.

Ele está errado sobre os pais amarem Ma e minhas tias. Fica estampado na cara deles assim que chegamos à casa. Annie e Chris cumprimentam Nathan e a mim com abraços e exclamações, exatamente como da última vez, mas, quando vão cumprimentar minha família, hesitam. E não dá para culpá-los.

Ma e minhas tias usam chapéus tão largos que foi difícil fazer todas caberem nos táxis. No topo dos acessórios, há flores de seda gigantes e frutas. Tentei cutucar de leve e sugerir que os deixassem no hotel, mas elas insistiram que usar chapéus na Inglaterra era um sinal de respeito.

— Olá. — A Grande Tia é a primeira a cumprimentar, pronunciando o "o" redondo demais. Sei que ela sabe falar "olá" como um ser humano normal, mas aqui está ela, forçando o sotaque britânico. — Muita gentileza nos convidar para conhecer sua casa, né? Muito encantada de estar aqui.

A mãe de Nathan se recupera e seu sorriso volta a brilhar.

— Ah, é um prazer! É muito bom finalmente conhecer todas vocês. Entrem, por favor!

Há caos e confusão quando os abacaxis e as flores dos chapéus colidem com o batente da porta. Felizmente, as tias decidem tirá-los. Suspiro de alívio. Agora que os chapéus se foram, talvez o resto da noite transcorra bem.

— Meu nome é Friya — diz a Grande Tia.

— Enjelin — continua a Segunda Tia.

— Natasya — diz Ma.
— E eu sou Mimi — conclui a Quarta Tia.
É sempre muito estranho ouvi-las se apresentarem pelo primeiro nome, uma vez que eu sempre as chamei de "Ma" e "tias".
— Maravilha! — exclama a mãe de Nathan. — Meu nome é Annie, e este é meu marido, Chris. Não acredito que não nos conhecemos antes. Já ouvimos tanta coisa sobre vocês!
— Aceitam uma bebida? — pergunta o pai de Nathan, pegando uma bandeja de coquetéis e oferecendo-a para nós.
— Muito obrigada, querido, mas não gostamos muito de beber. Por favor, não tire o traseiro do sofá, sim? — diz a Grande Tia.
Meu. Deus.
— Eu aceito, obrigada — digo e pego uma taça.
— *Yah*, não posso mesmo com álcool, fico muito vermelha — explica Ma.
— Natasya prefere uma erva — murmura a Quarta Tia ao pegar uma taça.
— Perdão? — diz Chris.
— Ela tá falando de medicina tradicional chinesa! — quase grito, depois fuzilo com o olhar a Quarta Tia, que responde com uma expressão cuidadosamente vazia.
— Ah, que maravilha. O Chris aqui cresceu usando a medicina tradicional chinesa, não foi, Chris? — diz Annie.
— Cresci. Na verdade, um dos pratos que preparei para hoje foi frango com ginseng.
— *Wah*, você cozinha? Ah, perdão, quis dizer, caramba, o senhor cozinha? — pergunta Ma.
Minha cabeça começa a latejar. Chris leva Ma para a cozinha enquanto conversam sobre raízes de ginseng e outras ervas chinesas. O restante vai para a sala de jantar, lindamente arrumada, cada lugar preparado com guardanapos dobrados de modo elaborado e duas taças de vinho diferentes.
— Céus, isto muito elegante, né? — diz a Segunda Tia.

— Sim, Annie, você muito grã-fina — emenda a Grande Tia. Sério, alguém, por favor, faz elas pararem. A mãe de Nathan abre um sorriso confuso, depois diz para nos sentarmos enquanto ela e Nathan vão buscar a comida.

— Grande Tia e Segunda Tia, por favor, parem de falar assim, por favor — imploro logo que Annie se afasta o bastante para não escutar.

— *Tch*, Meddy, estamos tentando ser educadas. Como é aquele ditado? Quando em Roma, precisa usar toga — repreende a Grande Tia. — Agora estamos em Inglaterra, estamos em casa de família de Nathan, precisamos falar inglês britânico. Mostramos que nos esforçamos para aprender o jeito deles. Vão gostar.

— Sim, leva semanas e semanas para aprender, sabe — acrescenta a Segunda Tia. — Treinamos em segredo para fazer surpresa. Não seja ingrata, Meddy. Seja boa menina.

Sinto a culpa perfurar meu estômago. Minhas tias estão certas. Estou sendo mesmo uma fedelha ingrata. Sei que fizeram tudo por amor, para impressionar a família de Nathan por mim. Mas mesmo assim! Argh!

— Eu sei, e aprecio muito o esforço, mas isso... estou dizendo, não é assim que os ingleses falam.

— Quem disse? — pergunta a Grande Tia, perplexa. — A professora que contratamos diz que ensina inglês britânico mais atualizado!

— Que professora?

— Ah, sim, encontramos professora em internet — anuncia a Segunda Tia, orgulhosa. — Preço muito bom. Cinco dólares por hora. Fizemos muitas horas!

A Quarta Tia ri, obviamente adorando a conversa toda.

Antes que eu tenha a chance de responder, Nathan e a mãe voltam carregando travessas de comida. Ma e Chris vêm logo atrás, ambos com mais travessas, e, em pouco tempo, a mesa está posta. Nós nos acomodamos nos lugares e admiramos a composição da cena. Todo tipo de comida, tanto chinesa quanto inglesa. Há o frango com ginseng já mencionado, uma tigela gigantesca de macarrão de gergelim picante, um corte enorme de ombro de porco assado, uma travessa de pãozinho de Yorkshire e vários outros acompanhamentos.

— Céus, parece divino, né? — diz Ma.
— Ah, sim, muito boa iguaria, né — comenta a Segunda Tia.
— Sim — diz a Grande Tia, educada. — Muito do caralho.
— Hum, obrigado? — responde Chris.

O olhar de Annie alterna depressa entre minha família e Nathan, que está segurando o riso.

— Elas fizeram umas aulas de inglês britânico antes de visitar vocês — explico depressa, constrangida.

— É mesmo? Que... gentil — diz Annie, fazendo um esforço óbvio para sorrir. — Bom, por favor, fiquem à vontade. Espero que gostem da comida.

Enquanto nos servimos, vejo a Grande Tia vasculhar a bolsa. Ah, não. Já sei o que vai pegar antes mesmo de ver. É como se eu estivesse me movendo em câmera lenta. Estendo o braço por trás da Segunda Tia para segurar a mão da Grande Tia, mas é tarde demais. A garrafa de molho de pimenta é colocada na mesa com um baque de fazer a terra tremer.

Os pais de Nathan param de conversar e olham a garrafa, depois a Grande Tia.

— Isto é... — começa Annie.
— É *sambal* — explica a Grande Tia. — Molho de pimenta indonésio, melhor pimenta. Por favor, prove.

Annie franze a testa, perplexa.

— Não precisa, obrigada. Então você carrega uma garrafa de molho de pimenta na bolsa?
— Ah, sim, claro. Senão não gosto tanto da comida.

É por esse motivo que nunca levo minha família a restaurantes chiques. Já tentei explicar um milhão de vezes por que é falta de educação pegar o próprio molho de pimenta em restaurantes ou na casa das pessoas, mas elas simplesmente não entendem.

— Na Indonésia, todo mundo leva o próprio molho de pimenta para todo lugar. — É o que Ma sempre diz. — Por que é falta de educação? É só prático. Todo mundo gosta de tipo diferente de pimenta. Se anfitrião é bom, anfitrião vai oferecer todas as marcas. Mas nós somos compreensivas, não colocamos essa pressão em anfitrião. Trazemos o nosso.

— É óbvio que adoraríamos a comida com ou sem o molho de pimenta — emendo. — Hum, está tudo delicioso.

— É parte da cultura indonésia — intervém Nathan, prestativo. — Lá é muito comum as pessoas levarem o próprio molho de pimenta pros lugares. Acho uma ótima ideia.

— Sim, maravilhoso — diz Annie, atônita, enquanto observa a Grande Tia cobrir o prato de molho de pimenta.

Quando a comida está tingida de vermelho vibrante, a Grande Tia passa a garrafa para a Segunda Tia, que também cobre a refeição. Quando termina, a garrafa agora já pela metade, passa o molho para Ma. Porém, para minha surpresa e alívio, Ma recusa. Graças a Deus, finalmente, alguém está demonstrando um tiquinho de respeito...

— Acho que a comida do avião não caiu bem, *wah*, meu estômago dói tanto agora. Tive que fazer muito cocô no hotel. Melhor não comer comida apimentada hoje — explica Ma.

Por favor, alguém me mata. Só acaba com isso de uma vez.

Garfos e colheres param no ar. Os pais de Nathan encaram Ma, perplexos. Quero explicar que, na cultura indonésia, a digestão de uma pessoa é um assunto completamente aceitável em uma conversa, mas nem sei como começar.

Nathan pigarreia e diz:

— É, comida de avião pode ser meio ruim, né? Então, mãe, como está o jardim? Fiquei sabendo que a senhora plantou um limoeiro novo.

Ainda bem que Nathan está aqui. Annie começa a contar sobre as frutas e verduras que estão cultivando no quintal.

— Colhemos uns tomates lindos, muito saborosos — comenta Chris. — Mas vou te falar, jardinagem acaba com a minha coluna.

Ele massageia o ombro, franzindo a testa.

— Ah, você precisa fazer Tai Chi — sugere a Segunda Tia. — Vem, vou ensinar.

— Segunda Tia, não...

Mas ela já se levantou da cadeira, marchando até o pai de Nathan, que olha para ela como um adolescente horrorizado. Não posso julgá-lo nem um pouco. A Segunda Tia ordena que ele se levante.

— Tudo bem — murmura Nathan —, vai ser bom pra coluna do papai.

— Mas...

Para meu horror, a Segunda Tia começa a fazer Tai Chi no meio da linda sala de jantar.

— Esta é posição inicial. Faz igual a mim — ordena ela, erguendo os braços.

Com os olhos arregalados em uma expressão que parece uma mistura de medo e incerteza, Chris a imita.

— Segunda posição, Dividir Crina de Cavalo Selvagem. O cavalo muito selvagem, você precisa ser muito gentil, certo?

A Segunda Tia põe um pé para a frente, agachando, e penteia a crina de um cavalo imaginário. Chris faz a mesma coisa.

— A comida tá esfriando — balbucia Annie, ansiosa.

— Certo, vamos rápido — retruca a Segunda Tia. — Rápido, Garça Branca Estende as Pernas. *Cepat, ayo*, mais rápido. Roça o joelho, isso, agora empurra! Ótimo. Agora, Repele Macaco!

O coitado do Chris faz de tudo para acompanhar o fluxo cada vez mais rápido de comandos da Segunda Tia, mas, ao levantar a perna esquerda, uma expressão repentina de dor atravessa seu rosto, e ele grita:

— Minha coluna!

Nathan salta da cadeira e segura o pai. Annie se levanta e corre para a cozinha, dizendo:

— Vou pegar a bolsa de gelo!

— Vamos para a sala de estar. — Nathan guia o pai. — O senhor pode se deitar no sofá.

Meu Deus. Isso é muito pior do que eu estava imaginando. E olha que eu já estava imaginando coisas ruins. Coisas muito ruins. Mas nada havia chegado perto da minha família causando uma lesão no pai de Nathan a ponto de ele ter que ser carregado para fora da sala. Todo mundo se levanta para ir atrás deles, mas Nathan balança a cabeça para mim, e eu digo para minha família ficar na mesa.

— *Aduh*, você e seu Tai Chi — repreende a Grande Tia. — *Nah lho*, olha o que você fez.

— *Tch*, é porque fiz com pressa. Se não for com pressa, não acontece desse jeito — explica a Segunda Tia, ríspida. — Tai Chi muito bom para coluna. Eu tento ajudar.

— Eu sei, Er Jie, você tenta ajudar — conforta Ma. — Ah, talvez eu faço minha bebida de medicina tradicional chinesa para ele...

— NÃO! — Todas nós gritamos em uníssono.

Ma parece magoada.

— Quero ajudar. Trouxe minhas ervas de medicina tradicional chinesa, muito boas para dor.

— Acho que o futuro sogro da Meddy não ia gostar muito de ser drogado por você — retruca a Quarta Tia.

Ma a encara, e a Segunda Tia encara a Grande Tia, e agora de alguma forma demos uma volta completa.

— Meddy — diz Ma depois de um tempo —, vá ver como eles estão, *gih*. Pergunta se Chris quer bebida de medicina tradicional chinesa ou não. Se quiser, eu faço.

Assinto e me arrasto pelo corredor. Por algum motivo, quero ser o mais silenciosa possível. Acho que é porque sinto que invadimos a vida deles feito um redemoinho, como sempre, e agora o mínimo que posso fazer é me mover como um ratinho. Ao me aproximar da sala de estar, ouço vozes sussurradas e congelo.

— ... não é bem o que eu esperava. Elas são, hã, bem diferentes do seu lado da família, não são, Chris? — diz Annie.

Sinto o estômago revirar. Dezenas de emoções diferentes travam uma batalha dentro de mim. Vergonha, raiva, tudo. É óbvio que minha família é diferente da família de Chris! Só porque nós dois viemos de famílias de imigrantes, não quer dizer que somos cópias perfeitas um do outro.

Um suspiro.

— É, mãe. Pode ser uma surpresa pra senhora, mas nem todos os asiáticos se comportam do mesmo jeito.

— Não foi o que eu quis dizer. Você sabe que não foi.

Sinto vontade de vomitar. Eu estava certa. Ela as odeia. Ela nos odeia.

— Pai, como o senhor tá?

Ouço um grunhido. Então Chris diz, com a voz abafada:

— Um pouco melhor. Vocês dois voltem lá e terminem o jantar. Eu vou ficar bem.

— Meddy, como eles estão? Tudo bem?

Minha alma quase sai do corpo. Como Ma conseguiu chegar tão de fininho?

— É, eu estava prestes a...

— *Aiya*, você demora muito. Eu mesma vou e pergunto se ele quer bebida de medicina tradicional chinesa ou não.

— Ma, não...

Mas, a menos que eu pule em cima dela e a prenda no chão, não sei como impedir Ma. Observo, impotente, ela entrar na sala de estar. Vou atrás, com as bochechas queimando. Não consigo encarar ninguém.

— Sir Chris, lamento muito o que acontece — anuncia Ma.

Sir? Mas que porra é essa?

— Eu te digo o que ajuda. Vou fazer minha famosa bebida de medicina tradicional chinesa, tudo bem? — Ma se vira e explica em voz alta para Annie, como se ela tivesse algum problema de audição. — Sabe? Medicina chinesa usa ervas, raízes e animais, tudo natural, não é igual medicina ocidental que sempre usa química.

Annie assente de leve.

— Sim, acho que mencionei que o Chris usa medicina tradicional chinesa às vezes. Bem, se você acha que pode ajudar...

Ma abre um sorriso radiante, quase estremecendo diante de um propósito.

— Com certeza vai ajudar, *pasti*, vai ajudar! Eu tenho pacote de medicina tradicional chinesa na bolsa. Espera um pouquinho...

— Não, Ma — diz Nathan depressa. Ele sabe muito bem o que aconteceu com os padrinhos de Tom Cruise Sutopo depois de uma dose de medicina tradicional chinesa de Ma. — Por favor, não se incomode. Meu pai vai ficar bem.

— Tudo bem, não é incômodo.

— Ma, sério...

O suspiro de espanto de Annie faz todos nós pararmos e nos virarmos para encará-la. Ela está olhando para Nathan como se ele tivesse acabado de socar um bebê.

— Mãe? Tudo bem?

A expressão de Annie é de dor e decepção completas, como se tivesse sido traída. Devagar, com a voz baixa, ela pergunta:

— Você a chama de "Ma"?

Por que eu continuo pensando que esta noite não pode piorar, quando é óbvio que pode? Nossas famílias são simplesmente diferentes demais. Ficou bem nítido que ambos os lados estão perplexos um com o outro. Estavam esperando algumas semelhanças, já que Chris não é apenas asiático, mas de ascendência chinesa como nós, mas, em vez disso, este encontro só está ressaltando quão diferentes somos.

Vamos embora em silêncio pouco depois desse episódio, sem ter comido muito. Nathan diz que vai passar a noite com a família, para se certificar de que o pai está bem.

— Desculpa — sussurro.

Ele assente e abre um sorriso reconfortante, mas que não chega aos olhos. Meu estômago vira um nó enorme e apertado.

As despedidas são dolorosas. Não sei se deveria tentar abraçar Annie. Quando dou um passo em sua direção, ela enrijece visivelmente, então só fico parada e aceno com a cabeça, abrindo um sorriso constrangido.

— Muito obrigada pelo jantar.

Os cantos de seus lábios se erguem um pouco.

— Obrigada por virem — diz ela para todas nós. — Vemos vocês no… ah, bem, vemos vocês no… no casamento.

Ela cospe a palavra "casamento" como se estivesse presa na garganta, como se não pudesse acreditar no que está dizendo.

E uma parte de mim também não consegue acreditar que vai acontecer, principalmente depois desta noite.

7

— Estou tão feliz que vocês puderam vir! — exclamo pela décima quarta vez na noite.

Vou falar o quê? Estou no quarto copo de Pimm's e passei de um pouco altinha para bêbada feliz e carinhosa.

Selena sorri e Seb dá um gritinho e me abraça.

— É óbvio que viemos! — diz Selena. — Eu não perderia por nada no mundo. Minha melhor amiga vai se casar!

— Hã, como é que é? A Meddy é *minha* melhor amiga — retruca Seb.

— Vocês são uns fofos — comenta Staph, tomando outro gole do coquetel de Pimm's. — E isso aqui é incrível.

— Não acredito que você vai se casar em uma das cidades mais bonitas do mundo — comenta Seb —, e eu não vou ser o fotógrafo!

— Sem essa, você tá aqui como meu convidado.

— Não esquenta. Vou me certificar de te mandar todas as fotos ruins — brinca Staph, dando uma piscadela.

— Ei! — resmungo.

— Gostei de você — diz Selena para Staphanie. — Meds, você escolheu uma excelente fotógrafa. Achei que a Meddy nunca ia conseguir escolher um fotógrafo. É tipo, sabe como dizem que médicos são os piores pacientes? Bom, fotógrafas de casamento são as piores noivas. Ela sempre botava defeito em todos os fotógrafos que sugeríamos. Eu estava começando a pensar que ela mesma ia fazer as fotos do próprio casamento.

Selena me imita programando o timer da câmera e depois correndo com meu enorme vestido de noiva para posar. Todo mundo cai na gargalhada.

— Você é uma babaca.

Eu a abraço forte. Nossa, sou muito grata pelos meus amigos estarem comigo, principalmente depois do dia que eu tive.

Nathan e eu passamos o dia todo cuidando das tarefas de última hora: fomos à prefeitura para confirmar o registro de casamento e depois à Christ Church College para resolver as pendências; em seguida, nos reunimos com Ama para repassar os detalhes mais específicos da cerimônia de amanhã. Também pegamos o vestido de Annie na lavanderia. Ela me mostrou a peça em casa, obviamente satisfeita com o caimento. É um vestido lindo — cinza, na altura dos joelhos, com pequenas flores amarelas na barra. É bonito, mas, ao lado das roupas de Ma e de minhas tias, o visual vai parecer muito simples. Ou talvez não seja ela quem vai parecer muito simples: minha família é que vai parecer ridiculamente exagerada.

Em circunstâncias normais, passar o dia todo cuidando do casamento com Nathan seria agradável, mas hoje havia um quê de... alguma coisa. Dava para perceber que ele estava estressado. Parecia que havia um abismo entre nós, uma cerca elétrica invisível que nos daria um choque se a tocássemos. Perguntei uma ou duas vezes se estava tudo bem, ao que ele me beijava na cabeça ou na bochecha e respondia que estava tudo certo.

É óbvio que não estava tudo certo. Perguntei como estava a coluna de seu pai, e ele comentou que havia melhorado um pouco de manhã, embora Chris ainda estivesse com bastante dor. Senti a cabeça inteira queimar de vergonha e culpa. Perguntei como a Annie estava lidando com a situação. Nathan cerrou os lábios e respondeu:

— Ela tá bem.

Depois mudou de assunto e perguntou como eu e minha família estávamos.

— Eu estou bem. Estamos bem — respondi.

Muitos "bens", nenhum de verdade. Só posso torcer para isso tudo ser apenas nervosismo normal de pré-casamento. Já fotografei mais de cem cerimônias, e mais da metade dos casais precisaram ser acalmados por mim, pela madrinha ou pela cerimonialista. É só uma dessas situações. Mesmo assim, aquela parte horrível e insegura de mim passou o dia inteiro querendo gritar "VOCÊ AINDA QUER SE CASAR COMIGO? BUÁ BUÁ!". Estou orgulhosa por conseguir reprimi-la. Viu só? Eu não sou totalmente patética! Na verdade, fiquei um pouco aliviada quando finalmente terminamos a última tarefa, e Nathan me deixou no hotel. Nós havíamos combinado que ele passaria a noite anterior ao casamento na casa dos pais, e eu ficaria no Randolph. Estou meio feliz, meio triste com a decisão. Por um lado, tenho a privacidade do quarto inteiro para surtar. Por outro, meio que queria surtar ao lado de Nathan.

— Terra chamando Meddy. No que você tá pensando? — pergunta Seb.

Quero dizer *Em quão feliz estou por todo mundo que eu amo estar aqui pro meu casamento,* mas deixo escapar:

— Acho que Nathan tá reconsiderando.

— Ah, querida. Ele só deve estar sentindo aquele nervosismo típico de casamento, você sabe como é. Só Deus sabe quantas noivas e noivos já tivemos que acalmar. — Seb me consola.

— Isso é verdade — intervém Staph, assentindo sabiamente. — E eu reparei como Nathan olha pra você. É amor nível casamento, com certeza.

— Eles já eram assim na faculdade — acrescenta Selena. — Dá pra imaginar como era insuportável ser colega de quarto da Meddy?

— Coitadinha. Como você aguentava? — brinca Seb.

Selena coloca a mão na testa em um gesto dramático.

— Sinceramente, não sei como eu conseguia. Enfim, o que estamos querendo dizer é que é óbvio que você e Nathan foram feitos um para o outro. Essa ansiedade toda é o que o Seb e a Staph disseram: nervosismo normal de casamento.

— Espero que sim. — Então me sinto horrível por ser uma bebê chorona e forço um sorriso. — Tá bom, vamos lá dançar.

As duas horas seguintes passam como um borrão: pulamos, dançamos e bebemos. À certa altura, achamos que a noite já deu e saímos cambaleando do clube abraçados, rindo e falando alto demais. Minhas orelhas ainda estão zumbindo, e o mundo balança sob meus pés.

— Quero conhecer um pub — diz Seb.

— Isso! Vamos pro The Eagle and Child. Foi lá que Tolkien escreveu *O Hobbit*, sabia? — comenta Selena.

— Sério?

Fico surpresa. Tento imaginar Tolkien escrevendo em um pub.

— Bom, não sei se ele escrevia mesmo ou se só ia pra encher a cara, mas com certeza era um cliente fiel. Li que eles têm uma placa e tudo.

— Eu adoraria, mas é melhor eu ir dormir. Preciso acordar cedo pra fazer o cabelo e a maquiagem amanhã.

— É, precisa mesmo. Porque VOCÊ VAI SE CASAR! Aaah! — exclama Staph.

Todo mundo ri e solta gritinhos.

— Tá bom, Selena e eu vamos pro The Eagle and Child. E você, Staph? Vem com a gente? — pergunta Seb.

Staph nega com a cabeça.

— Preciso trabalhar amanhã — diz ela, dando uma piscadinha para mim —, então também vou parar por aqui. Vou com você até o hotel, Meddy.

Nós nos separamos, e Staph e eu seguimos para o Randolph.

— Seus amigos são ótimos — diz Staph.

— São mesmo. Sou muito sortuda de ter eles na minha vida. E de ter você na minha vida também. — Entrelaço meu braço no dela, e Staph sorri para mim. — Você não se importa de caminhar de volta pro seu hotel sozinha?

— Não se preocupa. Vou encontrar o Terceiro Tio pra tomar sorvete no G&D's. Não é muito longe do Randolph. É tranquilo.

— Tá, se você tem certeza, tudo bem.

Na entrada do hotel, nos abraçamos outra vez e nos despedimos. Entro na recepção sorrindo, meio entorpecida, e vasculho a bolsa à procura do cartão-chave. Meus dedos roçam uma caixa. Droga! Eu havia preparado presentinhos para Seb e Selena e, de última hora, decidi dar um para Staph também, porque ela tem sido muito prestativa com todos os preparativos do casamento. Tiro a caixinha da bolsa e volto para a rua. Faço uma pausa para que o ar gelado me deixe um pouquinho mais sóbria.

A esta hora da noite, as ruas estão quase vazias, exceto por grupos aleatórios de universitários bêbados e arruaceiros. Vejo a silhueta de Staphanie ao longe e caminho apressada até ela. Está no celular. Tento chamar seu nome, mas minha voz está rouca de tanto gritar na boate e acabo tossindo. Não tenho escolha a não ser correr para alcançá-la.

A alguns passos de distância, ouço fragmentos da conversa.

— É, ainda estamos dentro — diz Staph, a voz carregada de irritação. — Não, eu não estou bêbada, eu cuspi...

Quê? Cenas da noite atravessam minha mente em flashes. Staph ficou carregando uma garrafinha de sidra a noite toda. Entornava sempre que tomávamos um shot. Mas agora que parei para pensar, será que usou a garrafa para cuspir os shots, em vez de bebê-los? Não consigo... não entendo por que ela faria isso. Desacelero o ritmo para não ficar ofegante e mantenho alguns passos de distância dela.

— ... eu precisava... senão... seria suspeito.

O que está acontecendo? Chego ainda mais perto.

Então Staph diz algo que faz meu sangue gelar e meu cérebro entrar em curto-circuito.

— Sim, o alvo ainda é... amanhã. Nós... apagar ela... casamento.

Fico tão chocada com a revelação que não percebo que ela parou de andar até ser tarde demais. Esbarro de cara. Ela se vira e fica de queixo caído. É como se eu estivesse vendo Staph — a verdadeira Staph — pela primeira vez. Sem a camada de profissionalismo nem a amizade, ela parece diferente. Ângulos mais afiados, mais perigosa. Por um segundo, nenhuma de nós se mexe. Então ela leva o celular ao ouvido devagar e diz:

— Depois eu te ligo. — Ela guarda o aparelho na bolsa mantendo o contato visual. — O que você está fazendo aqui, Meddy?

— Eu... hã, eu voltei porque me esqueci de te dar isto... — Levanto a mão e percebo, assustada, que apertei a caixa com tanta força que ficou do formato do frasco de perfume dentro. Minha respiração sai em uma risada baixa. — Desculpa, eu meio que esmaguei a caixa quando ouvi você falar sobre apagar uma pessoa no meu casamento. Que *porra* é essa, Staph?

Desejo que ela negue tudo, que diga que bebi demais, que fumei um pouco da maconha de Ma por engano, mas ela fica em silêncio. De olhos arregalados.

— Você vai mesmo matar alguém amanhã? — Minha voz sai estridente e irreconhecível.

Então ela estende a mão, rápida como uma víbora, e agarra meu braço. Levo um susto e pulo para trás — ou pelo menos tento. Ela é surpreendentemente forte. Tenho orgulho de ser forte também, mas isso sou eu nas condições ideais, não depois de sete doses de licor e uma noite inteira dançando. Todos os meus reflexos estão descalibrados. Tento puxar o braço, mas ela me arrasta até uma viela próxima como se eu fosse uma criancinha. O medo se infiltra na névoa induzida pelo álcool e, de repente, estou de volta ao carro com Ah Guan, percebendo que estou prestes a morrer. Abro a boca para gritar — por que eu não gritei mais cedo, porra? Estou muito doida! —, mas Staph a cobre com a mão. Tento mordê-la, e ela tira a mão. Respiro rápido, mas a mão retorna e, antes que eu me dê conta, estou sem ar.

Cara. Ela quebrou meu pescoço. Cada vez que respiro, sinto a garganta bloqueada. Jogo o corpo para a frente. Meu Deus, ar. Ar!

— Fica calma! — sibila Staphanie. — Eu meio que dei um soco na sua garganta. Você vai conseguir respirar em alguns segundos, eu acho. Espero? Meddy, você tá bem?

Não, é óbvio que não estou bem, porra, você quebrou meu pescoço, é o que tento dizer, mas acabo tossindo outra vez. Alguns segundos excruciantes se passam, e percebo que ela não deve ter quebrado meu pescoço, porque se tivesse eu provavelmente estaria morta.

— Tive que fazer isso, desculpa. Não podia deixar você ficar gritando. Olha aqui... Ai, merda, Meddy.

Inspiro, trêmula, e não tusso de imediato. Inspiro mais uma vez. Calma, respira.

— Quê... — Arfo, depois engulo e tento outra vez — Que merda é essa que tá acontecendo?

Staph fecha os olhos com força.

— Eu... ai... olha aqui, desculpa, a gente *vai* apagar uma pessoa amanhã.

As palavras saem límpidas, mas ainda não entendo. Quer dizer, escuto todas perfeitamente e sei o que cada uma significa de forma isolada, mas, interligadas em uma frase, é como se Staphanie estivesse falando alemão. Uma língua que eu não falo, para deixar bem claro. Solto um ronco, me recompondo, os olhos aguados.

— Porque vocês são o quê, a Yakuza? Um cartel? A máfia?

Há um momento de incerteza. Então a expressão de Staph se torna severa, e ela ergue o queixo.

— Sim, Meddy. Somos da máfia.

— Rá. — O riso sai fraco e morre na hora. Dá para ver na cara de Staph que ela não está brincando. Está falando sério. — Mas... espera, quê? Mas a gente comeu dim sum junto — digo, a voz fraca, como se o fato tivesse algum significado, como se mafiosos não pudessem ir ao Top Island Dim Sum em uma bela manhã de domingo. Mas, sério, eles parecem tão normais. — Vocês não têm tatuagens.

Staph dá de ombros.

— Ama não gosta de tatuagem. Ela é nossa matriarca, caso você não tenha ligado os pontos.

— Você… você tá armada? — sussurro.

Meu Deus, será que eu vou levar um tiro?

Ela balança a cabeça.

— Me explica como eu teria levado uma arma na merda do avião, Meddy!

— Sei lá! Não sei como vocês, mafiosos… Máfia! — Preciso parar de falar a palavra "máfia". — Mas… por que a gente? Por que no nosso casamento? Quem vocês vão matar?

O olhar de Staph se suaviza.

— Não posso te contar, mas confia em mim, a pessoa que vamos matar é cruel. Ela merece o que vamos fazer, tá bem?

— Não. NÃO! Não tá bem. Mas que porra é essa?

— Qual é, Meddy, seja sensata…

— E deixar vocês matarem uma pessoa no meu casamento? — Solto o ar bruscamente. — Você é louca. Vou ligar pra polícia.

— É melhor não fazer isso. — Sua voz vira aço.

Merda, eu não deveria ter dito essa última parte em voz alta, mas, em minha defesa, estou com falta de oxigênio porque minha garganta foi esmagada — certo, não esmagada, mas com certeza machucada. E também por causa do já mencionado álcool.

— Vou te dizer por que é melhor — começa Staph.

Eu me preparo. Espero ela dizer que vai me matar, ou matar Ma, ou matar uma das minhas tias, ou matar Nathan. Então ela fala algo que, de alguma forma, é pior ainda.

— Porque vamos contar pra polícia que você matou um cara em Santa Lucia, e aí você e sua família inteira, incluindo Nathan, vão pra cadeia ficar lá por muito, muito tempo.

8

Não me lembro da volta ao Randolph. Não me lembro de subir a linda escadaria, nem de passar pelas inúmeras pinturas centenárias, nem de atravessar o corredor até os cômodos. Não me lembro de passar pelo meu quarto, sem nem olhar duas vezes para a porta, e ir direto para o de Ma. Não me lembro de levantar a mão e bater na porta, mas de repente ela aparece, com o cabelo preso em bobs, me encarando, confusa.

— *Ada apa*, Meddy? Está na hora de cabelo e maquiagem?

Nego com a cabeça, em silêncio, e Ma me olha com mais atenção.

— *Aiya*, você acabou de voltar de clube? *Aduh*, muito tarde. Amanhã você fica com olheiras, vai ver só, vai se arrepender.

Olheiras. Amanhã. Solto uma risada trêmula ao pensar nisso. Óbvio, porque amanhã é o dia do meu casamento, e eu deveria estar preocupada com coisas tipo olheiras, e definitivamente não com coisas tipo a máfia.

Ma deve ter percebido que estou à beira de um colapso mental, porque sua expressão fica séria de repente.

— Meddy, o que foi? *Ayo masuk*.

Ela segura meu braço e me puxa para o quarto escuro, parando para acender as luzes.

Na cama, a Segunda Tia levanta de supetão, assustada.

— Quê? Hora de fazer maquiagem, é isso?

— Não, Er Jie. Meddy está aqui, acho que acontece alguma coisa — explica Ma.

Elas trocam um olhar.

— Ah, não. Quem você matou?

— Quê? Ninguém!

A Segunda Tia dá de ombros.

— Da última vez que você aparece no meio da noite com essa cara, é porque mata rapaz de encontro. Quem agora, talvez padrinho?

— Não, ninguém morreu, tá bom?

— Ah, não. Eu sei o que acontece! — diz Ma, o rosto contorcido de pesar. — Ainda pior que Meddy matar alguém. Nathan cancela casamento, certo?

— Não! Aliás, como isso é pior do que eu matar alguém? Será que vocês podem só... preciso de um minuto.

Corro para o banheiro, abro a torneira e jogo um pouco de água gelada no rosto. Encho um copo com água gelada e bebo em goles enormes, depois encho de novo e bebo outra vez. Meu reflexo me encara, os olhos turvos, as bochechas manchadas e o cabelo parecendo um ninho de passarinhos. Estou um caco, mas a água gelada me ressuscita. Respiro fundo. Estou bem. Está tudo bem. Já lidei com situações piores. Tipo a noite em que matei um cara. *Por acidente.*

Quando saio do banheiro, fico um pouco surpresa ao ver que a Grande Tia e a Quarta Tia também estão no quarto. Todas as luzes foram acesas, e Ma está cortando uma manga enquanto a Segunda Tia faz chá para todas. Onde é que ela encontrou uma manga em um hotel em Oxford?

— Casamento cancelado — declara a Segunda Tia em voz baixa.

— O casamento não foi cancelado. Eu queria cancelar, mas não dá.

Ma se sobressalta.

— Meddy, por que você diz isso? Por que quer uma coisa dessas?

— Eu não... eu não quero. Eu só... — Então tudo escapa em uma torrente de lágrimas. A noite na boate, eu esquecendo o presente de Staph e ouvindo sua conversa no celular, a revelação terrível. — Aí ela disse que se a gente cancelar o casamento, chamar a polícia ou falar pra qualquer outra pessoa, ela vai nos denunciar e dizer que matamos Ah Guan e aí seríamos presas!

O fim da declaração é recebido com quatro caras espantadas. O silêncio se estende pelo que parece uma eternidade, então a Grande Tia se levanta e vai até a escrivaninha.

— Grande Tia, o que a senhora...

Paro quando ela pega a chaleira elétrica e começa a despejar água quente nas respectivas xícaras.

— Chá. Chá bom para você, ajuda a pensar — murmura.

A Segunda Tia se levanta e imediatamente faz uma postura de Tai Chi, enquanto Ma salta da cama e vai pegar o prato de manga. A Quarta Tia examina as unhas — trocou as penas por strass que percorrem todo o seu dedo. Eu deveria ter esperado essas reações de minha família, mas ver acontecer de verdade é surreal.

A Segunda Tia para no meio da postura.

— Então família inteira é máfia? Hendry também?

A Grande Tia lança um olhar de soslaio para ela, ardilosa.

— É óbvio que Hendry também. Seu namorado — diz ela, triunfante. — Não presta.

— Não é meu namorado — declara a Segunda Tia, ríspida, mudando de postura em um movimento agressivo.

A Grande Tia bufa, debochada.

— Ah? Não é namorado? Então por que você liga para ir comer, só vocês dois? Muito oferecida, depois pessoas falam.

— Nós só encontramos no Starbuck, por acaso — sibila a Segunda Tia.

— Desde quando você vai em Starbuck, *ah*? — pergunta a Grande Tia.

— Hã, será que a gente pode focar na parte da máfia em vez dessa história de ser namorado ou não? Eles vivem de atividades ilícitas e, hã, matam pessoas que entram no caminho. E vão usar meu casamento para matar alguém. As senhoras entenderam essa parte, certo?

— Sim, sim, eu sei o que máfia faz — diz a Grande Tia, me entregando uma xícara de chá. Como ela se recuperou tão rápido do choque do que acabei de contar? — *Daigu bilangin ya*. Quando eu pequena, máfia problema sério em Jakarta. *Waduh*, toda noite era gritaria aqui e ali, e depois de manhã tem corpo morto na rua, bem de frente para casa.

— Nossa. Em que parte de Jakarta as senhoras moravam?

— *Aduh*, não importa em que parte você mora, tem esse problema sempre. Esse grande motivo para mudança. Agora vocês crianças crescem moles, ouvem que alguém é máfia e ficam com medo.

— Hã, sim? Acho que essa é meio que a reação normal quando se descobre que os fornecedores do seu casamento são mafiosos.

A Grande Tia só faz um muxoxo e joga uma fatia de manga na boca, mastigando enquanto debocha. Não sei dizer exatamente o motivo do debocho — sou eu ou a máfia? Eu me viro para Ma. De todas as quatro irmãs, ela é a mais medrosa. Fica nítido que herdei sua covardia, a cagona que acha bandidos intimidadores. Mas os olhos de Ma estão brilhantes enquanto ela mastiga a fatia de manga, mais entusiasmada do que assustada.

— *Eh iya!* Lembra de nosso vizinho? *Apa ya* o nome dele...

— Hugh Grant Halim? — arrisco. Estou começando a ficar com a cabeça zonza. — Tom Hanks Suwandi?

— *Apa sih?* — repreende Ma. — Que nomes ridículos são esses? Pare de tirar sarro.

— Desculpa — murmuro.

Acho que eu estava mesmo sendo babaca.

— Ah, sim — diz Ma, estalando os dedos. — O nome era Abraham Lincoln. Sim, Abraham Lincoln Irawan.

— Isso! Por que eu estava chutando Tom Hanks? Presidentes dos Estados Unidos, é óbvio!

Sei que estou sendo horrível e rude, mas sério. Por que minha família está tão calma mesmo depois da notícia devastadora que acabei de jogar na cara delas?

— Chamamos ele de Abi. Ah, ele tinha quedinha enorme pela Segunda Tia. *Ya, Er Jie*? Lembra de Abi?

A Segunda Tia mal interrompe o Tai Chi. Olha para nós enquanto entra na postura Cobra Se Esgueira Pela Grama e reprime um sorriso acanhado.

— Sim, ele muito apaixonado por mim, *aduh*, tinha tanta vergonha, *deh*, toda manhã nós vamos para escola, ele me pede para sentar em bicicleta dele.

— Alguma coisa errada com você — murmura Grande Tia.

— É por isso que cara ruim sempre vai atrás de você.

— Er Jie, eles conseguem sentir sua garota sapeca interior — zomba a Quarta Tia.

A Segunda Tia cerra os lábios e as ignora.

— Isso é tudo muito fofo — comento, cada vez mais desesperada —, mas o que tem a ver com a máfia?

— *Tch*, Meddy, tenha paciência, certo? Não interrompa sua tia, muito mal-educado — repreende Ma.

— Sempre digo para ele que não, não sou garota *ngga bener* que vai sentar em bicicleta dele — conta a Segunda Tia. A Grande Tia espirra e a Segunda Tia lança um olhar raivoso para ela, depois muda para outra postura, erguendo os braços de forma dramática. — *Wah*, Abi fica mais desesperado, todo dia me traz flor ou *kweitau*. O *kweitau* sempre cheira muito bem, mas eu nunca aceito.

— Eu aceitava — intervém a Quarta Tia. — Sempre falava para ele que ia entregar para você, mas depois eu mesma comia.

A Segunda Tia congela no meio da postura e encara a Quarta Tia.

— Que foi? — pergunta a Quarta Tia. — Como você disse, o cheiro era ótimo, e eu tinha o quê, quatro anos? Não tinha noção das coisas. Você! — Ela se vira para Ma. — Era para você ficar tomando conta de mim, mas estava ocupada demais brincando no fosso. Procurava girinos ou sei lá o quê, então eu ficava sozinha. Tinha que me virar.

— *Aiya!* — exclama a Segunda Tia. — É por isso que Abi nunca desiste. Ele pensa que eu aceito o *kweitau*! *Aduh*, você, *ya*! Cria grande problema para mim.

— Por quê? O que aconteceu, Segunda Tia? — pergunto. Apesar de tudo, já estou envolvida com essa história insana.

— Bom! — A Segunda Tia bufa. — Quando ele faz doze anos, Abi entra para máfia. Diz que faz isso para ganhar mais dinheiro, aí pode me comprar Mercedes.

— Ah, não — sussurro.

— Viu o que acontece por que você gulosa demais? — diz Ma para a Quarta Tia, que revira os olhos.

— Ah, tá. Um menino idiota entra para a máfia porque criança de quatro anos sempre pega seu *kweitau*. Tenha dó.

— Por favor, me diz que o Abraham Lincoln saiu da máfia, foi bem na escola e agora tem um casamento feliz com três filhos e um cachorro — falo.

Silêncio. A Grande Tia mastiga ruidosamente outro pedaço de manga. A Segunda Tia faz outra postura. Ma bebe chá como quem não quer nada. A Quarta Tia mexe nas sobrancelhas.

— Ah, não. Ele morreu? — pergunto.

— *Choi*, bate em madeira! — exclama a Segunda Tia. — É claro que não, que bobagem.

Relaxo um pouco.

— Então o que aconteceu com ele?

— A máfia obriga ele fazer todo tipo de coisa ruim. Roubar professor na escola. Depois roubar da sala de diretor, *aduh*, muito ruim. Ele é descoberto e é óbvio que expulsam Abi. Aí a família passa vergonha. Muita humilhação! Imploram para ele parar, sair da máfia, máfia muito ruim, mas não, ele diz que precisa comprar Mercedes para mim. Então finalmente expulsam ele.

A Segunda Tia suspira e balança a cabeça dramaticamente.

— Tipo, renegaram ele? — pergunto.

A Segunda Tia assente.

— Então máfia acolhe e cria como filho.

— Uau. E aí?

— Aí ele fica mais velho e ouvimos que ele assume controle de máfia, depois vira chefão de máfia, fim da história — conclui a Segunda Tia, que para de fazer Tai Chi e se senta. — *Wah*, muito bom alongar. *Eh*, onde está meu chá?

— Espera. — Encaro. — É só isso? Essa é a história? Mas o quê... Por que a senhora me contou essa história?

Ma suspira.

— Você não entende, Meddy? Porque Abi é tão... ele não impressiona, sabe? Ele muito pequeno e quietinho, sempre sofrendo por sua Segunda Tia. Mas pessoa como Abi pode virar chefão de máfia, então acho que máfia não é tão assustadora.

— Quê? Não é assim que funciona! É por isso que a senhora contou essa história? Pra me falar que até um fracote como o Abraham Lincoln pode virar chefão da máfia? Quando foi a última vez que vocês se viram?

A Segunda Tia mal tira os olhos da xícara de chá.

— Antes que ele sai da vizinhança para entrar em família da máfia. Talvez ele tinha catorze, quinze anos.

— A senhora não acha que ele deve ter mudado bastante desde então? Deve ser muito assustador agora.

Todas riem.

— Ah, Meddy, você não sabe como ele é. Sempre muito tímido, sempre muito educado também. Abi me chama de Irmã Mais Velha — explica a Grande Tia.

Pego o celular, abro o navegador e digito Abraham Lincoln Irawan no Google. Arregalo os olhos. Uau, como foi que eu não conheci esse cara até hoje? Tem mais de mil resultados de busca, a maioria matérias de portais de notícias indonésios.

REI DA MÁFIA ABRAHAM IRAWAN É CULPADO
PELO ASSASSINATO DE HERMANSAH CAHYADI

ESCÓRIA DE JAKARTA, ABRAHAM IRAWAN
FOGE PARA PAPUA-NOVA GUINÉ

Abro a seção de imagens e, dito e feito, há centenas de fotos. Como eu temia, ele é totalmente apavorante: musculoso, óbvio, mas isso não é nem o começo. Seu corpo é coberto de tatuagens, das mãos ao pescoço. Parece ser o tipo de pessoa que causaria um grande estrago.

— É esse cara aqui?

Minha família se inclina sobre a tela e quatro bocas se abrem.

— *Wah!* O que acontece com ele? *Ih*, olha todas as tatuagens — diz a Segunda Tia, estremecendo.

— *Aduh*, muito assustador — declara Ma.

A Grande Tia assente, os olhos arregalados.

— Este é pequeno Abi? Minha nossa — sussurra.

— Ele ficou gostoso — admite a Quarta Tia. Todo mundo a encara. Ela dá de ombros. — Que foi? Ficou mesmo!

Puxo o celular de volta. As tias protestam, mas eu bloqueio a tela.

— Olha, só estou tentando dizer que a máfia é perigosa demais. Olha esse cara! As senhoras achavam que o conheciam, mas olha só o que ele virou. Tá matando gente a torto e a direito. Então acho que precisamos levar a família da Staphanie muito a sério.

Ma cerra os lábios.

— Bom, família de Staphanie não parece igual Abi.

Suspiro.

— A senhora tem razão, mas isso não significa que não são perigosos.

Sério, por que ela está tão tranquila com essa situação?

— Meddy está certa — declara a Grande Tia. — Melhor tomar cuidado. Vamos para polícia.

— Não, não podemos fazer isso — retruco depressa. — Lembra? Falei que eles vão contar pra polícia sobre Ah Guan se cancelarmos o casamento. Todo mundo seria preso, até o Nathan. Até Jacqueline e Maureen!

A Grande Tia balbucia um xingamento em hokkien.

— *Terus gimana?* O que eles querem que a gente faça?

— Querem que a gente continue o casamento, como o planejado, e finja que não sabemos de nada pra eles poderem apagar o alvo.

— O que significa isso de "apagar"? Apagar de borracha? Tipo quando a gente diz "apagar o passado"? Tipo assim? — pergunta a Grande Tia.

— Não, minha querida Irmã Mais Velha, significa "matar". Eles querem matar alguém no casamento — explica a Quarta Tia.

Ma, a Grande Tia e a Segunda Tia erguem os olhos das xícaras de chá e param de mastigar as fatias de manga.

— Verdade, Meddy?

Assinto.

— É. Por que as senhoras acham que eu estava surtando esse tempo todo?

Ma contorce o rosto em uma expressão de horror e abre a boca em um lamento.

— *Aiya!* Não pode ser! Como possível?

Balanço a cabeça, furiosa. Ótimo, finalmente caiu a ficha de como a família de Staph é perigosa.

— Muita falta de sorte! — lamenta Ma.

Paro de mexer a cabeça.

— Espera, o quê?

— Matar alguém no seu casamento? Vai amaldiçoar cerimônia! Mais tarde não tem netinhos!

— Hã. Sim, claro. Mas acho que a questão mais preocupante é o assassinato, talvez?

Ah, a quem estou tentando enganar? A questão mais preocupante para Ma sempre vai ser a possibilidade de não ter netos.

— *Tch*. Sim, sim, assassinato é ruim, mas assassinato no dia do casamento de alguém muito pior! *Ugh*, como uma pessoa ser tão cruel e querer me amaldiçoar desse jeito? Amaldiçoar para eu nunca ser vovó!

— Ou então, como alguém pode ser tão cruel para querer matar uma pessoa? Mas que seja — murmuro, mais para mim mesma do que para qualquer uma delas. Então digo com a voz mais alta: — É, com certeza. Seria uma pena se Nathan e eu não pudéssemos ter filhos por causa disso. Precisamos impedir essa máfia.

Ma assente com tanto vigor que parece um boneco de posto.

— Sim! Precisamos impedir. Certo?

Ela olha para a Grande Tia.

Todas ficam em silêncio enquanto a Grande Tia pousa delicadamente a xícara de chá na mesa.

— Meddy — começa ela depois de um tempo. — Quem eles querem matar?

— Não sei. — Suspiro. — Staph não quis me contar. Mas disse que essa pessoa merece morrer, então acho que é alguém de outra família de mafiosos, talvez?

Faço uma pausa. Meu Deus, quantos mafiosos vão comparecer ao meu casamento?

— Certo, vamos ver lista de convidados. Está com você? — pergunta a Grande Tia.

— Tá, sim.

Pego o celular e envio a lista de convidados para o grupo da família no WhatsApp. Há um momento de silêncio enquanto examinamos nome a nome.

— Ninguém do nosso lado — diz a Quarta Tia.

— Aham — concorda a Grande Tia, assentindo de modo convencido. — Ninguém do nosso lado envolvido nesse tipo de coisa. Somos muito boa família.

Leio a lista dos nossos convidados, e elas têm razão. Ninguém se destaca como um alvo óbvio da máfia.

— Certo, mas a família do Nathan também. As senhoras conheceram os pais dele. Parecem mafiosos pra vocês?

A Segunda Tia gargalha.

— O pai nem sabe fazer Tai Chi, como vai matar alguém?

— Cruel, mas é verdade. Bem observado. E já conheci alguns parentes do Nathan. Meio que são todos desse jeito, muito certinhos e educados. — Olho a lista outra vez e é como se uma lâmpada tivesse se acendido de repente na minha cabeça. — Negócios — sussurro.

— *Eh*, o quê? — pergunta Ma.

— Pessoas de negócios! — Pronuncio as palavras tão rápido que minha língua se enrola. — Nathan convidou um monte de investidores e parceiros de negócios. Gente com muita grana que anda de jatinho particular e coisas do tipo. É mais provável eles estarem envolvidos em coisas suspeitas.

— Aaah, faz muito sentido! — concorda Ma, depois dá tapinhas afetuosos em minha bochecha, orgulhosa. — Minha filha, sempre tão esperta.

— Precisamos ter uma conversa sobre o que deixa a senhora orgulhosa, mas obrigada, Ma.

— Então quais investidores e parceiros de negócios? — interfere a Grande Tia.

Vasculho a lista e menciono alguns nomes que reconheço.

— Braian Tjoeng. Acho que ele é dono...

— Tjoeng! Ah, sim, muito rico, segundo maior de Indonésia. Muito bilionário — diz a Grande Tia.

— Certo, então esse é um. Lilian Citra... Eles são muito próximos, e ele a trata com muito respeito, então acho que ela deve ser uma das principais investidoras. E Elmon Negorojo. Acho que a família dele é dona de cafezais nas ilhas da Indonésia.

— Ah, essas ilhas. Algumas plantam café, outras plantam palmeiras, outras plantam cocaína, vai saber? Muita ilha para governo saber — comenta Ma.

— Hum... ok. — Tento imaginar Elmon, um homem quieto que usa óculos, como um grande traficante. — Talvez? Enfim, esses três são os únicos que eu consigo lembrar que são grandes o bastante pra se tornarem alvos da máfia.

— Certo, ótimo. Dá para encarar — declara a Grande Tia.

— Hum. Como é que é?

— Amanhã, a gente protege eles. Vamos garantir que nada de ruim acontece. Pegamos Staphanie e família quando tentam assassinar, depois pegamos, *haiyah*! E aí mandamos para polícia. Quando polícia descobre que são máfia tentando matar alguém, não importa o que dizem para polícia, polícia não vai acreditar.

Todas assentem, parecendo muito determinadas. Meu coração cresce até ocupar o peito inteiro. Minha família, sempre pronta para ir ao meu resgate. Não mereço tanto assim.

— Obrigada, Grande Tia. É uma boa ideia. É, vamos fazer isso. Não vamos deixar eles matarem ninguém.

— É óbvio que não — diz Ma. Seus olhos brilham de determinação. — Ninguém entra no caminho de netinhos!

PARTE 2

◆

APROVEITANDO SEU CASAMENTO

(É mesmo um casamento se ninguém é assassinado?)

9

Acordo com um friozinho na barriga, uma sensação borbulhante de entusiasmo que me faz abrir os olhos com um sorriso enorme. Vou me casar com Nathan hoje! Pego o celular e sorrio quando vejo mensagens dele.

Nathan [06:32]: [envia imagem]

A imagem carrega e, quando abre, não consigo conter uma risadinha. Me sinto uma menina de doze anos. É um print da lista de contatos de Nathan, em que meu nome não consta mais como Meddelin Chan, e sim "Esposinha".

Nathan [06:33]: Não aguentei esperar e já mudei. 😊

Sério, como ele pode ser tão fofo?

Meddy [07:02]: Você é um bobo.

Nathan [07:02]: A Bela Adormecida acordou. Mal posso esperar pra te ver. Mal posso esperar pra me casar com você!

Estou sorrindo tanto que minhas bochechas estão doendo de verdade.

Meddy [07:03]: Eu também. Tá, preciso ir me arrumar. Vejo você mais tarde… maridão! 😚

Fecho a conversa e franzo o cenho ao ver as notificações do WhatsApp. São... muitas mensagens no grupo da família, incluindo a sequência de emojis indecifrável de sempre.

Segunda Tia [06:45]: Meddy vc acordada ou não? Já estamos em quarto de Christ Church. Pessoa da maquiagem já aqui. O Vc-Sabe-Quem. 🤭 🔪 🍔

Ma [06:46]: É Segundo Tio. Pessoa da maquiagem é Segundo Tio. Aduh, muito assustador, máfia tocar meu rosto...!

Segunda Tia [06:47]: Aiya por que vc diz em chat???! Depois polisia vai ver!!! 😠 😭

Quarta Tia [06:48]: Sim, com certeza os policiais vão olhar nossos celulares e isso seria incriminador. 😒

Ma [06:49]: Como deleta mensagem????

Grande Tia [06:50]: Você klika em mensagem, depois aparece deletar e aí você escolhe deletar. 🎩 ☠️ 🤖

Ma [06:51]: Como? Eu não vejo deletar onde é? 👍 🤠

Ma [06:52]: Ah agora eu vi acho.

Ma [06:52]: [Ma saiu do grupo]

Quarta Tia [06:53]: Típico. É claro que ela teve que fazer uma saída dramática. 🙄

Segunda Tia [06:53]: Eh, Nat diz que sai por assidente. Vc pode adicionar ela de novo ou não?

Quarta Tia [06:54]: Sinto muito, não sei como faz. 🫣

Grande Tia [06:55]: Meddy pode adicionar sua mãe de volta ou não ah?

Segunda Tia [06:56]: Sim Meddy vai saber como. Meddy vc acorda agora tá bom Meddy.

Grande Tia [06:57]: Meddy olá pfvr acorde bom dia olá.

A conversa continua nesse ritmo por um tempo, todas elas mandando mensagens para me acordar, mesmo sendo óbvio que eu deixei o celular no modo silencioso. Bato o telefone na cama com a tela para baixo, sentindo o frio na barriga se transformar em uma nevasca impiedosa. Máfia. Merda.

Os acontecimentos da noite passada voltam com tudo e, de repente, me sinto enjoada. Todo aquele álcool barato borbulha em meu estômago. Consigo chegar ao banheiro antes de começar a vomitar na pia. Meu Deus. Como eu fui esquecer? Staphanie e a família são uma *família*. Tipo a porra dos Sopranos. A fotógrafa do meu casamento, a pessoa que eu considerava uma amiga, alguém em quem eu confiava de olhos fechados, é literalmente uma gângster. Perceber que eu pensava em Staphanie como uma amiga de verdade enquanto ela me via como parte de um trabalho faz com que eu me sinta extremamente violada.

Jogo água gelada no rosto e gargarejo com enxaguante bucal. À luz do dia, sem os efeitos inebriantes do álcool, percebo que essa foi uma pergunta que esqueci de fazer para Staphanie. É muita coincidência. O nó em meu estômago aperta. Existe apenas uma possibilidade de não ser coincidência. Eles devem ter nos procurado, entrado em contato com Ma ou as tias, e depois nos convencido a contratá-los. Encaro o espelho, odiando a mim mesma por ter caído na armadilha. Como é possível que eu julgue tão mal as pessoas?

Depois de Ah Guan, achei que havia me tornado mais cuidadosa, que havia desenvolvido uma espécie de radar para criminosos. Mas não, aqui estou eu, tão ingênua quanto antes.

E agora o alvo — literalmente outro ser humano — deles vai ser apagado durante o meu casamento. "Apagado." Soa tão leviano quando eu falo desse jeito, parece que estou falando de um encontro qualquer, e não de um assassinato.

Meu Deus. Nem pensei em como eles vão matar a pessoa. Dando um tiro na cabeça? Sinto um arrepio e fecho os olhos com força. Vejo esse tipo de coisa o tempo todo na TV sem nem piscar, mas agora, só de imaginar a cena, sinto vontade de vomitar. Ou será que vão esfaquear? Quebrar o pescoço? Tento pensar em Staphanie torcendo a cabeça de uma pessoa a ponto de quebrar e percebo, para meu horror, que consigo facilmente imaginar a cena. Imagino-a com a expressão resoluta, aproximando-se por trás de um homem desavisado, enquanto ele perambula e prova canapés durante o coquetel. Imagino-a tirando uma pequena faca do bolso e levantando o braço devagar até a lâmina encostar na bochecha dele. Staphanie a desliza com agilidade pelo pescoço da vítima. Sangue jorra, pessoas gritam…

Merda.

Solto um suspiro trêmulo. Não. Não pense assim. Vamos estar lá para impedir Staphanie e sua família. Seja lá o que eles estiverem planejando, vamos impedi-la. Termino de lavar o rosto depressa, visto uma camisa e uma calça jeans, e vou até a recepção. Do lado de fora, pego um táxi para a Christ Church College, onde disponibilizaram um quarto para nos arrumarmos para o casamento. Staphanie já se certificou de que os vestidos fossem passados e pendurados lá. Fecho a cara ao pensar em Staphanie cuidando de todas essas tarefas. Tão prestativa. Tão ardilosa.

Ma abre a porta e o barulho jorra do quarto. Como sempre, minhas tias estão gritando, mas, desta vez, há também a voz de um homem misturada ao caos, tão estridente quanto a delas.

— Meddy! *Aiya*, você acorda muito tarde.

Por um segundo, só consigo olhar. O cabelo e a maquiagem de Ma estão no estilo sino-indonésio: tudo é grande, tudo é maior do que o normal. Seu rosto está coberto de pó — a pele muito branca, as pálpebras pesadas com cílios postiços, as sobrancelhas superescuras e densas. O cabelo, aumentado com bobs meticulosamente aplicados, está tão alto que ela parece estar usando uma peruca de nuvem. No topo do tufo de cabelo, o temido *fascinator* de dragão-de-komodo beberica seu chá.

— O que acha? — pergunta Ma, nervosa, apalpando o penteado com delicadeza. — Muito pálido? Mais blush?

— Hã...

Ma não me espera responder. Ela se vira e volta para o quarto. A cauda do dragão quase arranca meu olho. Corro atrás dela, fazendo uma careta enquanto processo a cena caótica.

Na penteadeira, com os dentes cerrados em uma expressão óbvia de irritação, o Segundo Tio aplica extensões de cabelo na cabeça da Grande Tia, enquanto a Segunda Tia inspeciona o trabalho por cima do ombro dele. Quando o homem insere um grampo enorme para fixar o *fascinator*, a Grande Tia solta um grito.

— *Aduh*, machuca couro cabeludo!

— Preciso deixar dragão bem preso — murmura o Segundo Tio, enfiando outro grampo no penteado enorme.

— Você faz errado! — retruca a Segunda Tia, ríspida. — Veja, isso que acontece quando gângster malvado acha que pode fazer profissão de grande habilidade como cabeleireira e maquiadora! Viu só? VIU SÓ?

Meu Deus. Por favor, alguém me diz que nem mesmo minha família é louca o bastante para falar desse jeito com A PORRA DA MÁFIA.

A quem estou tentando enganar? É óbvio que minha família é.

A Grande Tia está observando seu reflexo com uma insatisfação silenciosa e apertando a têmpora com um dedo. De vez em quando, ergue a cabeça para lançar um olhar frio para o Segundo Tio, mas seus lábios se mantêm fechados com firmeza.

A Quarta Tia está relaxada no sofá, fazendo a própria maquiagem.

— Sem ofensa, senhor, mas não vou confiar esta obra de arte a um maquiador fajuto — murmura enquanto passa base com a facilidade de uma expert.

Então me dou conta de que o Segundo Tio não deve saber nada de cabelo e maquiagem. É como se uma pedra enorme estivesse esmagando meu peito. Todas as fotos lindas que eles nos mostraram no dim sum, todos os exemplos de cabelo, maquiagem e buquês... Devem ter achado tudo na internet. Agora me lembro de como a Segunda Tia reconheceu uma das imagens. É óbvio. Devem só ter pegado fotos do Pinterest e colocado no portfólio.

Sinto o sangue ferver de raiva. Além de criminosos implacáveis, os fornecedores do meu casamento são *plagiadores*. Argh!

— Você pelo menos sabe usar modelador de cabelo? Hã? Sabe ou não? Acho que não sabe! — repreende a Segunda Tia.

— Você acha que é fácil? Só porque você homem grande, muito gângster, acha que sabe usar aplicador de batom?

O Segundo Tio não responde ao massacre, mas, pela forma como solta um muxoxo baixinho e pelas rugas em sua testa, não vai demorar para perder a cabeça e — sei lá — fazer seja lá o que mafiosos fazem quando perdem a cabeça. Talvez tirar um facão do bolso de trás e começar a nos fatiar aqui e agora? Deve ser uma possibilidade, certo?

Corro até eles assentindo de leve. Considerando a chance preocupante de um ataque de facão, é melhor ser legal, mas não consigo forçar um sorriso, sabendo quem ele realmente é.

— Ei, Segundo Tio.

Ele olha para mim e balbucia:

— Hum.

A Segunda Tia e Ma ficam boquiabertas e vermelhas.

— Não é assim que cumprimenta noiva! — repreende a Segunda Tia. — Noiva é sua cliente, e cliente sempre tem razão. Você costuma ser primeiro a ver noiva no dia de casamento, então dá o tom para casamento. Precisa cumprimentar noiva com sorriso grande. Assim. Viu?

A Segunda Tia balança a mão em frente ao rosto e abre a boca em um sorriso digno do Coringa.

O Segundo Tio exala devagar.

— Enjelin, eu disse para você, sinto muito...

— Hã! Sente muito? Sente muito por quê? Nada para sentir muito, *kok*!

Ela dá as costas para ele de forma abrupta.

Ah. Entendi. A Segunda Tia está sendo ainda mais agressiva do que de costume porque está magoada. Nos últimos meses, ela e o Segundo Tio andam... Não sei, namorando? Bom, não namorando, porque a comunidade sino-indonésia não acredita em "namoro". Chamamos o estágio entre amizade e casamento de *pendekatan*, que pode ser traduzido como "se aproximar". Nos últimos meses, ela e o Segundo Tio andam se aproximando bastante, e descobrir que ele é um mafioso com segundas intenções deve ter doído muito. Fico de coração partido por ela.

— Segunda Tia...

Não faço ideia do que dizer. Sinto muito por seu meio-que--namorado ter se revelado um mafioso?

A Segunda Tia resmunga:

— Eu só ensino. Ele quer ser cabeleireiro e maquiador falso, precisa fazer direito. Tudo que você faz, tem que fazer bem, senão melhor não fazer, é isso que eu falo.

— É uma ótima filosofia — digo no tom mais apaziguador que consigo. — Muito importante. Bem, Segunda Tia, sei que estou pedindo um favor enorme, mas, hã... sem ofensa, Segundo Tio... mas, já que, hã, meu maquiador se revelou um... maquiador falso, será que a senhora poderia fazer minha maquiagem, Segunda Tia, por...

O grito dela quase me deixa surda. Seu rosto se ilumina de imediato, e todos os vestígios de seu coração partido desaparecem.

— SIM! É claro! *Aduh*, eu queria pedir para você, mas tinha medo. Pensei que talvez... Ah, não, Meddy não vai querer, mas *aduh*, só de pensar em gângster fazer sua maquiagem, *aduh*. Meddy, parte meu coração, *adu-duh*...

— Não fale tanto. Melhor fazer rápido — interrompe a Grande Tia.

A Segunda Tia fecha a boca e lança um olhar irritado para a irmã.

— Sim, sim, certo. Venha, Meddy. Senta aqui.

Ela pega meu braço e me puxa até uma cadeira na pequena mesa de jantar, onde sou obrigada a me sentar antes de dar um passo para trás e examinar minha cara. Inclina o rosto de um lado para o outro, murmurando por um tempo, depois bate palmas.

— Certo. Sei o visual perfeito para você.

Todas nos sobressaltamos por causa de uma batida na porta.

— Olá? Todo mundo vestido? — chama Selena.

— São a Selena e o Seb!

Salto. Porém, antes que eu possa chegar à porta, o Segundo Tio estende a mão e agarra meu braço com força.

— Lembre-se — grunhe ele enquanto minha família assiste à cena, chocada —, nada de contar a verdade sobre minha família.

Sinto o estômago gelar de medo.

— Como ousa?! Solte minha filha agora! — grita Ma.

Até a Quarta Tia se levanta da *chaise longue*, com uma expressão preocupada.

Outra batida. Dessa vez, é a voz de Seb atrás da porta.

— Oláááá! Trouxemos café e *scones*.

O Segundo Tio semicerra os olhos para mim, ignorando todo mundo.

— Entendido?

De alguma forma, consigo concordar com a cabeça. Ele me solta e eu murcho de alívio, sentindo o coração palpitar sob as costelas. Sério. Isso foi de estranho a extremamente assustador em um piscar de olhos.

Ma corre até mim e coloca um braço a meu redor.

— Meddy, tudo bem?

— Tudo bem, Ma. Não se preocupa.

Respiro fundo. Eu consigo. Vou fingir estar calma e mentir para meus melhores amigos no dia do meu casamento. Tá tudo tranquilo. Pelo espelho, a Grande Tia lança um sorriso sombrio para mim e assente de leve. Sei que é seu jeito de me encorajar. Eu consigo. A gente consegue.

Abro a porta e encontro não apenas Selena e Seb, mas Staphanie também, que aponta a câmera para minha cara.

Ela abre um sorriso largo como um tubarão enquanto Selena e Seb me abraçam.

— Feliz dia do casamento, Meddy! — exclama ela. — Vai ser DIVERTIDO.

10

O quarto está insuportavelmente lotado. A faculdade nos deu a maior suíte, mas, mesmo assim, basta colocar quatro tias bagunceiras, um tio rabugento e potencialmente perigoso, dois amigos exagerados, uma amiga falsa e desequilibrada e eu em um espaço fechado para o nível de barulho atingir uma intensidade que me faz querer pular da janela. Talvez eu não estivesse me sentindo assim se não fosse por toda essa história de máfia. Talvez estivesse alegre e relaxada e não prestes a me desfazer em lágrimas a qualquer momento.

Estou imóvel e atordoada, enquanto Seb, Selena e Staphanie passam por mim e o quarto é preenchido por saudações alegres e barulhentas. Minha família cumprimenta meus amigos como se fossem seus filhos, dizendo como se sentem gratas por eles terem vindo até aqui só por minha causa. Tudo que dizem soa muito profundo e genuíno. Como conseguem ser tão boas em fingir que está tudo bem? Enquanto isso, estou aqui, congelada na porta.

O clique do obturador me dá um susto. Staph abaixa a câmera.

— A noiva ansiosa — comenta.

Eu a encaro. Ela é diferente à luz do dia. Tento me lembrar de seu rosto na noite passada — feições afiadas, sedenta e perigosa como uma víbora. Agora ela está com uma maquiagem natural e o cabelo preso para trás. Suas roupas dizem "Não ligue pra mim; sou apenas uma figurante". Parece doce, jovem e incapaz de matar uma pessoa. Enquanto eu virava de um lado para o outro na cama ontem à noite, cheia de raiva e ódio de mim mesma, fiquei imaginando como posso ter deixado tudo isso passar. Nos últimos meses, Staph e eu nos tornamos tão próximas que parei de encará-la como minha fotógrafa e passei a vê-la como uma amiga. Eu com certeza devia ter percebido antes, certo?

Mas agora, ao vê-la pessoalmente depois de descobrir tudo, sei que nunca tive a menor chance. Ela é muito boa em esconder quem é de verdade. É tão radiante quanto um raio de sol, tão reconfortante quanto um pão quentinho. Na verdade, se o Segundo Tio não tivesse me ameaçado há alguns minutos, a visão de Staph teria me feito questionar se eu havia imaginado tudo o que aconteceu na noite passada. Quer dizer, eu estava muito chapada — seria possível ter sido apenas um sonho.

Staph arregala os olhos, o sorriso imóvel, enquanto coloca uma mecha solta de cabelo atrás de minha orelha.

— Abre um sorrisão, Meddy. Você não quer que as pessoas fiquem desconfiadas... — diz ela baixinho.

É, eu definitivamente não imaginei a noite passada. Saio do torpor e afasto sua mão, passando logo em seguida por ela.

Um estalo alto rasga o ar e meu coração vai parar na garganta. Tiro! Por um segundo, congelo e um milhão de pensamentos me passam pela cabeça. Ela atirou em mim? Por que não está doendo? Será que vai começar agora? Merda, merda...

Vivas e aplausos enchem o quarto.

— Acho que foi uma garrafa de champanhe — diz Staph, seca, ao passar por mim e entrar no cômodo.

Champanhe. Óbvio. Eu me endireito, tentando recuperar o fôlego, e a sigo. Como Staph disse, uma garrafa de champanhe foi aberta e Seb está servindo as pessoas. Selena corre até mim com duas taças, coloca uma na minha mão e espera até todo mundo pegar a sua.

— Para minha melhor amiga, Meddelin Chan! Que você tenha o melhor casamento que já existiu na história dos casamentos. Você merece! — declara ela.

Todo mundo vibra e eu abro um sorriso fraco. O melhor casamento. Ok. Estou prestes a virar a taça, mas mudo de ideia e tomo apenas um golinho. Se é para impedir o plano da máfia e ninguém morrer, minha cabeça precisa estar funcionando direito. Mas acho que minha família não pensa o mesmo que eu — todas elas, incluindo a Grande Tia, entornam as taças rapidamente. Acho que também estão nervosas, embora disfarcem muito bem.

— Uau, Tia, seu *fascinator* é... fascinante — diz Seb para Ma.

— Gostou? — Ma sorri e cora. — Está na moda, sabe. Muito, como é que fala, avança guarda.

— *Avant-garde*. É, com certeza.

Seb me olha de soslaio, e dou de ombros.

Não acredito que eu estava tão preocupada com aqueles chapéus idiotas de dragão-de-komodo. Neste momento, não poderia me importar menos com isso. Pelo menos toda essa história de máfia colocou as coisas em perspectiva para mim.

— Ah, isso muito legal — declara a Segunda Tia, repousando a taça de champanhe na mesa. — Agora, licença, licença. — Ela tira as pessoas do caminho. — Meddy, vem sentar aqui. Hora de maquiagem.

Assinto e me sento na cadeira que ela aponta. Selena franze o cenho.

— Por que a senhora vai fazer a maquiagem dela, Tia? Não era para o tio da Staph fazer?

Ai, merda. Ela tem razão, por quê? Com exceção de Seb e Selena, todo mundo no quarto para, parecendo assustado e perdido.

— Ah, é mesmo. Por que a senhora vai fazer a maquiagem dela? — reforça Staph, e há uma pontada de irritação em sua voz que eu não perceberia se não estivesse procurando. — Achei que estava tudo indo de acordo com o plano.

Ela lança um olhar acusatório para o Segundo Tio, que responde dando de ombros antes de se dirigir até mim.

A ideia de ser tocada pelo homem que acabou de me ameaçar na frente da minha família é insuportável. Quando ele estende a mão para meu rosto, eu pulo e grito:

— NÃO!

Certo, agora todo mundo está definitivamente me encarando. Seb e Selena estão com uma cara de "Que merda é essa?".

— Desculpa — acrescento depressa. — É que... eu mudei de ideia. Eu... Segunda Tia, quero muito que a senhora faça minha maquiagem. Sempre amei e admirei suas habilidades. Sinto muito mesmo, eu sei que pedi para a senhora vir aqui como minha convidada, mas, por favor, faça meu cabelo e minha maquiagem.

— Own! — diz Selena. — Que fofa.

A Segunda Tia corre até mim, empurrando o Segundo Tio.

— Faço sim, é lógico, *sayang*. Certo, é só sentar, *ya*, vou pegar bolsa de maquiagem.

O Segundo Tio dá de ombros outra vez e se vira para a Quarta Tia.

— Posso fazer seu cabelo agora.

A Quarta Tia tira os olhos do espelho de mão com uma expressão tão venenosa que me dá um arrepio. Juro que está prestes a pular em cima dele e rasgar sua garganta com aquelas unhas ridículas dela.

— Posso fazer meu próprio cabelo. Muito obrigada.

Nitidamente exasperado, o Segundo Tio olha ao redor do quarto. Tanto Ma quanto a Grande Tia estão com a maquiagem e o cabelo prontos e fazem questão de ignorá-lo. Ma está fazendo mais chá para Seb e Selena para passar o tempo, e a Grande Tia continua sentada, toda empertigada, a coluna ereta, examinando o quarto e julgando tudo em silêncio.

— Hã, se a maquiagem da família já está pronta, talvez o senhor possa fazer a minha agora? — pergunta Selena, se inclinando para a frente com um olhar hesitante.

Ela não sabe que o Segundo Tio é um maquiador falso. Pensar nesse homem tocando o rosto de Selena é igualmente insuportável.

— Tenho certeza de que a Segunda Tia adoraria fazer a sua maquiagem — sugiro.

A Segunda Tia volta para o quarto, franzindo o cenho ao olhar a bolsa de maquiagem.

— *Aiya*, tanta coisa faltando. Não tenho kit de ferramentas adequado, sabe, paleta de cores completa. Não trouxe porque...

— Segunda Tia, a senhora vai fazer o cabelo e a maquiagem da Selena também, né? — pergunto.

— Hã? — Ela ergue a cabeça e faz um gesto relaxado. — Sim, claro, posso fazer.

— Não — diz Staph com firmeza. Quando nós a olhamos, ela força um sorriso e acrescenta: — Desculpa, pessoal, odeio dizer isso, mas não temos o dia todo pra fazer o cabelo e a maquiagem. Se formos esperar a Segunda Tia terminar a maquiagem de todo mundo e depois a dela mesma, vamos nos atrasar.

— Faz sentido. Vamos lá, Tio Hendry! — diz Selena.

Estou prestes a impedi-la quando Staph me lança um olhar. Engulo o protesto e observo minha melhor amiga se sentar e o Segundo Tio começar a pentear seu cabelo. Sinto bile subir pela garganta. Não vou aguentar. Viro a cabeça e fecho os olhos, lembrando a mim mesma que ele não vai machucar Selena, ela não é parte da trama.

Alguém toca minha mão. Abro os olhos e vejo que Ma está parada a meu lado.

— Mais chá. Tem mais. Eu coloco ginseng para você ter energia para casamento, certo? — Ela dá tapinhas delicados no meu ombro. — Vai ficar tudo bem, Meddy. Sei que você nervosa, mas tá tudo bem.

Meus olhos se enchem de lágrimas e tento contê-las. Como ela consegue? Como é capaz de, mesmo nas piores situações, ter tanta fé de que vai ficar tudo bem? Tomo um gole do chá, me sentindo grata, enquanto a Segunda Tia massageia algum produto em meu cabelo. Respiro fundo e observo o quarto inteiro pelo espelho. Minha família está aqui. Meus dois melhores amigos estão aqui. Estou prestes a me casar com o homem que sempre amei. Vou ficar bem.

Então outro clique atrai minha atenção. Staph está andando pelo quarto e tirando fotos de tudo. É aí que cai a ficha de mais uma constatação horrível: será que ela sabe alguma coisa de fotografia? Sei que isso não é nada se comparado a essa história de "a máfia está nos chantageando para poder matar um convidado do casamento", mas UAU! O pensamento é um tapa na cara.

Quer dizer, sem querer me gabar, mas o fotógrafo é uma das pessoas mais importantes em um casamento. Contratar um profissional ruim é com certeza um arrependimento que dura a vida toda para o casal. Faço parte de ao menos meia dúzia de fóruns de casamento e, de todos os fornecedores, o fotógrafo é de longe o maior arrependimento dos casais. Se a comida for ruim, eles costumam esquecer depois de mais ou menos uma semana. Se o bolo for horrível, pelo menos se divertem postando fotos no Twitter, usando a tag #BoloFail ou coisa do tipo. Porém, quando as fotos ficam ruins, eles lamentam em fóruns o fato de que nunca vão ter boas imagens do dia especial para mostrar a gerações futuras, e meu coração sempre sofre junto.

Agora estou prestes a ser uma dessas noivas com fotos ruins porque minha fotógrafa é uma *falsa* do cacete. Fecho as mãos e me forço a não saltar da cadeira e sair no soco com Staph. Ok, talvez não sejam apenas as prioridades de Ma que precisem ser revistas.

— Posso dar uma olhada na câmera? — pergunto, tomando cuidado para que minha voz não seja nada além de agradável.

Seb grunhe.

— Ah, não. Começou.

— Você me deve cinco dólares — diz Selena, rindo.

Faço uma careta para eles.

— O quê?

— A gente apostou pra ver quanto tempo ia levar até você tentar tomar conta da câmera. Eu disse uma hora, e Selena disse assim que tudo começasse — explica Seb.

Ah. Entendi. Fico irritada por dois segundos, mas me dou conta de que é melhor aproveitar e incorporar o papel de noiva neurótica para ter algum tipo de controle sobre Staph. Abro um sorriso largo.

— Pois é, bem a minha cara. Vem cá, Staph. Deixa eu ver as fotos.

Sou presenteada com uma careta, mas ela se toca e acaba sorrindo entre dentes.

— É claro.

Ela marcha até mim e coloca a câmera em minha mão estendida. Eu a examino com um olhar crítico. Como prometido, Staph de fato tem uma 5D Mark III, então me pergunto se ela sempre teve uma ou se comprou só para se passar por fotógrafa. Se for a segunda opção, foi um grande investimento. Sinto o estômago revirar de medo. A câmera é só mais um lembrete de tudo que eles estão dispostos a fazer para executar o plano. Tento afastar os pensamentos e começo a analisar as fotos tiradas até agora. São só umas cinco, e todas medíocres. Quero quebrar a merda da câmera na cara dela.

— Você sequer se deu ao trabalho de aprender a usar a câmera? — sibilo. Ou pelo menos tento.

A Segunda Tia nem repara a tensão e começa a passar batom em mim.

Staph se aproxima abrindo um sorriso sarcástico.

— Achei que você não ia querer se lembrar de hoje.

Bom argumento. Sim, por favor, recupere um pouco da perspectiva, Meddy. Mesmo assim, o comentário faz meus olhos lacrimejarem. É vergonhoso reconhecer quão incrivelmente egoísta e idiota estou sendo, mas, poxa, é o que de fato me faz perceber que meu casamento está sendo transformado em uma farsa. Melhor aproveitar e tentar fazer alguma coisa.

— Tire muitas fotos.

As palavras mal saem, de tão brava que estou.

Staphanie arqueia a sobrancelha.

— Fotos são tudo pra mim.

Além disso, quanto mais fotos ela tirar, maiores são as chances de capturar algo incriminador.

— Pode ir agora — sibila a Segunda Tia para Staphanie. — Toma. — Ela pega a câmera das minhas mãos e a enfia na cara dela. — Vai lá fingir que tira foto, vai. Agora.

Staphanie dá de ombros e se afasta. A Segunda Tia se agacha para ficar cara a cara comigo.

— Meddy, seja forte, certo? E daí que ela não sabe usar câmera? Meu casamento, só tenho menos de dez fotos, mas toda memória boa está intacta na cabeça. Você e Nathan com certeza vão ter muita memória boa.

Por ela, forço um sorriso.

— Obrigada, Segunda Tia.

Porém, se a família de Staphanie seguir com o plano e de fato matar alguém hoje, acho difícil acreditar que Nathan e eu vamos ter boas memórias do nosso casamento.

11

Com minha maquiagem e meu cabelo prontos, o Segundo Tio e Seb são expulsos para a sala de estar para que minha família possa me ajudar a colocar o vestido de noiva.

— Vocês sabem que eu sou gay, né? — protesta Seb.

— Não importa. Gay ou não gay, nenhum rapaz vê minha sobrinha pelada! — declara a Grande Tia.

A Segunda Tia e Ma assentem e fazem gestos para enxotá-lo. Selena sorri e acena para Seb conforme ele sai do quarto.

Apesar de tudo, fico emocionada quando a Grande Tia e Ma tiram o vestido esvoaçante do manequim. Meu vestido, assim como a maioria dos vestidos de noiva desenhados por estilistas indonésios, tem tantas camadas de tule que, mesmo sem o manequim, fica de pé sozinho. Seguro a mão de Ma ao entrar nele, então começa o processo árduo de apertar o corpete. Preciso da ajuda de Ma e das três tias para executar a tarefa. Elas fecham os botões, e a Segunda Tia encaixa o longo véu de renda na parte de trás do meu cabelo.

— Pronto — anuncia ela no tom de voz mais gentil que já ouvi.

Ma e as outras tias se reúnem ao redor conforme me viro para me olhar no espelho.

Sinto a respiração ficar presa na garganta. Por causa de meu trabalho, já vi muitas noivas, todas lindas à sua própria maneira. Há algo nelas que atrai meu olhar. Quero apenas encarar os vestidos, as unhas lindas e a maquiagem meticulosamente aplicada, o que é muito menos estranho do que soa, juro.

Mas agora que sou uma delas, é indescritível. Meu vestido é uma visão; o tecido abraça minha cintura de modo confortável e flui em ondas delicadas até o chão. Respiro fundo, trêmula.

— Você tá ma-ra-vi-lho-sa! — exclama Selena, depois olha para o próprio reflexo e franze o cenho.

Não a julgo. O Segundo Tio seguiu o estilo indonésio de maquiagem: tudo precisa chamar atenção. Então, assim como Ma e a Grande Tia, Selena está ostentando sobrancelhas muito grossas e arqueadas, cílios postiços volumosos e lábios enormes e sensuais.

— Você também tá ótima — digo.

Sério, está mesmo, de um jeito meio Kardashian.

— Stripper demais para o meu gosto — murmura ela, depois dá de ombros. — Ah, tudo bem, eu consigo fazer funcionar.

— É, consegue, sim.

— Ah, Meddy — diz Ma, levando a mão ao peito. Está piscando bastante para conter as lágrimas. — Meu bebê, você tão linda.

Minhas três tias assentem com sorrisos emocionados. Estendo o braço para Ma e ficamos de mãos dadas por um tempo, em silêncio, apenas sorrindo uma para a outra e saboreando a doçura do momento.

O clique do obturador me traz de volta ao presente. Todas nos viramos para Staphanie, que tira outra foto.

— Sorriam! — pede ela.

Com exceção de Selena, que abre um sorriso largo para a câmera, minha família e eu fechamos a cara. Outro clique do obturador.

— Vocês estão ótimas! — exclama Staphanie. — Enfim, desculpa interromper o momento, mas tá na hora da sessão de Primeiro Encontro.

Ai, meu Deus. No meio de todo esse entusiasmo-horror, me esqueci completamente da programação do dia, que inclui o Primeiro Encontro.

A sessão de Primeiro Encontro é exatamente o que o nome sugere: o momento em que a noiva e o noivo se encontram pela primeira vez no dia do casamento. Nos últimos anos, muitos casais estão optando por realizá-la porque é uma forma muito mais íntima de se verem pela primeira vez do que no altar, em frente a centenas de convidados. O outro motivo pelo qual adoro sessões de Primeiro Encontro é que, do ponto de vista do fotógrafo, é uma forma muito melhor de capturar a alegria no rosto dos noivos quando eles se veem vestidos para a cerimônia. É, eu sei. Duvido que minha fotógrafa tenha parado para pensar nos melhores ângulos ou coisa do tipo. Não que eu esteja amargurada com a situação.

Levanto a saia e vou até minha mala, de onde tiro um presente que comprei para Nathan. Respiro fundo.

— Certo, estou pronta.

Quando saímos do quarto, Ma e as tias estão ocupadas se enfiando nos vestidos roxo-neon. Staphanie e eu atravessamos o corredor em silêncio, o ritmo dos nossos passos sincronizado com as batidas cada vez mais rápidas de meu coração. Um segundo antes de chegarmos à escadaria, Staphanie para de repente e me dá um tapinha no braço, então eu também paro.

Ela fala baixinho:

— Tenho certeza de que não preciso te lembrar que é fundamental não contar nada pro Nathan.

Não respondo.

— Se ele descobrir, vamos denunciar todos vocês pra polícia na hora.

— Mas por quê? Ele é o noivo. Tem o direito de saber.

Staphanie me encara com uma expressão severa.

— Acho que você sabe muito bem que, diferente de você e da sua família desprezível e ardilosa, Nathan não aceitaria. Ia querer fazer a coisa certa e cancelar o casamento. Ele estragaria tudo.

Sério, eu daria tudo para dar um soco na cara dela neste exato momento. Porém, mesmo em meio à névoa de fúria, percebo que Staphanie falou uma verdade. Será que não é por esse motivo que eu ainda não contei nada para Nathan? Porque, lá no fundo, sei que ele não continuaria com o casamento. Cerro os dentes e forço o mais leve aceno de cabeça do mundo.

— Não vou falar nada.

— Ótimo.

Voltamos a caminhar. Na escadaria, Staphanie chama a avó, que está ajudando a coordenar a chegada de Nathan ao lugar de encontro para que não esbarremos um no outro antes da hora. Staphanie acena para mim e descemos as escadas devagar, adentrando o lindo claustro.

Um segundo antes de chegarmos ao jardim imaculado, Staph para e diz:

— Não me obrigue a fazer nada de que eu vá me arrepender.

Sinto um aperto no estômago tão doloroso que acho que vou vomitar, enquanto meu peito salta de ansiedade. Pelo amor de Deus, decida-se, corpo. Respiro fundo mais uma vez, depois entro no jardim.

Nathan está esperando atrás de uma oliveira e, quando ouve meus passos, se vira. O deleite em seu rosto é o suficiente para encher meus olhos de lágrimas. Ele arregala os olhos, abre a boca em um "O" perfeito, atravessa o jardim em dois tempos e me ergue como se eu fosse uma boneca.

— Meu Deus. — Ele ri e me gira no ar. — Meu Deus, meu Deus. Meddy, você está linda. — Há lágrimas de verdade em seus olhos. Ele me põe de volta no chão e me beija. — Hum, adoro beijar seus dentes.

Apesar de tudo, o comentário me arranca uma gargalhada. Eu me inclino e o abraço com força, muita força. Meu noivo lindo e maravilhoso. E, sério, ele é lindo mesmo, principalmente neste smoking. Parece um príncipe da Disney de carne e osso.

— Não acredito que estamos aqui.

Minha voz falha um pouquinho. Passamos por tanta coisa que nunca me permiti acreditar que este momento poderia acontecer.

— Eu sei.
Sua voz também sai carregada de emoção.
Staphanie se move ao redor, tirando fotos. Olho para ela e me sinto cada vez mais irritada enquanto ela nos espia através da lente.
— Não liguem pra mim. Finjam que não estou aqui.
Aff. Ficar com ela no quarto junto com a Ma e minhas tias já foi insuportável, mas tê-la aqui neste momento específico é tão enfurecedor que quero quebrar um galho de oliveira e açoitá-la.
— ... dormiu bem? — pergunta Nathan.
Volto ao presente e presto atenção em meu noivo.
— Oi?
— Perguntei se você dormiu bem ontem à noite.
— Ah, sim. — É difícil manter uma expressão normal. — Dormi, sim. Feito um bebê.
Clique, clique.
Preciso me forçar a não encarar Staphanie.
— E você?
— Levei um tempo pra pegar no sono, mas, assim que peguei, dormi bem.
Clique.
A frustração faz meu sangue ferver. Eu me viro para Staphanie e disparo:
— Dá pra parar com isso, por favor?
Staphanie abaixa a câmera e nos olha com uma expressão inocente.
— Perdão, parar o quê? De tirar fotos?
Cerro os dentes. Agora que ela falou desse jeito, parece ridículo eu ter pedido para a fotógrafa parar de tirar fotos.
— Tá tudo bem? — pergunta Nathan, me puxando para mais perto.
— Tá. Desculpa. Só estou um pouco envergonhada. — Forço uma risada. — Percebi que é muito mais difícil estar deste lado da coisa.
Nathan sorri para mim.

— Meio que é, né? Tenho mais empatia pelas celebridades agora. Ok, não vou deixar essa oportunidade escapar.

— Pois é, estou muito nervosa. — Eu me viro para Staphanie com a expressão mais constrangida que consigo fingir. — Será que você poderia nos dar um pouquinho de privacidade, por favor? Só por um segundo. — Então me lembro de sua ameaça e acrescento: — Prometo que vamos nos comportar.

Staphanie cerra os lábios em um sorriso falso e, por um momento, me pergunto se vai perder a compostura, então ela assente e diz:

— Claro, tranquilo. Você é quem manda! — Ela faz menção de sair, depois para. — Só não demorem muito, senão Ama vai surtar e só Deus sabe o que vai fazer.

Ela arregala os olhos para mim em uma expressão sugestiva e depois sai do jardim.

Volto o olhar para Nathan, que está com a testa um pouco franzida.

— Tá tudo bem? — pergunta ele.

— Tá! Super! Por que não estaria?

Sério, você precisa se controlar, Meddy.

Nathan semicerra os olhos para mim, abrindo um sorriso intrigado.

— Hã, porque você acabou de mandar a fotógrafa sair? Eu te conheço, sei que se importa muito com fotos de casamento. E não estou dizendo isso só porque você é fotógrafa de casamentos, estou dizendo isso porque você tem, tipo, um fetiche estranho por fotos de noivas.

— Acho que você quer dizer "uma dedicação admirável".

— Ah, é. Isso aí. — Ele ri. — Mas sério, o que tá rolando? Você sabe que quer dez mil fotos suas com esse vestido. Nossa, olha só para você. Você tá linda. Como é que eu tive tanta sorte?

Meus pensamentos estão em guerra. Metade de mim suspira de amores, e a outra arranca os cabelos e grita "QUE DESASTRE!".

— Eu só queria ficar sozinha com você um pouco, só isso. Vamos ter bastante tempo pra tirar fotos depois.

Nathan se inclina e me beija. Quando se afasta, estamos ambos ligeiramente ofegantes.

— Tenho um presente para você — diz ele, indo até uma mesa e pegando uma caixa.

Eu a abro.

— Uma caneca da UCLA?

— Não é qualquer caneca da UCLA. Lembra aquela vez que a gente fez bolo de caneca no alojamento? Eu fiz um sabor kimchi e cachorro-quente, e você ficou tipo "Eca, que nojo!", mas depois acabou devorando tudo.

— É óbvio que lembro — digo, como se eu não tivesse ficado obcecada por cada dia que passei com Nathan durante anos depois do término.

— Esta aqui é aquela caneca. Eu voltei na cozinha depois e, hã, peguei.

— Você roubou do alojamento? — pergunto, fingindo estar horrorizada.

Nathan sorri.

— Roubei. Porque sabia que estava apaixonado por você e simplesmente tinha que ficar com ela porque tinha tocado as suas mãos. Até pensei em não lavar. Mas, só pra deixar claro, acabei lavando.

— Uau, isso é tão fofo e ao mesmo tempo tão bizarro.

Começo a rir.

— Fofo e bizarro, esse é o meu jeitinho.

Esse homem, sério. Toda vez que penso ter descoberto a camada mais profunda dele, aparece uma outra escondida que me deixa sem ar. O que eu fiz de tão nobre em vidas passadas para merecer Nathan? Devo ter sido uma freira. Ou talvez uma mártir de guerra. Ou um cachorro muito bonzinho e leal. Porque isto, bem aqui, eu e ele juntos, é algum tipo de recompensa, e eu não quero perder. Merda, como sou egoísta.

Mas será que é egoísmo desejar aquilo com que sonhei durante anos? Eu vou... vou simplesmente seguir o plano da minha família. Vai dar tudo certo. Com certeza vamos conseguir passar a perna em mafiosos e arruinar o plano de Staphanie sem que ninguém descubra.

— Também trouxe um presente pra você.

Nathan sorri e esfrega as mãos, ansioso, e eu dou um soquinho em seu braço antes de entregar a caixa. Observo seu rosto enquanto ele a abre, sorrindo e erguendo as sobrancelhas ao ver o lindo relógio de pulso azul-noturno.

— Só não é um Chopard nem um Patek Philippe — falo em tom de desculpas.

— Esses são superestimados. — Ele tira o relógio da caixa e o vira. Há apenas duas palavras gravadas no verso: "De Meddy". Ele ri e o coloca imediatamente. — Eu amei.

Sinto o peito apertar ao ver seu sorriso atrevido de menino. Eu deveria contar a verdade. Mesmo que estrague tudo e nos coloque na prisão, não quero começar meu casamento mentindo para Nathan. Não é assim que deveria ser. A família da noiva tramando contra os próprios fornecedores, que estão planejando matar uma pessoa. Essa farsa precisa acabar agora.

— Nathan, preciso te...

Há uma comoção, um som de passos apressados e gritos ao longe. Nos viramos assim que Ma e a Segunda Tia entram correndo no jardim, ambas ofegantes.

12

— Meddy, *ah*, você está aqui! — diz Ma, como se eu fosse estar em qualquer outro lugar. — *Ah*, oi, Nathan. *Wah*, você muito bonito hoje, *ya*?

Os olhos de Nathan estão mais arregalados do que nunca, embora eu não tenha entendido direito se é por causa da aparição súbita de Ma e da Segunda Tia ou por causa da aparência delas. Se for o segundo caso, de fato é bastante para assimilar. Mesmo para mim, que já tinha visto as roupas. Os vestidos de um tom agressivo de violeta, combinados com os dragões-de-komodo, os penteados enormes, a maquiagem marcante e os sapatos de salto com paetês da cor do vestido estão ainda mais hostis do que antes. Eu o cutuco, e ele pisca.

— Obrigado, Ma — diz, recuperando-se rápido. — A senhora e a Segunda Tia estão... hã, muito fascinantes.

— Se chama *fascinator*, querido — explica a Segunda Tia, ajeitando o dragão-de-komodo. — Muito inglês, *ya*? Fala para Meddy. Ela não acredita que é tradição inglesa.

— Hã... — Nathan se vira para mim com olhos arregalados e meio apavorados. — É... é uma bela tradição inglesa...

— Enfim — interrompo depressa —, as senhoras precisam de algo?

— Ah, sim. Meddy, você sobe para quarto, certo? — ordena Ma.

— Hã, claro. Eu só... quando eu terminar, vou subir.

— Certo, claro, sim, sim, ainda tem tempo, sim — concorda Ma, recuando com um sorriso maníaco.

Volto a olhar para Nathan.

— Certo, acabou tempo! — exclama Ma, correndo de volta para nós.

— Quê? — pergunto.
— O que sua mãe tenta dizer é que temos um problema de maquiagem lá em cima — explica a Segunda Tia.
Ah, não. Estou com um pressentimento muito ruim.
— Espera, mas a senhora não é a especialista em maquiagem? — pergunta Nathan.
— Ah, sim, mas questão é… — A Segunda Tia hesita. Quase dá para ver sua mente trabalhando frenética para inventar uma mentira convincente. — O problema de maquiagem… o problema é rosto de Meddy.
Nathan olha para mim.
— O rosto dela tá ótimo. Mais do que ótimo — diz ele com um sorriso afetuoso.
— Ah, sim, está ótimo agora, mas depois não, vai ficar vermelho. Depois inchar. Depois ficar com manchas, depois…
— Quê? — Nathan solta um gritinho. — Tá parecendo um problema médico.
— Ah, não, não, talvez só incha um pouco, enfim, vamos agora. Vamos remover, certo? Certo, tchauzinho. Nathan, você bom rapaz, muito bonito — diz a Segunda Tia, agarrando minha mão.
Ma segura a outra, e as duas praticamente me arrastam para fora do jardim.
Antes de chegarmos ao claustro, Ma sussurra:
— Você se livra de Staphanie. Ela não pode entrar em quarto, entendeu?
— Eu… certo, tá bom.
A esta altura, sei que é melhor não discutir, principalmente quando está óbvio que há algum problema. A urgência delas me contaminou, e agora meu coração está palpitando, acelerado. Tenho certeza de que vou acabar manchando o vestido de suor.
Assim que saímos do jardim, vejo por que Staphanie não entrou com Ma e a Segunda Tia; a Grande Tia está aqui e, qualquer um que passasse por ali teria a impressão de que ela está segurando

as mãos de Staphanie de um jeito delicado. Porém, quando chego mais perto, vejo que a Grande Tia está apertando as mãos dela com tanta força que os nós de seus dedos estão brancos, e Staphanie parece dividida entre gritar de raiva e pedir socorro. Quando nos veem, as duas murcham de alívio. A Grande Tia solta Staphanie, que corre até mim, com uma expressão furiosa.

— Você contou para ele? Porque se contou, juro por Deus...

Nathan chega correndo do jardim. Sorri quando nos vê, as covinhas aparecendo ao máximo.

— Ah, vocês ainda estão aqui. A senhora tá ótima, Grande Tia. Gostei do dragão. — Rá, pelo menos um de nós se acostumou ao dragão-de-komodo. — Ei, Staphanie. Oi de novo, Meddy.

Seu olhar se suaviza enquanto ele se aproxima de mim.

— Não, não — diz a Grande Tia. — Sem tempo para romance. Mais tarde vai ter tempo. Agora sem tempo. Pode ir, ok, tchau-tchau.

Nathan ergue as mãos como se estivesse se rendendo e ri.

— Ok, Grande Tia. Vejo vocês na catedral!

Ele vai embora, assobiando enquanto atravessa o claustro.

Eu me viro para Staphanie.

— Ele parece alguém que acabou de descobrir que a porra da máfia tá no casamento dele?

Staphanie morde o lábio inferior, encarando as costas de Nathan, depois solta o ar devagar.

— Acho que não. Por que vocês três estão aqui?

— Preciso consertar maquiagem de Meddy — responde a Segunda Tia.

Staphanie semicerra os olhos.

— Ela me parece ótima.

— Isso porque você não sabe nada de maquiagem — desdenha a Segunda Tia. — Rosto de Meddy é desastre.

— Cruel — murmuro.

Subimos as escadas, e Staphanie nos segue até a suíte. Como vou impedi-la de entrar no quarto, cacete? Depois que estamos de volta à suíte, penso tarde demais que deveria ter pedido para ela ficar lá embaixo para tirar fotos de Nathan sozinho. Dã. Agora já era.

A música ressoa da sala de estar, ensurdecedora. Reparo que a porta do quarto está fechada. Seb e Selena tiram os olhos dos celulares.

— Como foi? Ele chorou quando viu você? Foi o melhor momento da sua vida? — grita Seb por cima da música.

Ele já fotografou sessões de Primeiro Encontro o suficiente para saber o que esperar.

— Ainda acho estranho vocês terem escolhido ver um ao outro antes da cerimônia. Sou do tipo tradicional; quero assistir ao meu futuro noivo ou a minha futura noiva ficar sem fôlego no altar quando vir como estou maravilhosa — brinca Selena.

— Foi tudo bem. Hã, por que a música tá tão alta? Será que alguém pode abaixar o volume, por favor?

— Não! — grita a Grande Tia. — Música alta é boa sorte.

Estreito os olhos na direção dela, que está com uma expressão que diz "Sério, não me questione".

— Entendi... — De alguma forma, preciso tentar me livrar de Seb, Selena e Staphanie. — Hã, então...

— Como o Nathan estava? Hum, Nathan em um smoking — diz Seb.

— Estava bonito — murmuro, distraída, ainda tentando pensar em como me livrar de meus amigos sem deixá-los chateados.

Staphanie está encostada em uma parede, fingindo olhar as fotos na câmera, mas sei que está ouvindo cada palavra. De tempos em tempos, lança olhares desconfiados para Ma e a Segunda Tia, que obviamente estão tramando algo.

— Estava "bonito"? Aff, o que tá rolando com você? — pergunta Seb.

Ao seu lado, Selena também franze o cenho, intrigada, e agora Staph também está me encarando. Droga.

— Eu... hã. Só estou muito nervosa. Eu...

De repente, o restante da frase é engolido por uma lamúria de Ma.

— Vou perder minha filha! Meddy vai casar e me deixar para morrer sozinha!

Seb e Selena trocam olhares e tenho certeza de que também apostaram que isso aconteceria, esses babacas. Corro para Ma quando ela está prestes a desabar no chão. A Segunda Tia e eu conseguimos pegá-la, e ela murcha em nossos braços, choramingando o tempo todo sobre como vai morrer e ninguém vai ficar sabendo e aí o gato vai comer a cara dela.

— A senhora nem tem gato — observo, tentando acalmá-la.

Ma pausa, depois volta a chorar.

— Eu nem tenho gato para fazer companhia!

Com os olhos arregalados de pânico, a Segunda Tia diz:

— Isso não é bom, maquiagem começa a sair. Vem, vamos levar sua mãe para deitar em quarto.

— Deixa que eu ajudo — declara Staphanie, correndo até nós.

— Não se incomode — diz a Grande Tia.

— Não, sério, tudo bem. Deixa eu buscar o Segundo Tio para ajudar...

— Não! — A Grande Tia grita com tanta firmeza que todo mundo se encolhe. — Você fica. Coisa de família.

Obviamente frustrada, Staph dá outro pequeno passo para a frente, mas Seb estende a mão e segura seu braço.

— Eu não desobedeceria às tias da Meddy — aconselha ele.

Selena concorda com um grunhido. Ah, se ao menos eu pudesse bater no peito e gritar: "É isso mesmo, vadia. Não mexe com a minha família!"

Mas me obrigo a focar na tarefa de levar Ma ao quarto, o que não é nada fácil. Ela se apoia em mim, e me mover com este vestido de noiva pesado e enorme sem ter que carregar o peso de Ma desesperada já é um desafio e tanto. Tento tranquilizá-la com murmúrios, lembrando-a de que já estou morando sozinha há um ano, que nos vemos todo dia e que Nathan e eu vamos vê-la quase sempre, se não todo dia. Ma está inconsolável, e meu coração dói por vê-la tão devastada.

A Segunda Tia bate na porta do quarto.

— É Er Jie.

A Quarta Tia abre uma fresta na porta e espia. Abre apenas o suficiente para passarmos e depois bate com força, trancando. É, não foi nem um pouco suspeito.

— Você não está sendo um pouco dramática? — pergunta a Quarta Tia para Ma, em vez de cumprimentá-la.

É como se as palavras fortalecessem Ma, que se endireita e passa por nós em direção à penteadeira, empurrando a Quarta Tia com o ombro, então se vira para nos encarar. Percebo que seu rosto está completamente seco.

— Por que você fica aí parada com boca aberta? Depois mosca entra na boca — diz ela para mim.

— Hã. A senhora tá bem, Ma?

— *Aiya*, estava atuando, não deu para ver, *ya*? Porque sou muito boa atriz, certo?

Ma sorri, orgulhosa, e a Quarta Tia revira os olhos.

— Dava para ver que eram lágrimas de crocodilo a um quilômetro de distância. Você exagera demais. Típico erro de iniciante.

— Ah, é? Você acha que faz melhor, é? — provoca Ma, fuzilando a irmã com o olhar.

A Grande Tia inclina a cabeça um pouco e olha para o chão. Ela funga.

— Minha filha, meu único bebê... está me deixando para sempre. Passei esses anos todo cuidando dela para isso. — Uma única lágrima escorre por sua bochecha. Estamos todas assistindo, hipnotizadas a contragosto, quando ela se curva e diz: — Fim de cena. — Ma ergue a cabeça com uma expressão convencida, dando batidinhas na bochecha. — É assim que faz emoções humanas de forma autêntica.

Ma abre a boca, mas eu a interrompo depressa antes que minha família transforme a situação em uma verdadeira competição.

— Foram duas ótimas performances, uau. — Aplaudo educadamente. — Enfim, as senhoras queriam que eu viesse aqui pra alguma coisa? Algo importante o suficiente para, hã, interromper meu Primeiro Encontro com Nathan? Não que eu esteja brava nem nada do tipo.

— Ah, sim. Venha. *Ayo, cepat* — pede Ma e gesticula para que eu a siga até o banheiro.

Antes que eu me mova, a Quarta Tia entra no caminho e diz:
— Não surte, tudo bem?

Perfeito. Que jeito eficaz de me fazer começar a surtar. Na verdade, à medida que avanço em direção à porta, todo tipo de pensamento horrível me passa pela cabeça. O que é? Será que Ma trouxe uma mala cheia de cogumelos alucinógenos? Será que a Quarta Tia escondeu um brinquedo erótico na Louis Vuitton (Class One)?

Uau, eu tenho mesmo uma péssima imagem da minha família.

Então a porta do banheiro se abre e todos os meus pensamentos desaparecem. Seja lá o que eu tivesse imaginado, não importa quão ruim fosse, o que vejo é muito pior.

Porque ali, no meio do banheiro, o Segundo Tio está com a boca coberta por uma mordaça e sem calças, amarrado à privada.

13

Não sei descrever direito a sensação de ver um homem adulto amarrado a alguns passos de mim. É como se uma supernova tivesse explodido na minha cabeça e apagado todos os meus pensamentos. Fico observando, congelada pelo que parecem horas, encarando o Segundo Tio com os olhos arregalados enquanto se debate inutilmente. Então a Grande Tia pigarreia e acena com a cabeça para Ma, que corre até mim com uma xícara de chá.

— Venha. Beba isso. Ajuda com digestão — explica Ma, levando a xícara a meus lábios.

Volto à vida e afasto a xícara, gaguejando.

— Não! Argh! Só... não. Eu só... preciso de tempo pra pensar.

Dou às costas para o Segundo Tio e respiro fundo. Inspirar, expirar.

— Venha fazer Tai Chi comigo — diz a Segunda Tia, mas eu afasto sua mão estendida com um tapinha.

— Tá tudo bem. Eu estou bem. Isto não é um desastre. As senhoras só foram lá e simplesmente SEQUESTRARAM o Segundo Tio. Mas que merda é essa?

O Segundo Tio começa a gritar com a mordaça na boca, mas a Quarta Tia dá um tapa em sua cabeça e vocifera:

— Quieto!

— Meu Deus, Quarta Tia!

Ela me olha como se dissesse "Qual é o problema de dar uns tapinhas?".

Abro e fecho a boca, sem palavras.

— Ah, Meddy, você chateada.

Ma suspira.

— Acho que sim? Um pouco? Meio difícil não ficar chateada quando tem uma pessoa de verdade amarrada na sua privada.

— Meddy, calma, nós explicamos — diz a Grande Tia baixinho. Quando ela fala naquele tom, ninguém ousa contrariá-la. Já vi até gatos de rua a escutarem nesses momentos.

Suspiro e assinto.

— As coisas esquentam um pouco quando você sai de quarto — começa a Grande Tia.

Ma assente e continua:

— É. Nós... ah, nós começamos a discutir um pouco com Segundo Tio...

Ele começa a protestar, mas logo se cala quando a Quarta Tia levanta a mão.

— *Wah*, ele dizendo todo tipo de coisa — choraminga Ma. — Coisa muito ruim, muito horrível, queima orelha.

— O que ele disse? — pergunto.

— *Aduh*, muita coisa, *deh*. Diz que nós família muito ruim, que não sabe criar filhos, por isso todos vão embora...

A mágoa atravessa o rosto da Grande Tia e da Segunda Tia, e Ma hesita.

— É, é bem cruel, eu sei, mas são só palavras — protesto.

Porém, verdade seja dita, fico furiosa só de pensar no Segundo Tio magoando a Grande Tia e a Segunda Tia desse jeito. Que golpe baixo, ainda mais em um dia em que as emoções de todo mundo já estão à flor da pele. Uma pequena parte de mim fica feliz por ele estar amarrado a uma privada. Mas só uma pequena parte. Minúscula.

— Sinto muito por ele ter dito essas coisas sobre as senhoras — digo a elas, mas especialmente para a Segunda Tia.

Não deve estar sendo fácil para ela, vindo de seu não namorado. Ela funga.

— *Aiya*, não me importa, e daí que ele diz coisa ruim? Acha que a família dele tão boa, é? A família de máfia! Como tem coragem de julgar nossa família?

Assinto.

— E aí, o que aconteceu?

Há um silêncio. A Grande Tia e a Segunda Tia cerram os lábios. Ma baixa os olhos, culpada.

— Aí ele disse que a única que não foi embora acabou saindo podre. Então sua mãe perdeu cabeça e jogou chá na cara dele — explica a Quarta Tia, triunfante. — Chá quente.

O Segundo Tio assente revigorado, os olhos arregalados e apavorados agora alternando entre Ma e a Quarta Tia.

— *Aiya*, quente, não. Morninho — murmura Ma.

— Meu Deus, Ma.

Será que eu deveria mesmo estar dividida entre abraçá-la e repreendê-la? Acabo apenas apertando sua mão.

— Como ele pode dizer algo assim de você? Minha Meddy é boa menina, menina mais fiel! Você dá volta em mundo e não encontra menina tão fiel! — declara Ma, lançando outro olhar mortal para o Segundo Tio antes de dar tapinhas afetuosos em minha bochecha. — E olha, você é noiva tão linda. *Cantik ya?* — diz ela para as irmãs.

— Sim, muito linda — concorda a Grande Tia.

A Segunda Tia assente, orgulhosa, provavelmente admirando mais seu trabalho do que meu rosto. Como sempre, todas estão desviando do assunto.

— Obrigada, estou muito lisonjeada. Enfim, de volta ao Segundo Tio. Então Ma escaldou ele com chá quente...

— Morninho! — protesta Ma.

— Tá bom, morninho. E aí, o que aconteceu?

— Aí ele muito bravo! *Waduh*, fica louco, braços para todo lado... — continua Ma.

— Ah, muito assustador. Nós muito assustadas — comenta a Segunda Tia.

— Não tão assustadas. Não somos denzelas em apuros — retruca a Grande Tia em tom de reprovação.

Uma imagem de Denzel Washington em apuros atravessa minha mente e preciso afastá-la para não cair na gargalhada.

A Segunda Tia revira os olhos.

— Não, não somos denzelas em apuros, mas mesmo assim muito surpresas.

— Sim, nós muito surpresas, então pensamos "Certo, você não pode fazer assim, assustar desse jeito. Você homem muito mau. Melhor manter você sob controle!" — explica a Grande Tia.

— Manter o Segundo Tio sob controle. Amarrando-o na privada. Como as senhoras... quer saber? Não importa.

— Ah, é muito fácil, Meddy. — Ma ri. — Grande Tia e eu pegamos um braço, Segunda Tia pega outro braço, Quarta Tia vai e pega meia-calça para amarrar. Sabe, em Jakarta, a gente amarra bode para *korban* em Eid, mesma coisa aqui.

Eu a encaro de boca aberta, horrorizada.

— *Korban?* Sacrifício? As senhoras nem são muçulmanas. Por que amarram bodes pro Eid?

— Nós ajudamos vizinhos. Celebramos junto com eles.

— Entendi. Há, enfim, ele não é um bode que estamos prestes a sacrificar. Quer dizer, espero que as senhoras não estivessem pensando em sacrificá-lo, seja lá o que isso signifique.

A Quarta Tia sorri e desliza o dedo pelo pescoço, fazendo o Segundo Tio e eu estremecermos.

— *Tch*, não desse jeito, você assusta ele — repreende a Grande Tia.

A Quarta Tia dá de ombros, nem um pouco arrependida.

— Preciso pensar — digo.

Dou meia-volta e saio do banheiro, porque, sério, o que mais vou fazer agora que minha família literalmente sequestrou um homem? Um mafioso, não vamos nos esquecer dessa parte. E a família mafiosa dele está prestes a apagar alguém durante meu casamento.

Merda.

Certo. Calma, Meddy. Você já passou por coisa pior. Quer dizer, tecnicamente, assassinato é pior do que sequestro, e você resolveu a situação sem problemas, então isso não é nada! É, tá tudo bem.

— Você ainda não ouve nosso plano — diz Ma enquanto todas vêm atrás de mim.

Meu Deus. Elas têm um plano. Isso vai ser ruim.

Ou talvez não. Afinal, elas me ajudaram a resolver toda a questão com Ah Guan, então talvez esteja na hora de dar um voto de confiança à minha família.

— As senhoras têm um plano? — pergunto, cautelosa.

— É óbvio, né? — diz a Quarta Tia. — Nós o fazemos de refém. Mandamos os outros desistirem do plano, senão...

Ela desliza o dedo pelo pescoço outra vez. A Segunda Tia assente devagar, e o dragão em sua cabeça balança para cima e para baixo.

Fica nítido que minha família não merece voto de confiança algum.

— Ninguém vai matar ninguém — resmungo.

— Sim, muito azar, matar alguém em dia de casamento. — Ma repreende a Quarta Tia. — Você pare. Vai amaldiçoar casamento de Meddy. E se azar acontece depois? Talvez marido morre? Ou pior, nenhum bebê. E aí?

— Tenho certeza de que perder Nathan seria pior do que...
— Por que estou discutindo isso, cacete? — Esquece. O mais importante é: nada de matar pessoas. Não acredito que preciso dizer isso para as senhoras.

— Sim, nada de matar — concorda a Grande Tia. Finalmente, um pouco de bom senso. — Vai ser muito difícil se livrar de corpo aqui. — Ok, então ela concorda pelos motivos errados. — Agora o que fazemos com ele?

A ideia de manter qualquer pessoa como refém está tão fora da minha zona de conforto que não consigo pensar em nada. Quer dizer, não é como se eu tivesse crescido estudando Introdução ao

Sequestro. Minha mente está um turbilhão de confusão e pânico. Então, como um monstro marinho que se ergue das profundezas do oceano, um pensamento repentino surge.

— O celular!

Quatro pares de olhos se fixam sobre mim.

— O celular do Segundo Tio! — repito, entusiasmada, agitando os braços. — Podemos dar uma olhada, talvez descobrir quem é o alvo!

— *Wah*, muito bem, Meddy. Ah, meu bebê, tão esperto — diz Ma, sorrindo, orgulhosa. — Ela tão esperta, *ya*? *Ya kan*? — fala ela para as outras, incitando as irmãs descaradamente, principalmente a Quarta Tia, a concordarem.

— Sim, muito esperta — responde a Grande Tia.

A Segunda Tia assente, sorrindo.

— Bom, a gente não conseguiu pensar nisso antes porque estava ocupada quebrando a cara do Segundo Tio, mas não importa — balbucia a Quarta Tia.

Ma estreita os olhos e a Quarta Tia vira a cara, mas, ao fazer isso, pisca depressa para mim.

Voltamos para o banheiro.

— Certo, então só precisamos encontrar o celular dele... — Faço uma careta para o Segundo Tio. — Por falar nisso, por que ele tá sem calças?

— Ah, sim — observa a Segunda Tia, orgulhosa. — Nós tiramos para ele ficar com muita vergonha de fugir e pedir ajuda. Pensamos fora de baixa.

Ela dá tapinhas na lateral do nariz em um gesto de astúcia.

— O certo é "pensar fora da caixa" — corrige a Quarta Tia.

— Caixa? Que caixa?

— Acho que ela só queria tirar as calças dele — sussurra a Quarta Tia em um volume que com certeza não é o adequado para um sussurro.

— Onde estão as calças?

Preciso erguer a voz para me fazer ouvir.

— Em closet, Meddy, nós não fazemos bagunça — diz Ma.
— É óbvio que não, me perdoem.

Vou até o closet e, dito e feito, as calças estão lá, dobradas em um quadrado perfeito. Com uma careta, tateio o tecido — uau, é muito esquisito pôr as mãos nas calças de um estranho — e solto um suspiro de alívio ao encontrar o celular. Tiro o aparelho do bolso e o exibo para minha família, que vibra e aplaude.

— Agora. — A Quarta Tia se vira para o Segundo Tio e se move sorrateiramente, baixando a voz. — Diga qual é senha, ou vou pegar a faca de creme coalhado mais cega e cortar fora o seu...

— O celular desbloqueia com reconhecimento facial. Não precisa cortar nada fora — interrompo, correndo até ele tão rápido que tropeço no vestido.

Se Ma não tivesse me pegado, eu teria caído de cara no chão. Sério, Quarta Tia. Se eu não a conhecesse bem, acharia que está se divertindo horrores. Espera, a quem estou tentando enganar? Ela com certeza está se divertindo horrores. Passo o braço pelo da Quarta Tia e a empurro de leve para o lado. Ela encara o Segundo Tio o tempo todo e faz gestos de "Estou de olho em você" com os dedos indicador e do meio enquanto ele a observa com uma expressão ameaçadora. Quando aponto a tela do celular para o rosto do Segundo Tio, ele vira a cabeça.

— Ah, sem essa — rosna a Quarta Tia, depois pula e agarra a cabeça dele, enterrando as unhas cintilantes em seu couro cabeludo.

O Segundo Tio se esforça para virar o rosto, mas não é páreo para a Quarta Tia. Consigo desbloquear o celular, então ela o solta e limpa as mãos no vestido com uma careta.

Examino a tela inicial até encontrar o WhatsApp. Todo mundo na Indonésia usa WhatsApp. Clico no ícone e, como pensei, o Grupo do Casamento está no topo da lista de conversas. Há 132 novas mensagens.

Minha família se reúne atrás de mim e, juntas, lemos todas.

14

Ao contrário do meu grupo da família no WhatsApp, as mensagens do grupo da família de Staphanie são escritas, na maioria, em indonésio, com um ou outro caracter ou frase em mandarim.

— Desce tela, Meddy — pede a Segunda Tia.
— Ainda não terminei de ler — digo.

Pela primeira vez na vida, sou eu quem tem dificuldade para acompanhar minhas tias. O que me faz perceber que seria muito mais fácil para elas se comunicarem por chat em indonésio ou mesmo mandarim, mas escrevem em inglês por minha causa. Apesar da situação, sinto uma pontada de culpa e amor por minha família ridícula. Deixo a culpa de lado e me obrigo a focar nas mensagens, passando por um monte de coisas que não parecem relevantes até chegar nas mais recentes, enviadas há apenas alguns minutos.

Ama: Semua sudah siap?

Essa é fácil: *Todos prontos?*

Jems: Sdh.

Staph: Ya, Ama.

Francis: Ya.

Francis: Hendry ada dimana?

Ah, não. Estão perguntando onde o Segundo Tio está.

Staph: Masih dikamar. Kayanya masih lagi dandanin keluarga Meddy.

Acho que ainda está fazendo o cabelo e a maquiagem da família da Meddy. Ufa, tudo bem.

Ama: Ingat, kami harus hati-hati, awasin Sang Ratu.

Cuidado, precisamos ficar de olho na Rainha.
Rainha?
— Tem alguma coisa que eu não estou sabendo? — pergunto e me viro para minha família. — Por acaso isso é algum tipo de gíria indonésia? Ou ela tá falando literalmente da rainha? A rainha da Inglaterra?

Se eles estão aqui para assassinar a rainha da Inglaterra de fato, estamos em uma encrenca muito maior do que imaginávamos. Mas como planejam assassinar a rainha no meu casamento, eu não faço a menor ideia.

— A rainha? Meddy, você convidou rainha para casamento e não contou para nós? — pergunta a Grande Tia.

— Como pode não contar para nós? — repreende a Segunda Tia. — Nós vestidas desse jeito, tão ridículo, em frente de rainha de Inglaterra?

Eu as encaro. Só *agora* elas perceberam as roupas ridículas que estão usando?

— Se sabemos que rainha vem, acrescentamos penas — completa a Grande Tia.

Entendi. É ridículo porque os *fascinators* não têm penas, não por causa dos dragões-de-komodo. Elas me encaram, e a combinação de suas expressões insatisfeitas com os dragões-de-komodo sobre suas cabeças é muito desconcertante.

— Bem, não — digo, finalmente recuperando a voz. — A rainha da Inglaterra não foi convidada. Deve ser um codinome.

— Aaah — dizem elas, assentindo.

— Então quem pode ter codinome de Rainha? — pergunta a Grande Tia.

— Deve ser a Lilian Citra — concluo, sentindo o estômago revirar. — Das três pessoas que destacamos na lista de convidados, ela é a única mulher. — As palavras saem mais rápido à medida que me lembro. — Eu não a conheço. Ela mora em... hã, não tenho certeza. Na verdade, acho que Nathan mencionou Xangai e Dubai em algum momento? Já o ouvi conversando com ela no celular, e ele sempre a trata com muito respeito. Acho que é uma pessoa muito, muito importante. Uma provável candidata a alvo da máfia.

Abro o navegador e digito seu nome. Dito e feito: os resultados da busca são impressionantes.

Os Citra são proprietários de um shopping center, um hotel, uma fazenda e uma mina. São uma família poderosa chefiada por uma matriarca experiente, Lilian.

Mostro as fotos no Google para minha família. A mulher aparenta estar na casa dos setenta anos, com cabelos grisalhos arrumados no estilo sino-indonésio: altos, volumosos e curtos. Ao redor de seu pescoço há um colar simples de pérolas, e ela usa terninhos ajustados à la Hillary Clinton. De modo geral, parece o exato tipo de pessoa que receberia o codinome "a Rainha".

Minha família assente, concordando.

— *Wah*, sim, parece muito rainha. Ah, olha, aqui ela carregando Birkin de avestruz, viu só? — diz Ma.

Todas assentem e soltam sons de apreciação. Quando o Segundo Tio emite um ruído de deboche, erguemos o olhar.

— Que foi? Quer falar alguma coisa? — vocifera a Quarta Tia, mas ele desvia os olhos. — Isso mesmo, otário, desvendamos seu código. Seu código é uma merda!

— Nossa, Quarta Tia. — Estou prestes a continuar quando meu alarme dispara, dando um susto em todo mundo. — Desculpa, é só... merda. Era o lembrete para a cerimônia. Vai começar em meia hora. Os convidados devem estar chegando agora. E se... meu Deus... e se estão planejando matá-la assim que ela entrar?

Há um instante de silêncio enquanto nos encaramos sem saber o que fazer. Então a Grande Tia diz, confiante:

— Vamos cuidar dela.

— Sim, vamos agora e protegemos ela — concorda Ma.

— Você não pode sair. É mãe da noiva. Está se despedindo da Meddy — intervém a Quarta Tia. — Precisa ficar aqui até a cerimônia começar.

Ma parece estar prestes a protestar, mas a Grande Tia assente e diz:

— Si Mei tem razão. Você fica aqui, tudo bem. Nós vamos e protegemos Rainha. Vamos ficar bem.

Estou prestes a dizer algo, mas não faço ideia de quê, quando ouvimos batidas fortes na porta.

— Abram! — chama Staph, a voz carregada de frustração.

O Segundo Tio começa a gritar, mas a meia em sua boca abafa sua voz, e Ma salta para perto, puxando sua orelha, como se ele fosse uma criança travessa, até ele parar de gritar.

— Os convidados estão chegando — diz outra voz do lado de fora.

Seb. Droga.

Saímos do banheiro e fechamos a porta.

— Vamos mesmo fazer isso? — pergunto.

Minha família assente.

— Tudo bem. — Eu me certifico de que o celular do Segundo Tio está no modo silencioso antes de guardá-lo em uma das gavetas na mesa de cabeceira ao lado da cama. — Ma e eu vamos para o vestíbulo, e as senhoras protegem Lilian. — Estendo os braços e abraço todas elas, tentando conter as lágrimas. — Obrigada.

— *Aiya*, sem problema. Nós devemos garantir que você tem dia de casamento perfeito. Sem assassinato — diz a Grande Tia.

— Amém — concorda a Quarta Tia.

Depois de um último abraço, Ma e eu nos dirigimos devagar até a porta. O casamento está prestes a começar.

15

Há um saguão onde Ma e eu podemos aguardar que leva ao interior da Christ Church Cathedral. É basicamente uma sala de espera, mas parece equivocado chamá-la assim porque salas de espera não costumam ser tão majestosas. O cômodo tem piso de mármore, pinturas lindas penduradas nas paredes de pedra, um teto abobadado impressionante e vitrais que vão do chão ao teto. Assim que Ma e eu entramos, corro até as janelas para tentar dar uma olhada no pátio. Finalmente encontro o ponto menos borrado do vidro e espio.

Seb tinha razão, os convidados estão chegando. Meu coração dá um salto quando vejo Nathan, alto e elegante em seu smoking. Está acompanhado por dois padrinhos, todos radiantes, como se tivessem saído de uma revista de remadores de Oxford. Sério, que homem. Então me sinto culpada por ter um pensamento tão libidinoso em uma catedral. Depois me sinto ainda mais culpada por ter um pensamento libidinoso enquanto minha família está lá fora fazendo o possível para impedir uma tentativa de assassinato de verdade.

— *Wah*, olha para *fascinators* — comenta Ma, que observa pela janela ao lado. — Óóó! O que é aquele? Cisne?

Forço a vista na direção que ela está apontando.

— Tenho certeza de que é uma flor, Ma.

— Sério? Ah, sim, você tem razão. Hã. — Ela funga. — Flor. Tão *biasa*.

Mordo a língua para não dizer que queria que ela tivesse escolhido um modelo *biasa* — comum — também.

— Óóó, aquele interessante! Parece tigre…

— Também é uma flor.

— Hum. — Ma apalpa seu dragão-de-komodo e olha para mim com uma expressão preocupada. — Como pode ninguém usar animal em chapéu? Jonjon diz que é febre em Inglaterra.

Agora estou diante de um dilema: devo contar a verdade para Ma — que Jonjon deve ter mentido porque queria criar algo chocante e *avant-garde* para ficar famoso — ou mentir para poupá-la?

— É porque esta sociedade é muito conservadora quando se trata de moda — respondo.

Ma sorri com tanto orgulho que fico feliz por ter escolhido não contar a verdade. Não aproveitar seu dragão-de-komodo hoje teria acabado com a alegria dela.

Falando em acabar com a alegria...

Volto a espiar pela janela. Nada de Lilian. Eu me permito relaxar um pouco, mas quando vejo Staphanie na multidão, destacando-se com a roupa toda preta de fotógrafa em meio aos trajes em tons pastel, sinto o estômago revirar outra vez. Ela está fazendo um bom trabalho em fingir ser fotógrafa, aquela assassinazinha profissional ardilosa. Abre caminho pela multidão, sorrindo e acenando para as pessoas, enquanto faz seus retratos.

Ama, por sua vez, fica parada à margem da multidão, e, de onde estou, posso ver sua boca se movendo — está falando com um microfone no ouvido. Sinto um aperto no peito, principalmente ao perceber que não faço ideia de onde estão os outros dois tios de Staphanie. Podem estar em qualquer lugar. Um poderia estar posicionado no terraço com um fuzil de precisão mirado no pátio. Quer dizer, é uma ideia maluca, mas eles são mafiosos. Quem sabe do que são capazes? O que Ama está dizendo? Deve estar dando instruções à família, colocando-os em posição para atacar...

Ai, meu Deus. Assim que penso nisso, Staphanie se aproxima de Nathan e seus pais. Cerro as mãos quando ela toca o braço do meu noivo. Argh, só quero dar um soco no meio daquela carinha de santa do pau oco. Daquela cara que me enganou por meses e fingiu ser minha amiga...

Preciso me concentrar. A traição de Staphanie não é a questão mais importante. Graças ao incidente com Ah Guan, minha mente insiste em focar nas partes menos importantes da situação só para não lidar com o horror do verdadeiro problema. Porém, entender a situação e saber o que fazer são coisas completamente diferentes.

Não consigo evitar uma onda de inveja quando a mãe de Nathan abre um sorriso afetuoso para Staphanie. Só se conheceram ontem, mas mesmo assim ela se deu muito bem com os pais de Nathan. Muito melhor do que minha família e eu. Queria gritar "Ela é uma assassina!" para eles.

Nossa, eu sou mesmo péssima em focar no que de fato importa. Ok. Onde estão minhas tias?

Nesse instante, a multidão se agita e cabeças viram. Pronto, já sei exatamente onde elas estão. A entrada triunfal. Ah, cara. Imagino os sussurros que estão percorrendo a multidão agora. Quase consigo ver a onda de expressões de surpresa.

A Quarta Tia é a primeira a entrar no pátio, óbvio. Ela desce os degraus de pedra e desfila pelo gramado como se fosse um tapete vermelho, acenando e sorrindo para todos os presentes. Mesmo daqui, consigo ver o microfone falso em miniatura que seu dragão-de-komodo segura na patinha e ouço sua voz de longe conforme ela cumprimenta os convidados com seu recém--descoberto sotaque britânico. Deus me ajude.

A Grande Tia e a Segunda Tia caminham logo atrás. Quer dizer, falei "caminhar", mas, na verdade, ela dá passos firmes como de costume, feito um ditador em marcha para cumprimentar seu exército. Seu dragão-de-komodo está mais ereto que nunca, contemplando todos com um olhar de reprovação. A Segunda Tia desliza a seu lado — a raposa astuta escondida na sombra do tigre.

Vislumbro as expressões de puro horror no rosto dos pais de Nathan antes de eles abrirem sorrisos educados e cumprimentarem minhas tias. Juro que é como se tivessem enfiado uma faca em meu estômago. Sei que é errado, mas sério, que vergonha alheia.

Que vontade de chorar. Certo, foco, lembro a mim mesma. Perto de tudo que está acontecendo, nem é tão ruim assim. Quer dizer, quem é que nunca passou vergonha por causa da família?

Bem, Nathan, por exemplo.

Certo, meus pensamentos com certeza não estão ajudando. Não importa quanto minhas tias me façam passar vergonha, elas estão prestes a me ajudar a impedir um assassinato, então... você sabe. Seja grata, lembro a mim mesma enquanto as observo fazer pose para Staphanie. Todos os convidados encaram, boquiabertos. À luz intensa do dia, seus vestidos roxos brilhantes são ofuscantes. Eu me pergunto se Staphanie sabe ajustar a câmera para a exposição extra — ah, a quem estou tentando enganar? Ela deve ter colocado a câmera no modo automático.

De repente, minhas tias se animam e viram a cabeça ao mesmo tempo, como suricatos. Ma solta um suspiro de espanto baixinho.

— Acho que é ela — anuncia Ma, me dando tapinhas. — Olha, Meddy! É Rainha.

E é mesmo. Lilian Citra, a principal investidora de Nathan e alvo da família de Staphanie, acaba de chegar.

Ela está usando um conjunto social azul-claro ajustado perfeitamente ao seu corpo, com um *fascinator* da mesma cor que é, de alguma forma, modesto e chamativo ao mesmo tempo. Tudo em sua figura grita "classe". Até mesmo a forma como ela caminha demonstra poder e graça. Uau. Faz sentido que essa mulher seja um alvo da máfia. Consigo imaginá-la envolvida em um grande negócio de centenas de milhões de dólares, ou até ordenando que políticos criem leis que prejudiquem chefões do crime. Ao vê-la, a necessidade de protegê-la aumenta dentro de mim.

— Meu Deus — murmuro.

Staphanie também a viu e está se aproximando com uma expressão determinada. Será que é agora? Não consigo assistir...

No momento seguinte, a Quarta Tia dá uma cotovelada em Staphanie, tirando-a da frente sem um pingo de delicadeza.

A Grande Tia e a Segunda Tia abrem caminho por entre a multidão como se estivessem atravessando um restaurante de dim sum lotado no domingo. Elas se movem sem a menor cerimônia, empurrando idosos e jovens até chegarem a Lilian. Então, para meu horror, e provavelmente para o de Lilian também, cada uma pega um de seus braços e sorri como se fossem velhas amigas.

Lilian deve ser educada demais para perguntar quem elas são, porque as três atravessam a multidão de braços dados e entram na catedral. Eu me viro para Ma.

— Uau.

Ma assente.

— Hum.

— Quer dizer. Uau. Elas basicamente acabaram de sequestrar a mulher.

Ma dá de ombros.

— Sequestro não, talvez mais escolta. Por que ela usa calça? Ela bem masculina, *ya*?

Enterro o rosto nas mãos.

16

Como descrever os momentos que antecedem minha entrada? Nervosismo de revirar o estômago? Rojões de entusiasmo? Ambos?

Conforme Ma e eu saímos da sala de espera a caminho da catedral, minhas pernas não param de tremer. Eu me seguro ao braço de Ma com tanta força que me lembro de quando era pequena e tinha medo de tudo. Eu era uma criança muito medrosa. Talvez esteja relacionado com o fato de ter crescido com cinco primos homens que alternavam entre ser superprotetores e totalmente babacas. Como eu era a prima mulher, tinham que se certificar de que nenhum sapo fosse colocado em minha garrafa de água, exceto os que eles mesmos haviam posto. Enfim, me lembro de vários momentos em que me agarrei a Ma desse mesmo jeitinho, como se ela fosse meu bote salva-vidas.

Olho para Ma, assimilando as rugas finas ao redor de seus olhos e boca. Meu coração dói de tanto amor. Puxo seu braço delicadamente e, quando ela se vira, lhe dou um abraço apertado.

— Eu te amo muito, Ma.

— *Tch, apa sih?* — Ela ri e se afasta. — Por que diz coisa dessas assim de repente?

Ah, sim. Agora lembrei por que não digo "eu te amo" para Ma com mais frequência: ela não sabe direito o que fazer com essas palavras.

Seb e Selena estão aguardando na entrada da catedral, com os dois padrinhos de Nathan, Ishaq e Tim. Quando nos veem, seus rostos se iluminam e ambos me dão um forte abraço. Fecho os olhos e inspiro o perfume familiar que Selena usa desde a faculdade, permitindo a mim mesma retirar um pouco de força do abraço de minha amiga mais antiga.

— Pronta? — pergunta Selena.

Assinto. A música aumenta quando as portas se abrem.

— Vejo você no altar — diz Ishaq, depois começa a caminhar em direção ao altar, seguido por Tim.

Seb e Selena dão um beijo em minha bochecha, depois entram de braços dados, sincronizados com a música.

— Pronta — diz Ma.

Dou o braço a Ma e aperto o buquê como se estivesse segurando o cabo de uma espada. Considerando que todos os nossos fornecedores se mostraram uns fajutos, o buquê está surpreendentemente lindo. Até Ma, uma florista extraordinária, admitiu com certa relutância que a mistura de hortênsias, lírios e peônias não ficou tão ruim para um amador. Acho que, pelo menos por isso, posso ser grata. Juntas, damos um passo para dentro da catedral.

Óbvio que já estive aqui. Anos atrás, quando vim visitar os pais de Nathan pela primeira vez, ele me levou em um tour por várias universidades. Eu me lembro de contemplar, fascinada, as enormes colunas normandas, os magníficos tetos abobadados, os vitrais elaborados e o altar dourado. Mas agora não consigo prestar atenção em nada disso. Nem nos convidados, que estão de pé. Nem na família de Staphanie, que deve estar espreitando nas sombras, como cobras prestes a dar o bote. Exceto o Segundo Tio.

A única coisa que vejo é Nathan sorrindo para mim e enxugando lágrimas. Ao percebê-las, começo a chorar também. É como uma represa de emoções que não consigo conter. À medida que Ma me conduz ao altar, Nathan e eu choramos de alegria e de alívio porque, depois de tudo, estamos finalmente prestes a nos casar.

Ma beija minhas bochechas e assume seu lugar nos bancos. De repente, estou sozinha com Nathan no altar. Ele ergue meu véu com delicadeza, como se eu fosse um presente que não acredita estar abrindo, e me encara com adoração até o padre pigarrear. Nos sobressaltamos e sorrimos, culpados.

— Estamos aqui reunidos...

Deixo as palavras me atravessarem enquanto lanço olhares animados para Nathan. Ele está radiante de alegria. Não está nem fingindo prestar atenção à cerimônia. Só sorri o tempo todo para mim, os olhos brilhando com lágrimas e as mãos firmes nas minhas. As palavras do padre desaparecem. Tudo ao redor desaparece. É como se fôssemos as únicas pessoas no mundo inteiro. Neste momento, a única coisa que me importa no mundo é Nathan. Eu volto a vê-lo como aquele jovem universitário, com o maxilar menos definido, um aspecto mais vulnerável e jeito de menino. Vejo nós dois com livros acadêmicos, fingindo estudar enquanto lançávamos olhares um para o outro. Lembro do nosso primeiro beijo, na festa da fraternidade, com o cordão de luz sobre nós parecendo estrelas coloridas. E lembro, com uma pontada de dor, como foi perdê-lo.

De repente, nos damos conta do silêncio da expectativa. Com enorme relutância, interrompemos o contato visual e olhamos para o padre, que solta um suspiro minúsculo — o cara sabe que não prestamos atenção a uma única palavra do que ele disse.

— Está na hora dos votos.

Ele entrega um microfone para Nathan, que pigarreia, parecendo ansioso pela primeira vez na vida. O nervosismo o faz parecer tão jovem e doce que fico com vontade de pular nele.

— Eu, Nathan Mingfeng Chan, recebo você, Meddelin Meiyue Chan, como minha melhor amiga, o amor da minha vida e minha legítima esposa. Você é minha alma gêmea, minha parceira, meu tudo. Meddy, prometo ser o melhor marido que posso ser. Prometo compartilhar tudo de mim com você: o bom, o ruim e o que estiver no meio. Prometo ser honesto com você...

Sinto um nó na garganta. Ele sempre foi honesto comigo, mas eu, por outro lado, não fui. Na verdade, em vários momentos durante nosso relacionamento, escondi informações ou menti de propósito. Meus olhos se enchem de lágrimas, e dessa vez não são de alegria, mas de culpa. É o dia de nosso casamento e aqui estou eu, mentindo para ele mais uma vez. Tento conter as lágrimas e me concentrar nos votos que ele está anunciando, enquanto minha mente se transforma em um redemoinho de amor, tristeza e ansiedade.

— ... apoiar você na busca pelos seus sonhos da melhor forma possível. Escolho você, Meddy, para ser minha pessoa, assim como você me escolheu para ser a sua, e vou passar o resto da minha vida amando você e cuidando de você.

Sorrindo, me inclino em sua direção, mas levo um susto quando o padre pigarreia outra vez.

— Agora é a sua vez de dizer seus votos, Meddelin.

Os convidados riem, e eu coro. Nathan passa o microfone para mim.

Minha voz sai baixa, e o padre me faz um sinal para que eu fale mais alto.

— Hã. Eu, Meddelin Meiyue Chan, recebo você, Nathan Mingfeng Chan, para ser meu legítimo esposo. Nathan...

Sou tomada pela emoção e as palavras não ultrapassam o nó em minha garganta. Como expressar tudo pelo que já passamos? Fico parada por um momento excruciante, prestes a irromper em soluços. Nathan acena de leve e, de alguma forma, consigo continuar.

— Nathan, a gente se conhece há muitos anos. Conheci você no fim da adolescência, e sei que sua gentileza sempre esteve com você. De um jovem doce e atencioso, você se tornou um homem generoso e carinhoso, e tenho muita sorte de ter recebido uma segunda chance para estar ao seu lado. Prometo ser a melhor esposa...

Outra vez, a pontada de culpa. Meu olhar se volta para os convidados. Levo um susto ao perceber que Lilian está sentada na primeira fileira, ao lado da minha família. Ma e as tias estão enxugando os olhos com seus lenços violeta combinando. A culpa me atinge em cheio. Como posso prometer ser uma boa esposa se estou escondendo um segredo tão grande de Nathan?

Como se lesse minha mente, a Quarta Tia ergue as sobrancelhas de leve para mim e assente uma única vez. *Continue. Você consegue.*

Respiro fundo e me forço a continuar.

— Eu prometo estar ao seu lado nos melhores e nos piores momentos. Escolho você, Nathan, para ser meu marido hoje e todos os dias a partir de agora, até o fim.

Minha voz oscila na última palavra, mas não importa. Consegui. Nathan seca as lágrimas enquanto eu devolvo o microfone para o padre. Trocamos as alianças, e a visão do anel dourado em meu dedo é maravilhosa. Como é boa a sensação de ter encontrado meu parceiro de vida. Que momento lindo e definitivo.

— Eu os declaro marido e mulher. Agora pode beijar a noiva.

Finalmente entramos nos braços um do outro, e eu derreto contra seu calor reconfortante quando nossos lábios se encontram. Não importa o que aconteça depois de hoje, ao menos tenho este momento que sempre vou lembrar como um dos melhores da minha vida. E, de alguma maneira, vou dar um jeito de ser honesta com Nathan.

17

Um dos poucos ritos que mantivemos da tradição sino-indonésia é a cerimônia em que agradecemos nossos pais. Nathan e eu descemos do altar e vamos até onde os pais dele estão, então nos ajoelhamos à sua frente e depois os abraçamos. Pela expressão de Annie e Chris, fica na cara que eles não curtem muito a ideia, mas seguem o combinado e nos abraçam, desconfortáveis. Quando vamos para meu lado da família, Ma soluça para todo mundo ouvir enquanto nos ajoelhamos. A Grande Tia e a Segunda Tia colocam os braços ao redor de Ma, e repouso minha cabeça em seus joelhos por alguns instantes, sentindo um aperto no coração. Fecho os olhos, desejando voltar a ser uma garotinha e encontrar conforto no colo dela As lágrimas escorrem uma atrás da outra quando eu a abraço forte. Nathan também precisa conter as lágrimas ao abraçar Ma, e não consigo deixar de notar que Annie parece tudo, menos feliz ao presenciar a cena.

Tudo que acontece depois é um borrão. Atravessamos a catedral de mãos dadas enquanto todo mundo aplaude e, quando chegamos no lado de fora, mal temos tempo de nos acostumar à luz forte do sol antes de sermos cobertos por confetes e cercados por amigos e parentes. Apertamos mãos e abraçamos os convidados. Fico atordoada com toda a atenção, o fluxo interminável de pessoas que se aproximam e nos dizem como foi uma cerimônia linda e como eu sou uma noiva deslumbrante.

— Parabéns! — exclama Seb, me esmagando em um abraço.

— Ah, Meddy, não acredito que você se casou!

— Pois é!

Abraço Seb com força, e depois Selena, enquanto ele vai na direção de Nathan.

— Você precisa de ajuda com alguma coisa? Preciso ter certeza de que estou cumprindo meu papel de madrinha principal — diz Selena.

— Hã, como é? — interrompe Seb. — Eu sou o padrinho principal. Você é só uma madrinha normal.

— Vocês dois são padrinho e madrinha principais! — Começo a rir. — E não, não preciso de nada. Obrigada. Vocês são incríveis.

— A gente sabe — diz Seb.

— Tá bom, mas qualquer coisa é só chamar — fala Selena, então os dois saem para se juntar aos outros convidados.

— Você tá bem? — pergunta Nathan, inclinando-se e olhando para mim com uma expressão que faz minhas bochechas arderem. Sério, ele é muito gostoso. — Esposa? — Ele sorri. — Tudo bem, esposa? Uau, isso soa estranho. De um jeito bom. De um jeito incrível.

Sorrio.

— Estou bem, marido. Nossa, soa mesmo estranho.

O clique de um obturador me traz de volta ao presente, e toda a sensação maravilhosa, terna e doce do momento derrete, substituída por um pânico terrível. Isso mesmo. Staphanie e sua família ainda estão aqui. Eu me deixei levar pela cerimônia. Tenho sorte de não terem tentado fazer nada naquela hora, mas agora preciso ficar alerta de novo.

Staphanie está a poucos passos de distância, com a câmera apontada direto para mim. Por algum motivo, estar em sua mira é como uma violação, como se ela pudesse olhar dentro da minha cabeça e ler meus pensamentos. Hum, será que é assim que as pessoas se sentem em relação a mim quando estou trabalhando?

— Que tal uma foto dos recém-casados? — sugere ela.

— Claro. — Nathan coloca o braço ao redor da minha cintura, e eu enrijeço. — Tudo bem? — pergunta ele outra vez.

— Tudo, é só que... — É só que o quê? É só que não quero que minhas fotos sejam tiradas por uma fotógrafa fajuta que está planejando um assassinato? Poucos minutos depois dos nossos votos de casamento, aqui estou eu, prestes a mentir para o meu marido. Outra vez. — Eu, hã... podemos conversar? — digo baixinho, fingindo sorrir quando Staphanie ergue a câmera.

— Digam "xis"!

Quero gritar: *Sua idiota! Nenhum fotógrafo de respeito fala isso hoje em dia!* Será que é muito ruim o fato de eu estar mais furiosa com Staphanie por ela fazer um trabalho ruim como fotógrafa do que por ela, você sabe, estar tentando cometer um assassinato?

— Agora? — A confusão atravessa o rosto de Nathan. — Claro. Algum problema?

— Hora de um close! — diz Staphanie, chegando tão perto que não tem a mínima chance de ela não ouvir o que vou falar para Nathan.

Faço um esforço para não, sei lá, gritar ou agarrar aquela câmera maravilhosa e quebrar na cara dela.

— Ah, foto-foto! — exclama a Grande Tia, aparecendo do nada. Ela agarra o braço de Staphanie, entrando no caminho. — Venha, tira foto-foto de nós, *ya*?

Está prestes a arrastar Staphanie para longe quando Ama aparece, marchando em nossa direção. Qual é a dessas tias mais velhas com habilidade de aparentemente se materializar do nada?

— *Aduh*, tenha cuidado, *ya* — diz Ama, abrindo um sorriso educado para a Grande Tia. — Câmera de Staphanie muito frágil.

Ela estende o braço e segura o pulso da Grande Tia. Qualquer um que passar por ali vai achar que é um gesto inocente, mas estou perto o bastante para ver que Ama está apertando o braço da Grande Tia, que sorri para ela.

— Ah, sim, é claro! Eu sei que quebra muito fácil, como ossos, sabe? Quebra tão fácil, talvez não conserta tão fácil. É por isso que seguro, para ela não ter acidente, talvez cair?

Os olhos de Staphanie estão tão arregalados quanto os meus devem estar. Ela encara a Grande Tia, horrorizada, antes de olhar para a avó, que estufa o peito, as narinas infladas.

— Ah, você muito gentil e atenciosa, mas minha neta muito cuidadosa. Não precisa se preocupar com ela, *ya*?

— Hã, isso é algum tipo de coisa sino-indonésia? — sussurra Nathan.

— É! Supernormal! — sussurro de volta. — É uma... hã... — Sempre que as pessoas questionam o comportamento estranho da minha família, tenho uma resposta ensaiada, algo que satisfaz até mesmo os mais curiosos, então recorro a ela agora. — É uma superstição.

— Ah, entendi. — Nathan assente.

Muito bem, Meddy. Isso que é ser honesta com seu marido.

Mesmo assim, como vou explicar o que está acontecendo, cacete? Nem eu sei o que está acontecendo. Só sei que preciso pôr um fim nisso tudo de alguma forma.

— Grande Tia, hã, que tal se a senhora me acompanhar pra, hã... ah, quer saber? Tem um presente que eu adoraria entregar pra senhora. Tá no meu quarto.

— Ah, que menina gentil — diz Ama, e juro que sua voz sai pingando veneno. — Sim, boa ideia. Agora temos intervalo, pessoas vão para o Masters Garden para coquetel, *ya*. Você tem tempo para talvez retocar maquiagem, dar presente para família, depois voltar para coquetel, certo.

— Ótimo! — exclamo com uma animação fingida, depois arregalo os olhos para a Grande Tia, suplicando mentalmente que ela solte o braço de Staphanie.

Muito relutante, Grande Tia a solta, e Ama solta a Grande Tia. Ambas sorriem uma para a outra, esticando a boca de uma forma horrorosa. De repente, Ama se vira e agarra o braço da neta.

Eu olho para Nathan e percebo que ele está imóvel, com uma expressão perplexa. Ele sabe. Já deve ter percebido que tem alguma coisa errada. Não é burro.

— Tá tudo bem com a sua famí...

— Nathan, Meddelin, ah, que bênção, foi uma cerimônia linda! — Annie se aproxima e nos dá um beijo na bochecha. — Você tá linda. Né, amor? — Ela se vira, provavelmente procurando o pai de Nathan. — Ah, onde é que o seu pai se meteu agora? Queria tirar fotos com vocês dois.

A Grande Tia me cutuca e diz em indonésio:

— Vou dar uma olhada em você-sabe-o-quê.

— Espera! — sussurro. Não posso deixá-la sozinha com o Segundo Tio. E se alguma coisa der errado? E se uma camareira aparece para limpar o quarto enquanto ela estiver lá? Ou pior, e se o quarto estiver sendo limpo neste exato momento?

Desesperada, tento lembrar se coloquei a plaquinha de "Não Perturbe" na porta. Quer dizer, não entendo nada de sequestrar pessoas, mas "Verifique seu sequestrado regularmente" deve ser uma das cinco regras principais. Talvez até uma das três. Mas não posso deixar a Grande Tia se responsabilizar por isso.

— Eu vou com a senhora. Pra dar seu presente, lembra?

Ela parece estar prestes a protestar, mas me viro depressa para Nathan e digo:

— Preciso voltar pro quarto um pouquinho, tudo bem? É que eu quero dar um presente pra Grande Tia, e quero, hã, retocar a maquiagem...

— Tranquilo, claro. — Ele sorri e beija minha testa. — Mas, só pra constar, você tá perfeita.

— Obrigada. Annie, volto daqui a pouquinho, daí tiramos aquelas fotos.

Annie abre a boca para falar, mas a Grande Tia diz:

— Meddy, como pode chamar pessoa mais velha pelo nome? Que rude!

— Ah, hum. Tá tudo bem, querida — diz Annie.

— Não está tudo bem. Sua Ma vai ficar de coração partido! — repreende a Grande Tia. — Vamos falar sobre isso depois. Certo, adeusinho, querida. Agora vamos.

Ela segura meu braço e me leva para longe. Lanço um olhar de desculpas para Annie, que fica parada, parecendo muito confusa. Nathan está visivelmente tentando conter um sorriso enquanto curva a cabeça e diz alguma coisa para a mãe. Pelo menos acho que não está mais pensando na interação esquisita entre a Grande Tia e a Ama.

Assim que nos afastamos, a Grande Tia diz:

— Vai primeiro, para pessoas não ficarem vindo e dando parabéns. Eu vou buscar sua mama. Segunda Tia e Quarta Tia ficam aqui e cuidam de Rainha.

O lembrete sobre a situação de Lilian faz meu estômago revirar. Não que eu tenha me esquecido, só é algo muito surreal para me preocupar justo hoje. Mas sim, a Grande Tia tem razão. Nem todas nós devemos voltar para o quarto. Algumas precisam ficar aqui para EVITAR O ASSASSINATO DE UM SER HUMANO. Quase começo a rir ao pensar em tamanha maluquice. Dou a volta na multidão, sorrindo e aceitando todos os parabéns da forma mais educada e rápida que consigo. É fácil localizar Lilian — tudo que preciso fazer é procurar pelos dragões-de-komodo balançando acima das pessoas. Não acredito que esses animais ridículos estão se revelando tão úteis. Ma e a Segunda Tia estão grudadas na mulher feito ímãs, quase com os braços a seu redor. Ela parece um pouco incomodada, mas, para nossa sorte, está encarando tudo com naturalidade.

A Grande Tia retorna acompanhada da Quarta Tia e diz:

— Sua mãe ocupada tomando conta de Lilian, então vamos subir com Quarta Tia, *ya*?

A Quarta Tia segura meu braço esquerdo e a Grande Tia, o direito. Juntas, corremos até o quarto para ver como está o homem que sequestramos. Sinto o coração apertar de um jeito particularmente doloroso enquanto a Quarta Tia procura a chave da porta. Juro que vou morrer de uma doença cardíaca aos trinta anos se a vida continuar essa loucura. Não tenho estrutura para lidar com tanta ansiedade. Enfim, ela destranca a porta e a abre. Depois solta uma exclamação de susto.

# 18

O problema de prender uma pessoa de verdade a uma privada de verdade é — bom, o problema é que é difícil pra caramba. É tipo lidar com armas: você as vê o tempo todo em filmes, então não liga muito quando elas surgem e nunca para pra pensar em quão apavorantes são na vida real. Sempre que assisto a uma cena de sequestro em um filme, não penso muito na logística da coisa, em quais tipos de nós devemos usar para amarrar a pessoa, quais partes do corpo imobilizar em que ponto, e assim por diante.

Então não deveria ficar surpresa ao ver que o Segundo Tio não está mais amarrado à privada, e sim parado ao lado da mesa de cabeceira. Ainda está com as mãos amarradas, mas conseguiu tirar o telefone do hotel do gancho e, pelo jeito, ligou para alguém.

Quando nos vê, grita:

— Máfia! Morrer! Eu morro, ko…

Seus gritos cessam quando um dragão-de-komodo golpeia sua cabeça. A Grande Tia logo segue o exemplo da Quarta Tia, arrancando o próprio dragão para arremessar, e o Segundo Tio congela e ergue os braços.

— Não, dragão não…

Então a Quarta Tia continua a investida, soltando um grito de guerra de causar arrepios e pulando em cima dele.

— Jesus amado! — exclamo, congelada e meio agachada, com os braços esticados como se estivesse prestes a tomar uma atitude, mas qual? O que eu vou fazer?

A Grande Tia passa correndo por mim — a Grande Tia, minha tia com mais de sessenta anos, passa correndo por mim. Sério, eu tenho que fazer alguma coisa! Mesmo assim, meu corpo se recusa a compreender as ordens que meu cérebro envia, então eu fico lá, parada e inútil, enquanto a Grande Tia se joga na briga. Ela faz uma pausa longa o bastante para pegar a chaleira elétrica, e é aí que entro em ação. Se ela jogar essa coisa na cabeça dele, vai acabar matando o homem de verdade.

— Não! — exclamo, saltando para a frente.

Tropeço no vestido e caio em cima deles. O mundo é reduzido a dentes e unhas.

O Segundo Tio não é grande, mas é um homem adulto com tudo a perder e não vai se render sem lutar. Embora as mãos estejam amarradas, ainda consegue fazer movimentos violentos, balançando os braços para todos os lados. A Quarta Tia prende sua cintura e praticamente o morde. Estendo o braço e agarro alguma coisa — qualquer coisa. Minhas mãos envolvem um dos braços do Segundo Tio, e preciso me esforçar para não recuar. Ele está apavorado demais. Parece muito errado, mas eu o seguro com força. Então, como que em câmera lenta, vejo a Grande Tia lançando a chaleira elétrica em direção à sua cabeça. Uma onda de adrenalina percorre meu corpo e empurro o Segundo Tio para o lado. Ele escorrega e cai, soltando um grito lamurioso. Um grito interrompido quando sua cabeça bate na parede com um crec alto.

Então, silêncio.

Ah, não. Não, não, não.

Levo um tempo para perceber que estou em um estado quase catatônico, repetindo "não, não, não" sem parar. A Grande Tia segura meu braço e me sacode de leve. Meu olhar encontra o dela.

— Eu... Ele... Eu acabei de matar outro homem?

Surreal. As palavras são absurdas. Não podem ser reais.

A Quarta Tia se levanta, ofegante, e pega seu dragão-de-komodo. É com isso que ela está preocupada? A ideia me faz querer rir histericamente. Ela usa o adereço para cutucar a cabeça do Segundo Tio, que balança sem vida. Sem vida, porque eu acabei com ela. Meu Deus.

— Pare com isso, Meddy — repreende a Quarta Tia.

Então percebo que estava o todo tempo emitindo uma espécie de gemido baixinho.

— Desculpa, eu só... estou um pouco chocada porque... Ai, meu Deus, ele...?

Ela me interrompe com um gesto enquanto segura o pulso do Segundo Tio, depois dá de ombros.

— Não sinto pulso. Bem, Meddy, parece que temos um problema para resolver.

— Não!

De novo não. Meu mundo desmorona. Acho que vou desmaiar. Vou... espera. Da última vez também não conseguimos sentir o pulso. Talvez sejamos apenas péssimas nisso. Corro até a penteadeira, encontro um espelho de mão e corro de volta até o Segundo Tio. Por favor, Deus, faça isso funcionar. Abro a tampa e levo o espelho ao nariz dele.

O vidro embaça.

— Tá respirando! — grito, depois volto a murchar.

Parte de mim está em lágrimas. Nunca senti tanto alívio, nunca mesmo.

— *Wah*, Meddy, você muito esperta — elogia a Grande Tia, do banheiro.

A torneira está aberta. Quando é que ela foi para lá?

— O que a senhora tá fazendo, Grande Tia?

— Você parece muito em pânico, então eu faço chá, *ya*?

— Eu... quê? Com a chaleira que a senhora estava prestes a acertar na cabeça dele?

Ela fecha a torneira e volta com o recipiente cheio e o dragão-de-komodo.

— Sim, muito útil, chaleira elétrica. Então ele está bem? Bom, bom. Achei que talvez você mata ele.

Eu a encaro, sem palavras, enquanto ela encaixa a chaleira no apoio e a liga. Então vai até a penteadeira e encara a própria cabeça exposta sem o *fascinator*, tristonha.

— Como põe de volta? Precisa de tanto grampo, aqui e ali. — Soltando um suspiro, ela coloca o dragão-de-komodo em cima da penteadeira, depois o pega outra vez e o enfia em uma das gavetas. — Quando eu vejo, só fico triste — murmura. — Porque agora meu visual arruinado, tudo por culpa de Segundo Tio.

A Quarta Tia pigarreia.

— A boa notícia é que ele só está desmaiado, então vai ficar bem.

— Não temos como saber. Talvez ele tenha uma concussão — digo.

— *Aduh*, ele está bem, sem problemas. Só dar um chá e ele fica bem — declara a Grande Tia.

Estou prestes a protestar quando um pensamento horrível me atinge.

— A ligação. Ele estava ligando para alguém quando entramos.

A Grande Tia e a Quarta Tia congelam e arregalam os olhos.

— Merda — murmura a Quarta Tia.

Meu primeiro pensamento é que ele ligou para a polícia, mas então me lembro de que ele disse "ko" no telefone. "Me salve, ko" ou algo assim. "Koko" significa "irmão mais velho" em indonésio.

— Ele estava chamando o Grande Tio — concluo.

— Xi — fala a Quarta Tia, levando o dedo aos lábios.

Ficamos sem reação por um instante. Estou prestes a perguntar o que está acontecendo quando ouço... passos apressados subindo as escadas.

— *Aduh*, estava prestes a fazer chá — reclama a Grande Tia.

A Quarta Tia vai depressa até a chaleira elétrica, se posiciona atrás da porta com ela em mãos, depois olha para mim e leva o dedo aos lábios.

Há uma batida alta na porta, o tipo de batida que diz *é melhor abrir, se não...*

— Abra a porta! Eu sei que você está aí! — ressoa a voz do Grande Tio.

Ignorando a náusea, espio pelo olho mágico.
— Ele tá sozinho.
A Quarta Tia assente para mim e sussurra:
— Então abra a porta.
— Não... — Não faço ideia do que dizer. — Hã... tente não matar ele, ok?
Ela dá de ombros.
Abro a porta, depois pulo para trás assim que o Grande Tio irrompe no quarto com tudo.
— Cadê meu irmão?
— Nada de gritar — repreende a Grande Tia.
Contrariando toda a razão, o Grande Tio para.
Um lampejo atravessa seu rosto. Levo um momento para perceber o que é: medo. Ele tem medo da Grande Tia. Então seu olhar desvia para mim, e o medo se transforma em escárnio.
— Você. Já não fez estrago suficiente? — vocifera ele, então dá um passo em minha direção e eu recuo.
— Você para aí. Não chega mais perto — ordena a Grande Tia em seu tom mais autoritário.
Mais uma vez, o Grande Tio hesita.
— Hendry *dimana*? — pergunta ele.
A Grande Tia olha para o outro lado da cama, onde o Segundo Tio jaz inconsciente no chão. O Grande Tio segue o olhar dela e arregala os olhos. Agora, a fúria dele foi completamente substituída pelo medo.
— Eu... ele... sinto muito, *Lao da*. Eu não...
Ele dá um passo para trás, e é aí que a Quarta Tia sai de fininho de trás da porta e acerta a chaleira em sua cabeça.
Ouve-se apenas um baque surdo e decepcionante e, quando dou por mim, o Grande Tio está esparramado feito uma árvore caída. Tomba com tanta força que até a Quarta Tia faz uma careta.
— Faça a coisa do espelho, Meddy — ordena a Quarta Tia ao passar pelo corpo imóvel e recolocar a chaleira no apoio, então

aperta o botão de ligar e sorri, satisfeita, quando a luz acende. — Ainda funciona! Esses ingleses sabem fazer chaleiras resistentes.

Isso não é real. Não pode ser. Minha cabeça começa a girar, mas, de alguma forma, meu corpo escuta a ordem e se aproxima com cuidado do Grande Tio. Agacho e, com a mão trêmula, levo o espelho de mão ao seu nariz. Um momento depois, o vidro embaça. Suspiro de alívio.

— Ele tá vivo.

— Bom, nada de azar — diz a Grande Tia e dá tapinhas carinhosos na mão da Quarta Tia. — Muito bom golpe, Mimi. Você derruba ele tão rápido, muito bom.

A Quarta Tia abre um sorriso afetado, quase se gabando.

— Desculpa, será que eu sou a única pessoa surtando por causa dos dois homens que quase acabamos de matar?

— *Tsk*, eu não bati com força suficiente para matar. Se ele morrer, não é culpa minha ele ter um crânio tão frágil — diz a Quarta Tia.

— Não, se ele morrer, é literalmente nossa culpa!

Eu me jogo na cama e logo descubro que me enterrar no colchão não é uma opção enquanto estiver com este vestido gigantesco. O tecido esvoaçante me faz deslizar para fora do colchão, e me ajeito até conseguir sentar.

— O que vamos fazer com eles?

— Para começar, amarrar — murmura a Quarta Tia. — Ugh, por que esta chaleira elétrica está demorando tanto para ferver a água?

— Paciência — diz a Grande Tia, que já está pegando os saquinhos de chá e colocando-os delicadamente nas xícaras.

— Será que podemos esquecer o chá por um segundo e pensar no que fazer? — pergunto, impaciente.

A Grande Tia e a Quarta Tia levantam a cabeça rapidamente e me lançam um olhar tão cheio de reprovação que dá vontade de me encolher dentro das dobras gigantes do vestido e desaparecer.

— Desculpa.
— Sei — murmura a Grande Tia.
Tenho certeza de que ela vai contar para Ma que fui muito desrespeitosa. Como será que, até em um momento como este, ela tem esse efeito sobre mim? Como consegue ser tão intimidadora? Até o Grande Tio ficou com medo dela.

Por falar nele, é melhor amarrá-lo antes que acorde. Saio da cama e fico parada por um segundo, perdida. Nunca tive que amarrar uma pessoa, então não sei bem por onde começar.

— Há, preciso de algo pra amarrar o Grande Tio.

Quase dou risada diante de tamanho absurdo. Aí está uma frase que nunca pensei que fosse dizer.

— No bolso da frente da minha mala tem umas abraçadeiras para cabos — diz a Quarta Tia casualmente, como se estivesse, sei lá, pedindo ketchup em um restaurante.

— Por que a senhora trouxe abraçadeiras na mala?

Ela me lança um olhar severo.

— Sem ofensa, Meddy, mas tenho medo de que sua mãe tente roubar minha maquiagem. É Chanel, sabe. Então sim, fecho minha maleta de maquiagem com abraçadeiras, algum problema?

— Não, claro que não — guincho, murchando sob o olhar mortal da Quarta Tia. Por que eu fui questioná-la, caramba? Abro o bolso da frente da bagagem e encontro as abraçadeiras. — Há, acho que são curtas demais para os calcanhares do Grande Tio.

— *Tsk*, acho que usamos todas as compridas no Segundo Tio.

Nós o encaramos por um tempo e, desta vez, reparo nas abraçadeiras pretas ao redor de seus tornozelos, braços e pulsos. Como não percebi isso antes, cacete?

— Então o que vamos usar agora? Lençóis? — arrisco, mordendo os lábios.

— Lençol não funciona — declara a Grande Tia com tanta convicção que começo a me perguntar o que ela e o ex-marido gostavam de fazer na cama.

Eca, que nojo, cérebro. Por que você me vem com um pensamento desses agora?

— Ah, já sei! — exclama a Quarta Tia.

Para meu horror, ela se curva e pega algo sob a barra do vestido.

— Hã, Quarta Tia, o que a senhora tá fazendo?

Em vez de responder, ela se contorce, grunhe e puxa. Viro o rosto, tentando ignorar os barulhos estranhos que minha tia está fazendo.

— Tá-dá!

Arrisco olhar para trás e vejo que ela está erguendo uma meia-calça bege, orgulhosa.

— Da Jie, tire a sua também — ordena ela.

— Vou a banheiro para tirar — diz a Grande Tia, felizmente.

Solto um suspiro de alívio enquanto ela caminha até lá.

A Quarta Tia joga a meia-calça para mim e eu a pego, estremecendo de leve ao sentir o calor da peça.

— Ah, larga de frescura, Meddy. É nova.

Pode até ser, mas estava nas suas coxas e virilhas há menos de um minuto e...

Sacudo a cabeça para espantar o pensamento e lanço um sorriso fraco para ela antes de me agachar ao lado do Grande Tio. Certo. Como se faz isso? Passo a meia debaixo de seus tornozelos e dou várias voltas. Hã, e depois...

— *Tsk*, desse jeito não, Meddy — repreende a Quarta Tia, marchando até mim e arrancando a meia-calça de minhas mãos.

Ela as entrelaça com destreza ao redor dos tornozelos do Grande Tio, dando um nó elaborado tão firme que a única forma de desfazer parece ser cortando.

— Uau, onde a senhora aprendeu a fazer isso?

Ela lança uma piscadinha para mim.

— Bom, uma vez namorei um cara que curtia...

Tampo as orelhas com as mãos e começo a cantarolar "la la la la" até ela calar a boca.

— Desculpa, Quarta Tia, acho que nunca vou conseguir ouvir a senhora falar sobre sua vida sexual.
— Careta.
— *Apa* vida sexual? — pergunta a Grande Tia, colocando a cabeça para fora do banheiro.
— NADA! — gritamos nós duas.
A Grande Tia estreita os olhos para nós e volta para o banheiro. A Quarta Tia solta um suspiro de alívio. Momentos depois, a Grande Tia sai e nos entrega a meia-calça, que a Quarta Tia usa para amarrar os pulsos do Grande Tio em menos de um minuto.
— Vamos prender eles no aquecedor — sugiro.
O problema é que falar é fácil; fazer é outra história, principalmente com meu lindo vestido de várias camadas. Nossa, meu vestido. Tantas camadas de tule e renda delicada. Parece besteira se preocupar com isso, mas, sério, uma parte enorme de mim não para de pensar "Nada de sujar ou rasgar!". Sem mencionar o fato de que é muito difícil carregar um homem adulto enquanto se usa um corpete apertado.
A Grande Tia e a Quarta Tia dão seu melhor para me ajudar, mas, quando conseguimos arrastá-lo até a parede, já estamos todas sem fôlego. Pego uma das abraçadeiras da Quarta Tia, passo-a ao redor do cano do aquecedor e prendo o pulso do Grande Tio. Vamos até o Segundo Tio e fazemos o mesmo com seu punho, depois de apertarmos as abraçadeiras.
Então nos levantamos, suspiramos e analisamos o resultado do nosso trabalho.
— Certo, dá. Isso bom o suficiente — declara a Grande Tia, voltando a atenção à chaleira elétrica.
A Quarta Tia vai até a penteadeira para colocar seu *fascinator* de volta na cabeça enquanto eu fico parada, encarando os dois homens amarrados ao aquecedor da minha suíte de noiva. Como chegamos a esse ponto, cacete? Olho para o rosto relaxado do Grande Tio. Sua boca está meio aberta. Não paro de pensar em sua expressão quando irrompeu no quarto.

Ele estava com muito medo da Grande Tia, o que é estranho, né? Quer dizer, é comum as pessoas se sentirem intimidadas pela Grande Tia. Ela irradia uma aura de "Nem se atreva, menina, ou vou tirar meu sapato e dar com ele na sua cabeça!". Não que já tenha feito isso comigo — não, imagina, sempre fui muito obediente e compreensiva —, mas já vi acontecer muitas vezes com meus primos, principalmente seu filho mais novo, Russ. Por isso, o fato de o Grande Tio parecer tão inseguro perto dela não é nada surpreendente. Mas ele não estava apenas inseguro: estava *apavorado*. A expressão em seu rosto era de um medo primitivo — medo de morrer —, não um medo tipo "ah, não, acho que ela vai pegar o espanador e me bater". E ele a chamou de...

— *Lao da* — digo.

A Quarta Tia ri, erguendo a cabeça ao prender o último grampo de cabelo no lugar. A água na chaleira começa a ferver, então ela a despeja em três xícaras.

— Já faz um tempo que não ouço isso.

Tecnicamente, "lao" significa "idoso". Na cultura chinesa, a idade não é apenas um número, mas uma medida de respeito. Quanto mais velho você é, mais as pessoas te respeitam, mais poder você tem. "Da" significa "grande". Tenho certeza de que o Grande Tio não chamou a Grande Tia apenas de "idosa e grande".

— O que significa?

— Significa "chefe" — explica a Quarta Tia, sorrindo, depois entrega a primeira xícara à Grande Tia. — Aqui está, *Lao da*.

A Grande Tia pega a xícara e cerra os lábios.

— Você ferve água por muito tempo, fica quente demais. Sabe que não pode deixar água ferver com essas folhas. Elas não podem pegar água quente demais.

A Quarta Tia revira os olhos.

— Sei, sei.

— Espera, mas eu achava que "chefe" era *lao ban* — digo.

— *Lao da* é, tipo, um jeito informal de dizer "chefe". É usado quando você está com amigos, ou... — A Quarta Tia não continua.

— Em uma gangue? É assim que chamam os líderes de uma gangue? — pergunto.

Há uma pausa. A Grande Tia termina de tomar seu gole de chá e assente.

— Sim, Meddy. Geralmente líder de gangue chamamos de *Lao da*. Mostra respeito, mas não tão formal como em escritório. — Ela me pega a encarando e franze a testa. — *Ada apa*?

— Hã. Ele chamou a senhora disso.

— Ele me chamou disso? — Ela franze ainda mais a testa. — Onde? Não lembro. Quando?

A Quarta Tia se engasga com o riso.

— É mesmo! Ele te chamou disso, né? Quando entrou e viu o irmão no chão, disse "Desculpa, *Lao da*!" Rá! Que engraçado, né, Da Jie? *Lao da*. Espera só até eu contar para Er Jie. Ela vai amar que alguém te chamou de *Lao da*. E por "amar", quero dizer que ela vai detestar.

— Acho que melhor não contar — avisa a Grande Tia, mas em um tom de voz que significa "Ah, sim, conte para a Segunda Tia, e garanta que eu esteja por perto para que eu possa ver a reação dela".

— Espera aí. Acho que as senhoras não estão entendendo a questão — falo, erguendo a voz para me fazer ouvir por sobre as gargalhadas da Quarta Tia. — Hã. A questão é que... é estranho ele te chamar de *Lao da*. E ele parecia estar com muito medo da senhora, Grande Tia, tipo, apavorado. Como se achasse que a senhora fosse de fato machucá-lo. — Lanço um olhar para seu corpo deitado e acrescento: — Quer dizer, ele não estava errado. Mas, hã, acho que tem alguma coisa nessa história.

Tem algo me incomodando, cutucando meu cérebro, algo gritando para ser ouvido. O que...

— Meu Deus — digo.

Minhas duas tias me encaram com as sobrancelhas erguidas.

— O quê? — pergunta a Grande Tia.

— O Segundo Tio! — grito. As duas se sobressaltam e olham para ele. — Não, ele não acordou. Eu acabei de lembrar o que ele disse quando entramos no quarto! "Máfia!" Achei que estava falando sobre a própria família, mas não. Estava falando da gente. Eles acham que somos da máfia!

19

Silêncio.

É como se a Grande Tia e a Quarta Tia fossem estátuas, de tão estáticas. Então a última joga a cabeça para trás e uiva de tanto rir.

— Meu Deus, essa é a coisa mais ridícula que já ouvi. Dá para imaginar nós mafiosas?

Consigo imaginar facilmente, mas concluo que revelar meus pensamentos agora não é a escolha mais sábia.

— Quer dizer, meio que sim? Olha só pra família de Staphanie. A senhora diria que são mafiosos? Eu não, mas aqui estamos nós. E a senhora estava falando que Abraham Lincoln era supergentil e nerd e agora é um chefão da máfia.

— É, mas tem, tipo... — A Quarta Tia agita os braços por alguns instantes antes de abaixá-los. — Quer dizer, deve haver um... algum jeito de perceber, sabe? É óbvio que somos pessoas boas.

— Somos mesmo? — digo, lançando um olhar bem incisivo para o Grande Tio e o Segundo Tio.

— Certo, eles são os vilões, nós somos as mocinhas. A diferença é óbvia — decreta a Quarta Tia.

— Pode ser, mas eles sabem que matamos Ah Guan, lembra? É por isso que entramos nesta furada pra começo de conversa. Devem achar que o apagamos ou coisa do tipo. Quer dizer, tecnicamente, foi isso. Por acidente, mas mesmo assim.

A Quarta Tia abre e fecha a boca, cerrando os lábios com firmeza, depois se vira para a Grande Tia.

— Da Jie, o que acha?

A Grande Tia passa o dedo pela borda da xícara e franze a testa de leve enquanto reflete, então murmura suavemente:

— Isso explica o que ouvi a Ama dizer. Fala "Rén bùke màoxiàng". Significa...

— Não julgue um livro pela capa? — arrisco.

As rugas na testa da Grande Tia se aprofundam.

— *Aduh*, Meddy, não. De onde tirou "livro"? Falei "rén", significa "pessoa". Não pode julgar pessoa pelo rosto. *Aiya*, falei para sua Ma, tem que mandar Meddy para escola de chinês cedo, mas ela não ouve. Viu, agora você acha que pessoa é livro.

— Não, não foi o que eu quis dizer. É só um ditado, também se usa pra... esquece. Certo, então ela falou pra não julgar um livro, quer dizer, uma pessoa, pela aparência. Sobre o que as senhoras estavam falando quando a Ama disse isso?

— Não falou para mim. Ouvi ela falar para Staphanie em banheiro quando encontramos no dim sum. Não sei o que Staphanie disse, mas Ama falou isso para ela. Depois disse "Pessoas podem parecer boa família, mas, na verdade, são perigosas". Aí eu entro, e as duas sorriem e ficam quietas. Na hora pensei "ah, talvez Staphanie tem namorado que não vem de boa família, e Ama aconselha ela não ser ingênua, não apaixonar por rapaz ruim".

É óbvio que estavam falando da gente. Faz todo o sentido. Isso se aplica perfeitamente a nós: parecemos uma família boa e normal, mas, na verdade, brigamos com unhas e dentes e jogamos sujo até a morte. E, como eles sabem que estamos envolvidas com a morte de Ah Guan, não é loucura imaginar que somos mafiosas, principalmente se conhecem esses círculos. A família da Ama deve conhecer muitas outras mafiosas.

O que é mais uma para a conta?

Deixo escapar uma risada sem graça. Mal reconheço o som.

— Eles acham que somos mafiosas. — Soa ridículo em voz alta. — Acham que *nós* somos mafiosas — repito, só para experimentar as palavras outra vez. É, ainda soam sem nenhum sentido.

— Sabe, talvez essa seja a única razão pela qual ainda estamos vivas — sugere a Quarta Tia, examinando as unhas.

— O quê?

Viro a cabeça tão rápido que quase torço o pescoço.

— É, tipo, tenho quase certeza de que Abraham Lincoln mencionou que famílias mafiosas têm uma espécie de código. Se querem declarar guerra a uma outra família, precisam da autorização de outras famílias, esse tipo de coisa. Como um conselho, sabe?

Minha cabeça está girando.

— Espera. Tem muita coisa aí. Nem sei por onde começar. Quer dizer, existe um conselho da máfia?

— *Tch*, não é conselho, é mais um *arisan*, sabe? — diz a Grande Tia.

— *Arisan*? Não é aquele grupo de senhoras que se reúne pra almoçar?

— Ah, sim, *tai-tai* muito ricas. Reúnem uma vez por mês e almoçam em restaurante muito chique. Já contei que me convidaram para entrar em um? O grupo muito alta classe, sabe, tem até filha de Jofi Corp — explica a Grande Tia.

A Quarta Tia bufa.

— Como se fôssemos ter dinheiro para fazer parte desse *arisan*. Você precisa contribuir com dinheiro para o grupo. O tipo de *arisan* de que a filha de Jofi Corp participaria deve custar milhares de dólares por mês.

— Só pra almoçar com as amigas? — Eu as encaro de olhos arregalados, incrédula, depois sacudo a cabeça. — Enfim. Tá, então existe um *arisan* da máfia...

— Sim, o que você acha que esposas de máfia fazem? É claro que tem *arisan* de máfia. Homens lá fora só mata-mata, as mulheres lá dentro comem comida chique e decidem quem marido deve matar — diz a Grande Tia.

— Não nós, porque eles acham que somos iguais a eles — completa a Quarta Tia.

A Grande Tia ergue as sobrancelhas e repuxa a boca. Se eu não a conhecesse, pensaria que está se divertindo com tudo isso.

— A senhora está tentando não rir?
Ela cerra os lábios e evita meus olhos.
— Bem, só estou dizendo, aquelas *tai-tai* todas pareceram um pouco... como se diz? Alívio quando digo que não quero participar de *arisan*. Primeiro pensei que *aiya* talvez não gostam de mim, acham que não sou chique igual elas...
— Mas agora a senhora acha que ficaram aliviadas porque pensaram que a senhora era uma grande chefona malvada da máfia?
De novo, os cantos da boca da Grande Tia ameaçam subir, mas ela cerra os lábios com ainda mais força, contendo um sorriso.
— Não controlo o que pessoas pensam de mim. Se pessoas pensam que sou chefona de máfia, não posso fazer nada.
— Da Jie, você seria a melhor chefona da máfia — declara a Quarta Tia, enchendo a xícara da Grande Tia. — Dá para imaginar? Você seria, tipo, "Harun me desrespeitou no telefone. Corte a orelha dele". Você seria fabulosa.
A Grande Tia faz um gesto de modéstia e dá um gole no chá, divertindo-se.
Sinto a frustração e a ansiedade borbulharem em meu peito. Por que elas estão tão tranquilas? É como se tivessem esquecido que hoje é meu casamento e cada segundo que passamos aqui é um segundo a menos que passo aproveitando minha festa. Além disso, as pessoas vão começar a nos procurar em breve, se é que já não começaram.
— Ok, será que vocês podem se concentrar aqui? A família de Staphanie, que de fato faz parte da máfia, pensa que somos mafiosas. O que vamos fazer em relação a isso?
— Vamos nos divertir! — exclama a Quarta Tia.
Lanço um olhar mortal para ela, que pergunta o que foi como se não tivesse sugerido que brincássemos com mafiosos de verdade só por diversão e não estivesse dando muitas risadinhas.
— Talvez... certo — murmuro, andando de um lado para o outro. Ou pelo menos tentando. Vivo esquecendo que estou

usando um vestido enorme que não me permite fazer muitos movimentos em espaços pequenos. — Tá. Então talvez tudo tenha sido um mal-entendido. — Uma esperança brota em meu peito e quase choro de alívio. — Talvez eles estejam pensando que não nos importamos com o assassinato de Lilian porque estamos no mesmo ramo de trabalho que eles. Talvez se contarmos que não somos mafiosas, eles vão nos deixar em paz. Talvez cancelem o plano todo!

Lágrimas de esperança enchem meus olhos e abro um sorriso lunático para minhas duas tias, torcendo para que concordem com meu raciocínio.

— Ou talvez, como eu disse, a única razão para ainda não terem acabado com a nossa raça seja porque não querem começar uma guerra — retruca a Quarta Tia, seca, enfiando uma adaga em meu balão de esperança.

A Grande Tia suspira.

— Ah, Meddy, você ainda precisa aprender tanta coisa, *ya*. Máfia não funciona desse jeito. É mais como Quarta Tia diz, se acham que você é máfia, respeitam mais. Se acham que não é, aí sabem que podem matar você sem consequência.

— Mas existem consequências! Não se pode sair por aí matando qualquer um. A polícia te pega!

— Polícia. — A Grande Tia bufa, como se dissesse "Ah, sim, os palhaços".

— É, a polícia! Principalmente aqui na Inglaterra. Não vão gostar nada de uma série de assassinatos acontecendo na boa e velha Christ Church College.

— Não seja boba, Meddy. Lógico que a família de Staphanie não vai acabar com a gente agora. Estou falando de depois do casamento. Quando tudo acabar e voltarmos para Los Angeles, seremos apagadas, uma a uma. Vão fazer parecer um acidente para os estadunidenses, mas os indonésios vão captar a mensagem — explica a Quarta Tia.

Eu a encaro, boquiaberta. Fui ingênua ao pensar que se passássemos pelo dia de hoje, ficaríamos bem. Esta história toda ficaria para trás. Mas a Quarta Tia tem razão, como sempre. Por que isso tudo acabaria depois do casamento? É óbvio que a máfia não nos deixaria simplesmente sair numa boa, até porque sabemos o que eles fizeram. Quando me dou conta disso me sinto sufocada. Literalmente. Eu me pego arfando, inspirando e expirando em um assobio horroroso.

A Grande Tia segura meu rosto com as duas mãos e me puxa para baixo com firmeza, me encarando.

— Pare com isso, Meddy — ordena ela, usando a Voz.

Engulo em seco e paro de respirar, olhando-a como um animal encurralado.

— Aguenta firme. Não entra em pânico desse jeito, *malu-maluin aja* — continua ela em um tom severo.

Vergonhoso? Só rindo mesmo. Não há ninguém no cômodo além de nós — e os dois homens desmaiados —, e ela está preocupada com nossa reputação?

— Não corremos em círculos igual galinhas. Não. Encaramos problema. Vamos mostrar para eles, somos família ainda mais poderosa.

É como se a Grande Tia tivesse passado a vida inteira esperando por este momento. Ela se transforma diante dos meus olhos. Endireita as costas e infla o peito, majestosa. Ergue um pouco o queixo, e sua expressão assume um ar confiante e violento.

Então, de repente, parece que estou encarando uma chefona da máfia.

20

A Grande Tia e a Quarta Tia tentam me ensinar a agir igual a uma gângster, mas acabam desistindo.

— Bom, acho que você pode ser a princesinha que não faz ideia de como o negócio da família funciona.

— Valeu, Quarta Tia.

Ela sorri e esfrega as mãos, o que me faz lembrar de quão ansiosa ficou para ver o corpo de Ah Guan naquela noite terrível.

Depois de verificar as amarras dos tios uma última vez, saímos do quarto a tempo para o coquetel. Sigo minhas tias, segurando a saia pesada do vestido, com dificuldade para acompanhá-las enquanto atravessam o corredor às pressas. Até mesmo a forma como caminham é diferente. Como se transformaram com tanta facilidade? A Grande Tia sempre ostentou autoconfiança, mas agora essa característica aflorou e se tornou algo, para ser sincera, apavorante. Já a Quarta Tia, bom, está praticamente saltitando de alegria. Dá para imaginá-la pulando para fora do armário de um cara qualquer no meio da noite com uma adaga na mão.

Atravessamos o pátio e entramos no Masters Garden, onde foram dispostas as mesas para o coquetel. A beleza do espaço é de tirar o fôlego. Na última vez em que o vi, durante nosso tour, já era impressionante: um gramado vasto cercado por muretas de pedra centenárias e arbustos, flanqueado pela majestosa Christ Church College ao fundo.

Armaram uma linda tenda branca, repleta de canapés e drinques, e parece que há explosões de flores por todos os lados. Arranjos enormes de hortênsias, peônias, lírios e rosas delineiam as margens do jardim, tão exuberantes que não consigo deixar de encará-las à medida que nos aproximamos. Todo mundo está interagindo e se divertindo. Do outro lado, há uma banda tocando uma canção que não reconheço, mas que me faz querer tirar os sapatos e dançar descalça sobre a grama úmida. Staphanie e a família podem até ser fornecedores falsos, mas pelo visto têm bom gosto musical. O lugar inteiro se transformou em um jardim mágico de conto de fadas.

Se ao menos eu pudesse aproveitá-lo como deveria.

Os convidados vibram ao me ver, e abro um sorriso desanimado.

— Aí está você — diz Nathan, vindo até mim. Ele me dá um beijo. — Já estava começando a pensar que você tinha entrado em pânico e fugido — brinca, mas seus olhos estão genuinamente preocupados, o que faz meu estômago revirar de modo doloroso.

— Desculpa, eu só... bem, eu precisava fazer xixi, então tive que tirar o vestido e, hã, ele é enorme.

Nathan ri.

— Nem tinha pensado na logística de ir ao banheiro. Sinto muito ser tão complicado pra você. Já disse que você tá... — Ele solta um suspiro de felicidade, passando os braços ao redor de minha cintura e me puxando. Levanto o rosto para fitá-lo e nossos lábios estão prestes a se encontrar quando alguém interrompe.

— Peguei você!

Eu me sobressalto e bato a testa no maxilar de Nathan.

— Ai! — grita ele, levando a mão ao queixo.

— Merda, me desculpa. Você tá bem? — pergunto, estendendo a mão para ele.

— Tudo bem.

Ele faz um gesto para me afastar.

— Desculpa, não queria te assustar desse jeito — diz Staphanie, com uma expressão que transmite o exato oposto.

O medo sombrio e familiar pressiona meu peito, espremendo meus pulmões e dificultando minha respiração. Então me lembro do que a Grande Tia e a Quarta Tia me disseram. Precisamos convencê-los de que nós também somos da máfia. Que não somos civis indefesos. Que também temos dentes afiados.

Quer dizer, é óbvio que eu não tenho, mas me forço a manter a postura e a fitar Staphanie com firmeza.

— Não assustou.

Staphanie franze o cenho por um instante, mas, com Nathan presente, a única coisa que ela pode fazer é abrir um sorriso falso e dizer:

— Ah, que bom. Estava todo mundo perguntando de você.

— Tive que fazer xixi. Um pouquinho difícil com este vestido — murmuro.

— Ah. Bom, vocês estão prontos para os retratos? — Ela se vira para Nathan. — Seus pais estavam me perguntando sobre isso.

— Ah, sim, esqueci de mencionar. Minha mãe quer tirar as fotos logo, antes que meu Nan desmaie de tanto champanhe — explica Nathan, abrindo um sorriso constrangido. — Tudo bem? Sua família tá pronta?

— Tá, sim.

Enquanto Nathan busca sua família, estico o pescoço para procurar a minha. A Grande Tia e a Quarta Tia encontraram Ma e a Segunda Tia e as afastaram de Lilian por um momento. Já devem ter contado sobre os dois homens amarrados e amordaçados na suíte da noiva — óbvio que há dois homens amarrados e amordaçados na suíte da noiva —, porque Ma e a Segunda Tia estão de boca aberta, a expressão universal de "Que merda tá acontecendo?".

Observo a Grande Tia e a Quarta Tia sussurrarem para as duas com um ar de urgência. Ma parece indecisa; a Segunda Tia, por sua vez, assente e depois altera a postura, demonstrando agressividade, tipo uma adolescente mal-humorada. Imagino que já tenham contado a elas sobre o plano de agir como mafiosas. Ma torce as mãos por um segundo, mudando de uma posição para a outra, alisando o vestido, dando batidinhas em seu *fascinator* de dragão-de-komodo e se agitando, até a Quarta Tia lhe dar uma bronca. Então ela se empertiga e lança um olhar furioso para a irmã mais nova, com uma expressão de quem estaria disposta a matar outro ser humano com as próprias mãos.

A Grande Tia vai até Lilian, que está provando os aperitivos, e entrelaça o braço no da mulher, que parece ficar confusa. A Grande Tia então lhe diz alguma coisa. Lilian abre um sorriso enorme, assentindo. Minha família a acompanha e, juntas, as cinco vêm até mim.

Tento manter um sorriso educado enquanto elas se aproximam. Como descrever a imagem? Mesmo antes de todo o desastre com Staphanie, minha família teria parecido ridícula — ok, isso foi maldoso —, vamos dizer... chamativa, com os vestidos combinando em um tom de beringela radioativa e os *fascinators* imponentes com dragões-de-komodo. Mas, agora, além do visual, elas estão tentando se passar por mafiosas.

Parece que cada uma tem uma ideia diferente de como mafiosos se comportam. A Grande Tia marcha como uma aristocrata do século XX que acabou de descobrir que a neta foi flagrada flertando com um plebeu. Ela irradia uma vibe Maggie-Smith-em--Downton-Abbey. A Segunda Tia balança os braços com destreza, como se estivesse prestes a fazer um movimento letal de Tai Chi. Ma lança um olhar mortal para qualquer um que olhe na direção delas. Já a Quarta Tia está desfilando, literalmente desfilando, como se estivesse arrasando em uma passarela em Milão. Faz um biquinho e ostenta sua expressão típica de "Sou poderosa".

É como assistir aos Quatro Cavaleiros do Apocalipse descendo dos céus diante de você. Minhas entranhas se contorcem, principalmente quando cabeças se viram para observá-las. Como se fossem ímãs atraindo o olhar de todo mundo. Ninguém consegue desviar a atenção, mas seria inútil se tentassem.

De repente, noto que Staphanie está ao meu lado. Com muito esforço, tiro os olhos de minha família e observo minha fotógrafa de soslaio. Ela franze o cenho para minhas tias e Ma, mas não consigo decifrar o que isso significa. Será que está acreditando que elas são mafiosas? Então me dou conta de que minha missão não é fazê-la acreditar que minha família é da máfia, e sim que *nós* somos da máfia. Preciso parecer durona também.

Rápido, Meddy, pense em algo para dizer. Algo ameaçador que a filha de uma família de mafiosos diria.

Que merda a filha de uma família de mafiosas diria para a fotógrafa de seu casamento, que por acaso também é da máfia e está ameaçando arruinar sua festa?

Todos os clichês dos filmes me passam pela cabeça.

Diga "olá" para minha amiguinha. Que amiguinha? Não estou portando arma nenhuma, e essa frase sempre me soou estranhamente sexual.

Você é minha. É mesmo? Será que é isso mesmo que eu quero? Além do mais, também é um pouco estranhamente sexual.

— Não sei o que sua família está tramando, mas não vai funcionar — diz Staphanie, baixinho.

Cerro os dentes, frustrada.

— Vocês estão mexendo com a família errada — sibilo. Uau, essa soou bem molenga. Deveria ter dito "Vocês estão *fodidos*".

— Porra — acrescento, só para garantir.

Staphanie lança um olhar estranho para mim, então franze o cenho.

— Cadê o *fascinator* da Grande Tia? — pergunta, de repente.

E isso passa tão longe do que eu imaginava que ela diria que, por um segundo, fico completamente atordoada.

— Quê?

— O chapéu dela. Onde tá? — Sua voz sai com uma pontada de impaciência. — Ela vai estragar as fotos se não estiver com ele.

— Ah, com certeza, é *isso* que vai estragar as fotos, não o fato de que minha fotógrafa é uma farsa total.

Staphanie balança a cabeça, murmurando, e digita algo no celular.

— O Segundo Tio ainda tá no quarto?

Meu coração esmurra minhas costelas feito um animal selvagem tentando escapar da jaula.

— Sei lá. Como é que eu vou saber?

Ela faz uma expressão confusa.

— Você não acabou de vir de lá?

— Ah, sim. É. Quer dizer, claro. Sei lá.

Uau, eu sou péssima nisso. Staphanie estreita os olhos.

— Ele não estava lá — emendo depressa.

— Como assim, ele não estava lá?

— Quer dizer, sei lá, acho que a Segunda Tia disse umas coisas horríveis pra ele hoje de manhã e mandou ele ir embora. — Então lembro que eu deveria estar transmitindo aquela ideia de "minha família é da máfia". — Você sabe como minha família pode ser intimidadora — acrescento com a voz mais enigmática que consigo.

Staphanie franze mais a testa.

— Do que você tá falando?

Sou salva pela chegada de minha família, feito anjos vingadores. De perto, são ainda mais intimidadoras. Juro que praticamente irradiam uma vibe assassina.

— Pelo visto, você não está tirando muitas fotos — diz a Quarta Tia com uma voz adocicada feito xarope.

Sem tirar os olhos de mim, Staphanie ergue a câmera e pressiona o obturador.

— Pronto — retruca ela, e respira fundo, depois se inclina para mim e murmura. — Não sei o que deu em vocês para tentar mexer com a gente, mas vão se arrepender.

Se não fosse por Lilian, eu pegaria aquela Canon 5D Mark III e a quebraria na cara dela. Quer dizer, não pegaria, não na frente dos convidados. E porque sou uma covarde total. Não sou nem passivo-agressiva; estou mais para passiva-passiva. Eu sou basicamente um colchão humano, todo mundo deita em cima de mim.

Por sorte, Nathan chega com a família a tiracolo, nos salvando de mais interações. A Quarta Tia parece pronta para enterrar as unhas brilhantes na garganta de Staphanie.

— Estamos todos aqui! — exclama Nathan com seu sorriso fácil de menino. — Hora da foto!

Meu estômago se enche de pavor quando Staphanie abre um sorriso azedo e gesticula para a câmera.

— Este vai ser um retrato de família memorável.

Tirar fotos de grupos é uma das partes de que menos gosto nos casamentos. Por ser uma pessoa mais tranquila, acho um pesadelo ter que organizar centenas e muitas vezes milhares de convidados em um grupo coeso. Basta adicionar celulares à equação e, *voilà*, receita para o desastre. Nos últimos anos, não participei de nenhum casamento em que não precisei gritar (gentilmente) com grupos de tias e tios bem--intencionados que saem correndo para tirar fotos com os celulares.

Nossos retratos de família ficam tão ruins quanto o esperado, considerando o número de pessoas envolvidas. Ama está ajudando a guiar os avós de Nathan à posição correta enquanto Staphanie a segue e sussurra alguma coisa em seu ouvido. Minha frequência cardíaca triplica ao ver as duas conversando baixinho. Ela deve estar contando a Ama o que eu disse sobre o Segundo Tio. Por que eu fui falar aquelas coisas? O que eu tinha na cabeça?

— Certo, está bom. Acho que tudo pronto para primeira foto — declara a Ama, por fim, então sai do enquadramento.

— Isso! — diz Staphanie com uma alegria falsa. — Estão todos ótimos!

Ela ergue a câmera.

— Hã, com licença — interrompe Annie.

Staphanie abaixa a câmera e força um sorriso.

— Sim?

— Hã, não quero incomodar, mas esta foto não deveria ser apenas dos noivos e avós?

Olho para o lado e vejo que a Grande Tia se colocou ao lado dos avós de Nathan.

— Ah, sim. Mas tudo bem, né, querida? Grande Tia é como avó para Meddy, querida, *ahoy*! — grita Ma.

Ai, meu Deus. Tento me comunicar telepaticamente com Ma, dizendo "Pare de falar *querida*. A senhora não tá no chá das cinco com as amigas de Annie!" e "POR QUE A SENHORA TÁ FALANDO FEITO UM PIRATA?".

Nathan ri.

— Tá tudo bem. Vou adorar que a senhora participe da foto, Grande Tia — diz ele e sorri para ela, colocando um braço ao redor de seus ombros e posando.

Staphanie tira a foto. Agradecemos aos avós de Nathan e à Grande Tia, e a fotógrafa fajuta chama o próximo grupo.

— Agora são os noivos com os pais.

Percebo que Ama está indo embora. Para onde? Não consigo uma brecha para avisar minha família enquanto elas marcham e assumem seu lugar ao nosso lado.

Quando elas se posicionam, os pais de Nathan as encaram, boquiabertos.

— Hã, espere um pouco — diz Annie, com um sorriso desconfortável. — Não quero incomodar, mas, hã, a lista menciona apenas os pais.

A Quarta Tia grunhe, mostrando os dentes.

— Eu vou cortar...

— Tirar fotos não é divertido? — Eu me coloco entre as duas, abrindo um sorriso maníaco. Que palavras são essas saindo da minha boca? — Vocês todas estão *lindas*. Simplesmente *lindas*!

Alguém me faz parar, por favor.

— Meddy é tão próxima das tias que elas são como mães para ela — explica Nathan para os pais.

— Então de que serve a lista se elas vão aparecer em todas as fotos? — pergunta Annie.

A Quarta Tia olha para a Grande Tia e inclina a cabeça.

— Quer que eu dê um safanão nessa va...

— Tudo bem, não precisamos aparecer em todas as fotos, você tem razão, Annie — diz Ma.

— Não. Não tem razão — declara a Grande Tia, então arregala os olhos para Ma com uma expressão sugestiva. — Somos família poderosa, não cedemos.

Somos família poderosa...? Ah, sim. Uma família de mafiosas não cederia numa discussão tão trivial como essa. Toda a vida se esvai do meu corpo e eu murcho, observando impotente quando a Grande Tia se vira para Annie e diz com firmeza:

— Nós ficamos como família para foto. Não se preocupe, Annie, querida, vai ser do caralho.

Annie fica imóvel, com cara de quem acabou de levar um soco. Não dá para culpá-la.

— Hum, é... — diz Nathan lentamente. — É, vai ser... do caralho. — Ele parece estar bastante confuso, mas acho que também está tentando segurar o riso. Fico irritada ao lembrar que, para ele, este é um casamento normal e estes são apenas contratempos comuns que não têm nada a ver com uma situação de vida ou morte. — Tudo bem, né, mãe? Não é nada de mais. Quanto mais gente, melhor.

Annie abre um sorriso fraco enquanto todos nos apertamos e posamos para a foto.

— Um, dois... hã.

Staphanie abaixa a câmera.

— O que foi? — pergunta Nathan.

— Hã. — Todos seguimos seu olhar até minha família. Rezo para o chão se abrir e nos engolir. Minhas tias e mãe estão fazendo as poses mais ridículas que dá para imaginar: a Grande Tia está ereta igual a um poste, de queixo erguido, as mãos nos quadris como um ditador orgulhoso diante de seu exército; a Segunda Tia resolveu realizar uma postura de Tai Chi que deve ter um nome tipo "Agarre

Seu Adversário Pelas Bolas"; Ma está encarando Staphanie sem disfarçar, furiosa; e a Quarta Tia incorporou uma Kardashian — bunda empinada, lábios em um beicinho, um braço sobre a cabeça e o outro apoiado no quadril.

Fecho os olhos. É só um pesadelo. Meddy, acorde agora. Por favor?

A questão é que não faço ideia se a cena toda é parte do plano de fingir ser uma família de mafiosas ou se é apenas minhas tias e Ma sendo elas mesmas. Acho que as duas coisas.

— Ah. Então é para fazermos uma pose engraçada? — pergunta Annie, nervosa.

— "Pose engraçada"? — retruca a Grande Tia em um tom sério.
— O que é... pose engraçada?

Ela diz a palavra "engraçada" como se fosse um conceito completamente absurdo.

Annie a encara.

— Só tira a foto — imploro para Staphanie, que dá de ombros e ergue a câmera.

Forço um sorriso, focando no calor reconfortante da mão de Nathan em minhas costas quando o obturador faz um clique. Tento não pensar em como as fotos vão sair. Além disso, há coisas mais urgentes com as quais devo me preocupar agora, tipo onde a Ama se meteu e que merda está aprontando.

Para a minha sorte, as próximas fotos da lista exigem apenas a família de Nathan. Por outro lado, significa que tenho ainda menos chances de aproveitar uma brecha para mandar uma das minhas tias ficar de olho na Ama, ou algo assim.

— Tem algum motivo pra sua família ter adotado a Lilian? — murmura Nathan, observando elas correrem até a mulher, que parece ligeiramente surpresa e perturbada ao perceber minha família disparando em sua direção.

— Ah, acho que só se identificaram muito com ela. Sabe, por ser uma mulher solteira e tudo o mais — digo, depois afago seu braço depressa e gesticulo para a câmera a fim de lembrá-lo de sorrir para a foto seguinte.

Um borrão em um canto distante chama minha atenção. Meu sangue congela. É Ama. Está conversando com o Terceiro Tio. Não consigo escutar o que estão dizendo de onde estou, mas os movimentos do homem deixam na cara que ele está apavorado. Ele faz gestos frenéticos, sacudindo a cabeça e andando de um lado para o outro. Ama diz alguma coisa, ele congela e depois baixa a cabeça. Dá para sentir sua vergonha daqui. Então ele vai embora, com uma expressão de determinação sinistra.

Ama com certeza ordenou que o filho fosse procurar o Segundo Tio.

21

— Certo. Desculpa, pessoal, vamos fazer uma pausa rápida. A noiva precisa ir ao banheiro. Ah, espera, eu sou a noiva. É, preciso ir ao banheiro. Ok, desculpa! Volto já já. Desculpa!

Aceno para todos, continuando a pedir desculpas, e corro para minha família, deixando o meu querido e doce Nathan confuso.

— Meddy, você já acabou de tirar foto? *Aduh*, por que corre para lá, corre para cá, depois fica suada e maquiagem sai. Viu, seu cabelo já ficou todo bagunçado — repreende Ma.

— Eu preciso... posso falar com as senhoras rapidinho? — Nesse momento, noto que Lilian está entre o grupo. Argh. Ela não pode ficar sozinha, principalmente agora que Ama acabou de mandar o Terceiro Tio fazer algo duvidoso, tipo buscar um fuzil de precisão. — Quarta Tia, a senhora fica aqui. As outras, por favor, preciso falar com as senhoras.

— Por que eu? — pergunta a Quarta Tia.

Porque de todas nós a senhora é a mais capaz de matar outro ser humano, é o que quero dizer, mas é óbvio que não posso falar na frente de Lilian, então respondo:

— Por favor, Quarta Tia? Explico depois.

Ela suspira, cerrando os lábios.

— Hã, talvez seja melhor eu ir — diz Lilian.

Na hora, todas nos viramos para ela e exclamamos:

— NÃO!

A mulher leva um susto, arregalando os olhos como um coelho encurralado.

— Hã...

— Gostamos tanto da sua companhia... — começa a Quarta Tia no improviso, então toma o braço de Lilian e a leva para longe. — Venha, vamos pegar mais champanhe, *eh*?

Minha família me segue e nos afastamos da multidão. Assim que estamos longe de todos, digo:

— Eu fiz besteira. Estava tentando fingir que sou uma mafiosa e meio que dei a entender pra Staphanie que fizemos algo com o Segundo Tio.

Estremeço ao ouvir minhas próprias palavras. Sério, como posso ter sido tão idiota?

Em vez da bronca que estava esperando, minhas tias e Ma simplesmente assentem, pacientes.

— Não é má ideia. Talvez assuste eles — diz a Grande Tia.

— É, bom, acho que já assustou e agora eles vão tomar uma atitude! Acabei de ver a Ama falando com o Terceiro Tio. Ele saiu todo decidido. E se ela o mandou fazer alguma coisa muito ruim, tipo, sei lá, detonar uma bomba ou algo assim?

— *Choi*, bate em madeira! — grita Ma.

— Meddy, por que você acha que tem bomba? — pergunta a Grande Tia.

Faço uma pausa. Por que eu acharia que tem uma bomba? Agora que parei para pensar, a ideia é muito ridícula. Dou de ombros.

— Sei lá. Quer dizer, não deve ser uma bomba. Só sei que eles estão tramando alguma coisa ruim, e não sei como descobrir o que é. Tenho a sensação de que estão um passo a nossa frente o tempo todo. Tiveram meses pra planejar tudo. Nós só tivemos uma noite pra bolar um plano, e agora temos dois tios amarrados no quarto...

Engasgo, incapaz de dizer em voz alta aquelas palavras ridículas.

— Essa Ama, ela chefona — diz a Grande Tia.

— É, precisamos destronar chefona — declara a Segunda Tia, desdenhosa, olhando de soslaio para a Grande Tia, que franze o cenho para a irmã.

— O que você quer dizer com isso?

— Ah, nada. Só estou falando que, se quisermos acabar com eles, atacamos cabeça de cobra. Cortamos fora.

Ela ergue a mão e imita o gesto de cortar alguma coisa com os dedos indicador e do meio enquanto lança um olhar carregado de veneno para a Grande Tia, que infla o peito.

— Ah, você quer cortar cabeça de cobra, *ya*? Acha que pode cortar fora e aí *você* vira cabeça de cobra?

Entro no meio das duas e abro um sorriso apavorado para a Grande Tia.

— A Segunda Tia está falando sobre Ama, só isso. Certo, Segunda Tia? Certo. Ok, enfim, de volta ao problema principal. Precisamos dar um jeito de impedi-los. Tipo, talvez se a gente conseguisse fazer eles beberem bastante champanhe...

É como se um interruptor tivesse acabado de virar dentro de mim. Agora entendo por que aparece uma lâmpada acesa em cima dos personagens nos desenhos animados. De repente, tudo parece de fato mais iluminado.

— Ma! Já sei!

Ela abre um sorriso radiante, orgulhosa.

— Ah, sabia que você ia pensar em alguma coisa. Você é menina tão esperta, *ya*?

— Preciso da sua maconha.

O sorriso de Ma congela no rosto. Ela move os olhos de um lado para o outro, alternando entre a Grande Tia e a Segunda Tia, e depois voltando para mim.

— Maconha, *apa*?

— A senhora sabe, Ma. Aquela erva que a senhora deu pros padrinhos no casamento de Jacqueline e Tom Cruise, lembra? A erva que os deixou superchapados?

Ma ri de nervoso.

— *Aduh*, Meddy, não sei do que você fala. Não uso mais isso, principalmente depois que você conta que erva é... como é que fala... droga de felicidade?

— Drogas recreativas.
— Ah, sim, isso. Não, não trouxe. Não bebo mais, claro que não! — balbucia ela, a voz estridente.
Nós a encaramos. O silêncio se prolonga por eras. A Grande Tia suspira.
— San Mei... — começa ela.
— Ah, *certo* — dispara Ma. — Vamos para banheiro.
Ela sai marchando sem esperar qualquer resposta.
É sério que ela está carregando um monte de maconha neste exato momento? Eu achei que precisaríamos enviá-la de volta para o hotel para buscar a erva ou coisa do tipo.
— A senhora anda por aí carregando maconha?
— *Tch*, não quero que mais tarde camareira encontra e rouba, e daí?
— Como a senhora passou pela imigração? — pergunto, perplexa.
— Coloco dentro de caixa de chá, depois coloco caixa dentro de bagagem de mão. Muito fácil.
Ela tá dizendo que contrabandear drogas é "muito fácil", tagarela uma vozinha em minha cabeça. É muita informação para processar, então afasto o pensamento e corro atrás de Ma. Nós nos apertamos no banheiro pequeno. Tudo na Inglaterra é pequeno, e juro que meu vestido ocupa o espaço todo. Ma entra em um cubículo e fecha a porta com tudo. A Grande Tia e a Segunda Tia aproveitam para conferir o visual no espelho. Ouvimos grunhidos, depois alguma coisa rasgando.
— *Aduh!* — choraminga Ma.
— Ma, a senhora precisa de ajuda?
— Minha meia-calça rasgou.
Estremeço, mas, considerando a situação como um todo, uma meia-calça rasgada nem passa perto de ser um problema. Além disso, seu vestido vai até o chão, então não sei por que ela se deu ao trabalho de usar meia-calça. Ouvimos mais grunhidos, então

Ma sai, com o rosto corado e meio desnorteada, o dragão-de-komodo todo torto.

— *Nih* — murmura ela, colocando um pacotinho de plástico na palma de minha mão.

Está quente e um pouco úmido. Urgh. Não quero saber onde ela estava guardando isso. Ergo-o com cuidado e a Grande Tia e a Segunda Tia o examinam com atenção. Está cheio com um pó amarronzado e grosso.

— O que é isso tudo? — pergunto.

— Medicina tradicional chinesa. Trituro tudo: raiz de ginseng, *lah*, casca de árvore, a... hã... Mary-Joanna... tudo triturado para levar menos tempo para cozinhar, senão precisa ferver por horas, *waduh*, como faz isso em hotel? — diz Ma.

— Tá... Uau, a senhora pensou em tudo.

O que é bom. Com maconha em pó, o tempo de reação vai ser mais rápido. Provavelmente. Ainda bem que a Quarta Tia não está aqui. Com certeza faria algum comentário sarcástico sobre como Ma é muito meticulosa quando se trata de suas drogas. E, para falar a verdade, ela não estaria errada.

— Só colocar um pouco em champanhe, bolhas ajudam a reagir e aí, *bam*, eles vão *pusing deh*.

— Certo, ótimo, temos um plano. — Aperto o pacotinho com força e me dirijo à porta, então paro. — Espera aí, eu provavelmente não vou conseguir colocar isso no champanhe sem que ninguém repare. — Continuo esquecendo que sou a noiva, e não a fotógrafa que pode passar despercebida no casamento. — E se uma de vocês colocar?

— Eu coloco — responde a Segunda Tia, pegando o pacotinho antes que as outras tenham chance de dizer qualquer coisa.

A Grande Tia pigarreia.

Ma e eu as encaramos, nenhuma de nós parece disposta a intervir no round VII da batalha entre a Grande Tia e a Segunda Tia. Mas não posso deixar isso continuar por muito tempo, porque é meu casamento e as pessoas vão começar a reparar que a noiva vive sumindo, o que deve ser meio suspeito ou coisa do tipo. Além disso, não é legal com Nathan, considerando que o casamento também é dele.

— Hã, talvez as senhoras possam fazer isso juntas? — sugiro, e na hora xingo a mim mesma. É a ideia mais idiota que um ser humano já teve. — Ou, hã, vamos tirar no cara ou coroa!

Tateio os bolsos, desesperada por uma moeda, então lembro que, primeiro, estou com um vestido de noiva, e segundo, não guardo nenhuma moeda, então não sei por que considerei essa possibilidade.

— Não, não. Já sei como fazer em silêncio, sem chamar atenção — declara a Grande Tia, pegando o pacotinho.

Dessa vez, porém, a Segunda Tia não o solta.

— *Hahn!* Você? Não chamar atenção? *Hah!* — vocifera a Segunda Tia.

Ma e eu congelamos de medo quando a Segunda Tia solta um outro "*Hah!*" só para garantir. É como observar dois países trocarem provocações até darem início à Terceira Guerra Mundial.

— Talvez Ma possa... — sugiro em um tom estridente, depois dou um pulo quando as duas puxam o pacotinho ao mesmo tempo e, com um estalo horrível, o plástico rasga e o pó marrom grosso se espalha por todo lado.

— *Aduh!* — grita Ma. — Viu só, viu só? Por que vocês duas desse jeito, brigando o tempo todo? Agora jogou fora minha planta medicinal! Vocês acham que é muito barato, *ya?* Ingredientes todos muito caros. Tipo *dong chong xiao cao*, não é barato, ok? *Wah, até yu xing cao*, como é que fala, planta-peixe, muito caro, sabe? Preciso para hemorroidas, senão muita dor!

Contrariando todas as expectativas, o falatório de Ma acalma a tensão entre a Grande Tia e a Segunda Tia. Na verdade, ambas parecem arrependidas enquanto espanam a erva triturada dos vestidos chiques.

A Grande Tia mal consegue me olhar nos olhos.

— Grande Tia pede desculpas, Meddy. Agora não temos droga.

— *Tch* — repreende Ma em voz alta, marchando de volta para o cubículo e batendo a porta com força.

Encaramos a porta do cubículo. Encaramos umas às outras. Damos de ombros. Voltamos a encarar a porta do cubículo. Outra vez, ouvimos grunhidos. Depois pulinhos, como se Ma estivesse fazendo polichinelos. Então um barulho alto, que nos dá um susto.

— Ma, a senhora tá bem?

— Sim, sim, só tropeço e bato em porta. Quase... argh... rá!

Ela arfa alto, depois destranca a porta e cambaleia para fora, segurando outro pacotinho plástico, com um sorriso triunfante. Dessa vez, não espero a Grande Tia nem a Segunda Tia reagirem e o pego.

— *Eh*, Er Jie, fecha meu zíper, *ya* — pede Ma, gesticulando para as costas.

A Segunda Tia ajuda a irmã, a boca ainda meio aberta.

— Não acredito que a senhora trouxe dois pacotinhos de planta medicinal no vestido — digo, maravilhada, então faço uma pausa. — Espera, *quantos* pacotinhos a senhora trouxe?

Ma estala a língua outra vez, prendendo a respiração enquanto a Segunda Tia luta contra o zíper de seu vestido.

— *Aduh*, Meddy, é óbvio que este último pacotinho.

Troco um olhar com a Grande Tia, mas decido não insistir. No fim, o fato de Ma ser uma traficante de drogas acabou sendo uma coisa boa, então acho que não devo criar muito caso.

— Certo. — Seguro o segundo pacotinho com firmeza. — Agora precisamos decidir quem vai fazer as honras de batizar as bebidas, o que não é lá muito honroso. Talvez Ma? Afinal, já fez isso antes, no casamento de Tom e Jacqueline.

Ela abre um sorriso radiante para mim, como se eu tivesse acabado de lhe conceder, sim, uma grande honra, e não pedir que batizasse bebidas de outras pessoas.

— *Wah*, eu? Mesmo?
— Tenho a sensação de que a senhora acha que a missão é louvável...
Ma arranca o pacotinho de mim.
— Sim! Sim, certo, eu faço. Obrigada por confiança.
Ela abraça o pacotinho, quase reluzindo de orgulho. A Grande Tia e a Segunda Tia assentem, sorrindo de lábios cerrados, tipo a Taylor Swift perdendo o Grammy para a Adele.
— Ok. Tá, fico feliz que a gente tenha resolvido esse ponto. Acho que a Grande Tia e a Segunda Tia podem distrair as outras pessoas enquanto Ma batiza as bebidas. Ajudaria muito.
Elas concordam com um grunhido, e então saímos do quarto. Ma saltita durante todo o caminho de volta ao jardim, o dragão-de-komodo em sua cabeça balançando alegremente. Que gene da família não foi passado para mim? Certeza de que jamais ficaria entusiasmada para batizar a bebida de alguém.
Quando voltamos ao Masters Garden, eu me junto a Nathan enquanto Ma e as tias vão até a mesa de bebidas.
— Ah, aí está você. Que bom que voltou — diz Nathan.
É só minha imaginação ou ele está meio que forçando um sorriso? Queria poder puxá-lo num canto para conversar, mas a chegada repentina de meus amigos e familiares me distrai, sem falar em Staphanie, que fica nos rondando e tirando fotos. Além disso, o que eu diria para ele? Por onde começaria a explicar este dia insano? Então retribuo o sorriso e começo a bater papo com os convidados, soltando risadas falsas enquanto falamos sobre assuntos idiotas, tipo como tudo está lindo e, ah, sim, como meu vestido é maravilhoso, sabia que é uma peça original de um estilista indonésio?
Em meio a tudo, observo de soslaio enquanto Ma, a Grande Tia e a Segunda Tia se reúnem ao redor da mesa de bebidas, agitadas, tagarelando de vez em quando.
Depois de um momento de tensão, o pequeno grupo finalmente se separa e Ma leva uma bandeja de taças de champanhe,

com um sorriso convencido. Elas procuram pelo jardim, encontram Staphanie tirando fotos de Annie e Chris, e começam a abordagem.

— Staphanie! — chama Ma, com um sorriso enorme. — Você trabalhando tanto, *ya*? Menina tão boa, muito boa fotógrafa, muito boa.

Meu Deus, será que a mulher é incapaz de ser sutil? É como se estivesse gritando "ESTOU TRAMANDO ALGUMA COISA!". Staphanie abaixa a câmera e franze o cenho. Mordo o lábio. Como ela conseguiu drogar os padrinhos no casamento de Tom?

Só agora lembro que a Quarta Tia havia sido parte da equação. É óbvio. Ela seria bem mais sutil. Além disso, os padrinhos já estavam meio bêbados àquela altura, então foi muito mais fácil. Preciso intervir e ajudá-las a disfarçar melhor.

— Com licença — murmuro.

Saio do lado de Nathan e vou me juntar a Staphanie e Ma.

— Meddy, estava falando agora para Staphanie que ela faz um trabalho muito bom — explica Ma.

— Sim, muito bom trabalho, muito boa menina — concorda a Grande Tia.

— Ah, que amores — comenta Annie, sorrindo para as duas.

— E sim, concordo. Staphanie, você tem sido simplesmente maravilhosa hoje. Não é, querido?

Ela se vira para o pai de Nathan, que obviamente não está prestando atenção. Ele assente, distraído, e pede licença para conversar com outro convidado.

— Fazemos brinde agora — declara a Segunda Tia, pegando uma taça de champanhe e empurrando-a para Staphanie.

— Hã? — Staphanie dá um pequeno passo para trás. — Desculpe, não bebo durante o trabalho.

— É o que eu sempre digo — intervenho, pegando a taça da Segunda Tia. — Mas, Staphanie, eu insisto. Sei quão duro é o trabalho de um fotógrafo de casamento, e acho que você merece um agradinho. — Estendo a taça para ela e pego outra da bandeja. — Um brinde!

— Tá bom...

Staphanie pega a taça da minha mão e a leva à boca. Meu coração acelera.

— Não! — grita alguém.

Eu me viro e dou de cara com Ama.

Ama não é uma mulher grande; anda um pouco curvada e, até este momento, eu ainda não havia interagido muito com ela. Agora vejo como consegue comandar uma gangue de mafiosos inteira. Entendo por que nenhum dos tios tentou dar um golpe nela: apesar de a comunidade sino-indonésia ainda ser bastante apegada aos papéis de gênero tradicionais, a mulher é assustadora. É fácil imaginá-la matando outra pessoa a sangue-frio.

— Não — repete Ama, arrancando a taça da mão de Staphanie. — Eu proíbo. Sem bebida durante trabalho.

— Ah, eu insisto — diz a Grande Tia, e dá um passo à frente, ficando cara a cara com Ama e abrindo o mais agradável sorriso de avó. — Por favor, não recuse, senão vamos sentir vergonha.

Falar de vergonha. Ardiloso. Nenhuma pessoa sino-indonésia que se preze consegue resistir a esse argumento.

— Ah, não, não. Se beber enquanto trabalha, nós que vamos sentir vergonha — rebate Ama.

— Não, se não tratar convidados bem, nós que vamos sentir vergonha.

— Ai, meu Deus — intervém Annie. — Não queremos que ninguém sinta vergonha, então vou beber este champanhe por Staphanie.

Para meu horror, ela pega a taça de Ama e a leva aos lábios.

22

— Não! — gritamos, mas nenhuma de nós é mais rápida do que a Segunda Tia.

É ela que arranca a taça da mão de Annie com a velocidade de uma cobra dando o bote. É, sem dúvida, um movimento que mais tarde vai atribuir ao Tai Chi. A Segunda Tia fita a taça por um segundo e quase consigo ler seus pensamentos. O que será que ela vai fazer? Não pode deixar Annie beber o champanhe, porque se a mãe de Nathan ficar chapada e eles descobrirem que batizamos as bebidas, vai pegar mal com todo mundo. Talvez derrube o champanhe "por acidente"...

Então uma expressão cruza seu rosto. Uma expressão que toda mãe chinesa domina com perfeição. Uma expressão que diz "Por ser extremamente altruísta, devo me sacrificar por minha família pela milionésima vez" e que é seguida por um olhar bastante determinado que significa "Por favor, lembrem-se de meu feito. Ou não. Porque *eu* vou passar o resto da vida lembrando vocês".

— Não, Segunda Tia...

Antes que eu tire a taça de suas mãos, ela vira o champanhe.

Fico de queixo caído, horrorizada. Mas que merda é essa? Sério, ela poderia ter tomado, tipo, umas quinhentas outras atitudes que não envolvessem beber champanhe batizado, mas é óbvio que escolheu a mais dramática.

— Ah, a gente vai tomar shots? Por que ninguém me avisou? — pergunta a Quarta Tia, desfilando até nós com Lilian ao lado.

Ela estende o braço para pegar uma taça, mas Ma afasta a bandeja para longe.

— Não — repreende Ma.

A expressão da Quarta Tia muda de imediato, tornando-se furiosa.

Meu Deus, não. *Essa* rivalidade agora, não. Mal consigo acompanhar a quantidade de merda que acabou de ser jogada no ventilador.

— Quarta Tia...

— Eu acho — começa ela, pegando duas taças de champanhe da bandeja — que Lilian e eu gostaríamos de uma bebida.

A Quarta Tia entrega uma taça para Lilian antes de entornar o próprio champanhe.

Lilian ergue a taça, e a Segunda Tia, outra vez, pega a bebida e a engole. Meu. Deus. Do. Céu.

Ama deve ter percebido que há algo de errado, porque logo pega outra taça e a entrega para Annie. A Segunda Tia estende a mão outra vez, uma víbora capturando um pintinho, mas, antes que possa virar uma terceira taça, a Grande Tia agarra seu pulso. Seus olhares se encontram, e aquela mesma expressão de autossacrifício surge no rosto da Grande Tia. Ela tira a taça de champanhe da mão da Segunda Tia com delicadeza. Dá para adivinhar o que a Grande Tia está pensando. *Não serás a única mártir.* A Segunda Tia assente de leve, e a Grande Tia ergue a taça, o rosto tão dramaticamente resoluto quanto o de Julieta prestes a tomar o veneno para se juntar ao amado morto. Ela bebe o champanhe.

Ama dá outra taça para Lilian e, dessa vez, Ma grita:

— Eu! É minha! Eu bebo!

Ela agarra a taça e vira a bebida.

Ama estende o braço para pegar outra taça, mas meus sentidos finalmente voltam a funcionar e arranco a bandeja das mãos de Ma.

As taças delicadas se espatifam no chão, espalhando champanhe por todo lado. O vidro é tão fino que mal faz barulho ao se quebrar, mas é o suficiente para chamar a atenção de todos. De repente, Nathan aparece atrás de mim.

— O que tá acontecendo? — pergunta ele, com a mão em minhas costas. — Meddy, você tá bem? Mãe?

Eu o encaro, boquiaberta, sem conseguir pensar em nenhuma desculpa razoável.

— Eu, hã... tropecei no meu vestido? — Por que isso saiu com tom de pergunta? — Tropecei no meu vestido — repito, dessa vez com convicção.

A coitada da Annie está atordoada, e não dá para culpá-la. Ela coloca a mão no braço de Nathan.

— Nathan, meu amor, você se importaria de me acompanhar ao toalete, por favor?

— Espera um pouco, mãe. — Ele toma minha mão e diz com uma voz mais suave, os olhos procurando os meus: — O que tá acontecendo, Meddy? Você tá bem?

Será possível eu me sentir ainda pior do que antes? Pelo visto, sim. Não há limites para o quanto me sinto culpada. Quando acho que cheguei ao fundo do poço, o buraco cede e eu afundo ainda mais na pilha de merda. E não há nada além de merda.

Tentar sorrir é como tentar atravessar uma poça de cimento molhado, mas dou um jeito de esticar a boca em algo que parece um sorriso. Aposto que, como tudo, ele também está uma merda.

— Estou bem. — Eu me ouço dizer. Nem reconheço mais essa pessoa, essa pessoa que continua mentindo para o homem que supostamente ama, o homem com quem acabou de se casar. — Acho que só bebi um pouco demais. Acho que vou sentar um pouquinho. Vai levar sua mãe ao banheiro. Eu vou ficar bem.

— Nathan... — chama Annie.

— Só um minuto, mãe — diz Nathan, em um tom bastante impaciente. Ele segura meu braço e me leva para longe das pessoas.

— Meddy, eu sei que você tá escondendo alguma coisa. O que é? Pode falar, e vamos pensar em uma solução juntos, tudo bem?

Meus olhos começam a lacrimejar. Meu Deus, o que eu não daria para simplesmente me jogar em seus braços e contar tudo que aconteceu.

Um movimento chama minha atenção. Staphanie. Sempre pelos cantos, sempre à espreita, à espera de um momento de fraqueza. Atrás dela, não muito longe, Ama assiste ao espetáculo como um falcão faminto que mal pode esperar para atacar. Procuro por Lilian e a encontro parada entre a Grande Tia e a Segunda Tia, muito pequena e parecendo desamparada. Só preciso que este dia acabe, e depois vou conseguir ser completamente honesta com Nathan.

— Estou bem, sério. Só não lido bem com tantas pessoas. Quer dizer, não quando a atenção está toda em mim. — Então digo a primeira verdade do dia. — Acho que preferia uma cerimônia íntima, só nós dois. Deixando tudo e todos pra trás e só... você sabe.

Os olhos de Nathan se suavizam.

— Eu sei. Também queria que a gente tivesse feito isso. Mas estamos aqui agora e já passamos pela cerimônia. — Ele sorri para mim. — Não acredito que você é minha esposa. Uau, é estranho dizer isso.

— É estranho ouvir isso. — Deixo escapar uma risadinha, e a sensação é ótima. É a primeira risada verdadeira que dou desde que tudo começou. Vai ficar tudo bem. Ninguém vai ser assassinado no nosso casamento e, quando acabar, todo mundo vai voltar para casa e se esquecer desta loucura. Vai ficar tudo...

O burburinho da multidão aumenta significativamente. Nathan e eu nos viramos.

Meu Deus. É a Segunda Tia, que...

— Ela tá... — murmura Nathan, estreitando os olhos. — Ela tá obrigando meu pai a fazer posturas de Tai Chi de novo?

23

— Ah, não.

Não espero nem um segundo para erguer a saia pesada do vestido e correr até a Segunda Tia. Como temíamos, ela abordou o pai de Nathan e o forçou a fazer outra rodada de Tai Chi.

— ... que não é uma boa ideia — balbucia Annie, nervosa, indo de um lado para o outro ao redor deles.

— *Aduh*, Annie, não se apodreça, ok? — diz a Grande Tia em um tom meio cantado.

— Como é?

— É o que vocês britânicos dizem, né? Não se apodreça?

— Aborreça, acho que era isso. Amoleça. Hã... — arrisca a Quarta Tia e encara o céu. — Amoleça...

Annie se vira para nós.

— Nathan, ah, graças a Deus. Por favor, diga a elas que parem seja lá o que estão fazendo.

Corro até a Segunda Tia, que colocou o pai de Nathan de quatro na grama, literalmente, enquanto todo mundo se amontoa para assistir à cena, cochichando. É sério que isto está acontecendo? É ESTA A MINHA VIDA?

— Segunda Tia, para com isso. Para!

Ela ergue a cabeça com olhos caídos.

— Oi? Ah, Meddy, que bom você aqui. Venha, me ajude. Precisamos alongar ele. Coloque mãos debaixo de axila, e eu puxo quadril.

— Nada disso!

Nathan se agacha e ajuda o pai a se levantar.

— Pai, o senhor está bem?

Chris se segura em Nathan, os olhos cheios de pânico.
— Não sei bem o que acabou de acontecer.
— Ah, querido — diz Annie, tomando seu braço. — Venha, vamos arranjar um lugar para você se sentar.

Nathan lança um olhar de desculpas para mim enquanto leva os pais para longe.

Abro um sorriso educado para os convidados e digo:
— Hã, por favor, aproveitem os canapés e as bebidas, pessoal. O jantar será servido em breve.

Então corro até a Segunda Tia, agarro seu braço com firmeza e a levo para longe. No caminho, pego a Grande Tia, a Quarta Tia e Ma. Preciso me conter para não segurá-las pelas golas, como se fossem gatinhos travessos.

— Certo — rosno assim que estamos longe o bastante para não sermos ouvidas. — O que foi aquilo?

Então penso que nunca fui tão mal-educada com elas, mas não me importo mais.

— Segunda Tia, como a senhora pôde forçar o pai de Nathan a fazer Tai Chi de novo? A senhora já não causou estrago o bastante nas costas dele?

Para minha surpresa, a Segunda Tia parece envergonhada de verdade. Quer dizer, parece... algo que não sei bem explicar. Ela pisca devagar. Juro que cada olho pisca em um momento diferente.

— Tai Chi faz bem para costas — declara ela, finalmente.

— Eu sei que faz bem para as costas, mas lembra o que aconteceu da última vez que a senhora tentou convencer o pai do Nathan a fazer Tai Chi? Acho que não é pra todo mundo.

— Todo mundo... — repete ela. — Todo mundo tá lindo, *ya*?

Eu a encaro por um segundo, boquiaberta, até que a ficha cai. A maconha. A Segunda Tia está chapada.

Ai. Meu. Deus.

Olho para a Grande Tia, desesperada. Se existe um momento para ela intervir e tomar as rédeas da situação, tem que ser agora.

Exceto pelo fato de que ela está encarando o nada.
— Hum, Grande Tia? Olá?
Balanço a mão diante de seu rosto, hesitante.
— Sim! — grita ela, me dando um susto. — Podemos fazer flor de creme de manteiga para bolo! Sem! Problema! — Ela vira a cabeça, resoluta, e me encara. — Xiaoling, mistura creme agora! *Hut-hut!*
A Grande Tia deve ser a única pessoa no mundo que consegue ficar ainda mais autoritária quando está chapada.
— Grande Tia, sou eu, a Meddy.
Ela parece confusa.
— Xiaoling, por que não está se mexendo?
Meu Deus. O que eu faço agora?
— Tá, certo, Grande Tia. Vou começar o creme, tudo bem? A senhora... hã, a senhora pode ficar aqui.
Eu me viro para... sei lá, achar um buraco onde me enterrar, mas alguém agarra meu braço.
— Você ouviu? — pergunta a Quarta Tia, o olhar tão penetrante quanto um raio laser.
— Ouvi, elas tão chapadas. Precisamos tirá-las daqui...
— *Sssh!* — A Quarta Tia coloca o dedo em minha boca. — Escuta!
Paro de falar e presto atenção. Talvez ela tenha ouvido Ama ou Staphanie falando sobre...
— Ouviu isso? — A Quarta Tia assente e abre um sorriso convencido. — Eles me amam.
— Quê?
— A plateia! — Ela me solta e olha ao redor com os olhos brilhando. — Obrigada, muito obrigada, queridos! — Ela estende os braços e se curva com um floreio. — Fico lisonjeada por vocês terem apreciado minha interpretação de "My Heart Will Go On". A próxima canção...
Não, não, não.
— Acho que elas chapadas — diz Ma.

— Eu... espera aí, a senhora também tomou uma taça. A senhora tá bem? Como está se sentindo?

Ela dá de ombros.

— Estou bem.

— Mas como a senhora... ah.

A ficha cai. Ma, que bebe a própria mistura todo dia, deve ter desenvolvido alguma tolerância. O que é um alívio. E um pouco preocupante. Mas, no momento, é um grande alívio.

— Preciso que a senhora leve as tias de volta pro quarto — digo depressa. — Elas não podem ficar aqui. Estão muito estranhas. Quer dizer, muito mais estranhas do que o normal. As pessoas vão perceber. Na verdade, já perceberam. Mas vão perceber mais.

— Sim, boa ideia.

Mas ela não se move.

— Ma, a senhora tá bem?

— Acho que estou meio bêbada.

Socorro. Óbvio. Ma é viciada em maconha, mas raramente consome bebidas alcóolicas. Uma única taça de champanhe é o suficiente para deixá-la bêbada. Se eu não estivesse cheia de adrenalina, começaria a chorar.

— Ei, tá tudo bem? — pergunta Selena.

Ao lado dela, Seb abre um sorriso hesitante, parecendo preocupado com minha família.

— Gente! Ai, meu Deus. Por favor, por favor, preciso da ajuda de vocês. Minha família tá, hã... tá meio bêbada? — Nós três nos viramos para olhar as quatro. — Muito bêbadas.

— Hum, é, uau. Tá parecendo minha última noite na faculdade... — diz Seb.

— Não temos tempo — interrompo. — Será que vocês poderiam, sei lá, levá-las de volta pro hotel, por favor?

— Por que não as levamos para o quarto que tem aqui?

— Porque... — Por um instante horrível, minha mente fica completamente vazia. *Por que* não levá-las para o quarto? Porque eu e minha família sequestramos dois caras e os largamos lá, por isso. — Porque a Segunda Tia esqueceu de tomar o remédio pra pressão, e os comprimidos estão lá no Randolph — explico, atropelando as palavras.

— Ah, não.

— Sim, claro. Vamos agora mesmo — diz Selena.

— Obrigada, obrigada mesmo. — Aperto as mãos dela com força. — Eu mesma faria isso, mas...

— Para de ser ridícula, hoje é o seu casamento. Fica aqui e curte a festa — declara Seb. — Vamos cuidar de tudo. Não se preocupe, já estou acostumado com convidados bêbados. Tá tudo sob controle.

— Ah, Seb.

Minha voz sai trêmula.

— Mas você vai ficar nos devendo — acrescenta ele, dando uma piscadinha. — Vai lá, aproveita sua festa. Vamos em um pé e voltamos no outro. — Ele me enxota com as mãos e depois dá o braço para a Grande Tia. — Vamos, Grande Tia. Hã? Ah, o *fondant*? Já tá pronto, não se preocupe.

Ele a conduz até a Quarta Tia, para quem dá o outro braço, então vai para a saída. Selena faz o mesmo com Ma e a Segunda Tia. Um pouco depois, eles deixam o Masters Garden.

Solto um suspiro de alívio. Ótimo. Agora eu posso...

Ai, merda. Agora estou sozinha, sem a ajuda de mais ninguém para impedir Staphanie e Ama de fazerem seja lá o que estejam planejando fazer com Lilian. Levanto a saia e corro para a multidão, sorrindo e acenando para vários convidados, até vislumbrar Lilian conversando com um homem. Graças a Deus, ela ainda está bem.

— Aí está você — digo em um tom alegre.

Os dois viram para mim.

— Meddy, meus parabéns — felicita o homem.

Eu o reconheço vagamente como um dos tios de Nathan. Ou talvez seja um dos contatos de negócios dele?

— Muito obrigada.
— Está tudo muito agradável. Fico muito feliz de ter conseguido pegar o voo a tempo para o casamento. Você sabia que a Christ Church College tem quase quinhentos anos?
— Sim, sim. — Sorrio para ele enquanto minha mente galopa a toda velocidade. Isso é bom. Posso ficar aqui por um tempo, batendo papo com ele e Lilian. É totalmente banal e compreensível. As pessoas fazem isso em casamentos normais, sem mafiosos envolvidos, certo? Certo. — Sim, eu amo a, hã, a história deste lugar.

Ao perceber que está diante de alguém que curte tanto uma conversa furada quanto ele, o homem se ilumina e começa a tagarelar sobre como Oxford é fascinante.

Começo a relaxar, deixando suas palavras me embalarem. Ele está falando sobre ameias e parapeitos. Nunca havia pensado em como a arquitetura pode ser reconfortante, mas aqui estamos nós. É quase terapêutico. Os olhos de Lilian brilham, e ela está sorrindo de modo educado, provavelmente morrendo de tédio, mas, assim como eu, não parece interessada em abandonar o homem. Talvez esteja se sentindo grata pelo ritmo da conversa, depois de lidar com minhas tias frenéticas e agitadas.

Então vislumbro Nathan conversando com os pais. A névoa agradável se dissipa e se transforma em ansiedade. Eles não parecem felizes. Coitado do Nathan. É óbvio que não estão felizes. Como poderiam, depois dos infinitos contratempos que minha família e eu causamos? Talvez eu devesse ir até lá. Talvez eu devesse... devesse o quê? Bom, definitivamente preciso tentar apaziguar a situação com a mãe dele. É a coisa certa a se fazer. Agora deve ser um bom momento, já que não vejo Ama em lugar nenhum e Staph está andando por aí, tirando fotos dos convidados. Lilian vai ficar bem por um tempinho.

— Os senhores poderiam me dar licença? Obrigada — murmuro, sorrindo educadamente para o homem, antes de ir até Nathan e seus pais.

À medida que me aproximo dos três, vejo que Nathan está de cara fechada. Acho que preciso dar um pouco de privacidade a eles. Mas assim que o pensamento me ocorre, Nathan me vê. Seu rosto se anuvia de imediato, e ele murmura algo para a mãe antes de vir até mim, sorrindo.

— Você tá bem?

— Estou sim, e você?

Seu sorriso fica tenso.

— Eu... poderia estar melhor, pra ser sincero.

— Eu sinto muito. — E sinto mesmo. De verdade. — Como tá todo mundo?

Olho para seus pais, que estão a poucos passos de nós, e aceno. Eles se aproximam, e Annie abre um sorriso que já vi várias vezes ao longo dos anos: um sorriso desconfortável de tudo-está-terrível-mas-não-quero-dizer-isso-em-voz-alta. Sempre o identifico em pessoas que tiveram que lidar com a minha família.

— Sinto muito por... ah, por tudo — digo, gesticulando ao redor. — É só que o dia está um tanto caótico. Prometo que minha família e eu não somos assim normalmente.

— Ah, está tudo bem, querida — diz Chris, dando batidinhas leves em meu braço. — Sei que casamentos podem ser bastante estressantes. Você sabia que Annie e eu nos casamos só no civil? Não havia ninguém na cerimônia. Foi um casamento meio... hum, apressado.

— Chris! — censura Annie.

Sinto uma onda repentina de afeto pelo pai de Nathan, que ficou bastante acanhado depois da repreensão da esposa.

— Bom, nosso casamento foi assim mesmo. Depois, Annie e eu dividimos uma torta de carne e rim em um restaurantezinho de esquina. Não tínhamos muito dinheiro na época, sabe, e Annie comeu a maior parte. Não foi muito legal. Eu não comi nada da carne, foi mais rim com um gosto meio de amônia. Depois começou a chover. Foi um dia horrível, sério.

Não consigo segurar o riso. Annie parece dividida entre sorrir e estrangular o marido. Acho que o pai de Nathan é só uma dessas pessoas com quem você não consegue ficar bravo por muito tempo. Igual ao filho. Olho para Nathan e o amor que sinto por ele aquece meu peito. Entrelaço nossos dedos e aperto sua mão. Ele faz o mesmo, olhando para mim com uma expressão que diz "Eu sei. Eu entendo".

— O que estou querendo dizer é que o dia em que nos casamos foi, hum, um pouco desastroso. Mas não fez diferença, não a longo prazo. Ainda estou casado com minha bela Annie, e me sinto grato por isso todos os dias. Não é, amor?

Ele puxa a esposa para si, e eu suspiro diante da cena. Ela cede e dá um beijo na bochecha do marido.

— Você é tão bobo — murmura Annie.

Estou prestes a dizer algo quando meu celular vibra. O aparelho está guardado em meu corpete, então as vibrações sobem por meu peito e percorrem meus braços. Levo um susto.

— Hã, com licença.

Solto a mão de Nathan e me afasto um pouco para atender.

É Ma. Suspiro.

— Ma, o que foi?

Sua voz sai em um *staccato* rápido, cheio de pânico, feito uma metralhadora.

Franzo a testa.

— Ma, fala devagar, não consigo entender a senhora.

— Meddy! Desastre! Terrível! Venha para cá gora!

Desastre terrível. Óbvio. O que mais eu poderia esperar deste dia?

PARTE 3

◆

COMO LIDAR COM IMPREVISTOS NO DIA DO CASAMENTO

(Assassinato: sempre uma boa opção!)

24

— Ma, o quê...? — Olho por cima do ombro. Merda, Nathan veio atrás de mim. O que será que ele ouviu? Será que eu disse algo incriminador? Lanço um sorriso rápido e reconfortante para ele e viro para a frente outra vez. Quando finalmente falo, tento controlar o tom de voz. — Tá tudo bem? O que aconteceu?

— *Aduh*, venha agora, *deh*. Agora! *Cepat!* Emergência! Venha sozinha, não traz ninguém.

O problema é que, com Ma, nunca dá para saber. Ela faz esse tipo de coisa o tempo todo. Uma vez, me implorou para ir para casa por causa de uma "emergência" e, quando cheguei, sem ar, depois de violar meia dúzia de leis de trânsito, a emergência era que o molho de pimenta havia acabado. Mas agora ela parece genuinamente em pânico. Dá para notar uma pontada de medo em sua voz. O quanto disso é porque ela está bêbada e em um país estrangeiro, e o quanto disso é uma emergência real oficial?

— O Seb ou a Selena estão com a senhora?

— Não, eles já saíram. Venha agora. Por favor!

As palavras perfuram meu peito como uma estaca de gelo. Ma nunca, nunca mesmo, pede "por favor", principalmente comigo. Em geral, não é uma expressão que os mais velhos usam com os mais jovens. Então, se ela escolheu essas palavras, quer dizer que aconteceu algo terrível. Preciso mesmo ir até lá.

— Certo, Ma, estou indo praí.

— Sozinha! Agora!

A ligação termina.

— Tudo bem? Eu ouvi direito? Você está indo pra... onde? — pergunta Nathan.

Olho para meu marido, cheia de culpa.

— Para o Randolph. Ma, hã...

Minha mente entra em curto-circuito. Se disser que minha mãe está tendo algum tipo de emergência, ele com certeza vai querer ir comigo. E não vou conseguir impedi-lo porque em casos de emergência ele deve mesmo ir comigo, a menos que eu esteja escondendo algo. O que é o caso.

— Ma tá com muita dificuldade pra aceitar o nosso casamento.

Nathan ergue as sobrancelhas, surpreso.

— Tá? Mas... eu... hã. Tenho que admitir que estou bastante chocado com essa informação. Ela parece tão entusiasmada com o nosso casamento. Quer dizer, lembra que ela aceitou meu pedido antes mesmo de você?

Sério. Aquele dia foi lindo, incrível, maravilhoso. Que saudade. Como queria poder voltar no tempo. Eu teria feito tanta coisa diferente. Mas agora, preciso — mais uma vez — mentir para o amor da minha vida.

— Pois é, acho que a ficha meio que só caiu agora? Ela estava muito empolgada por causa da cerimônia e com vontade de ter netos e tudo mais pra realmente pensar no que o nosso casamento significaria. Preciso mesmo ir conversar com ela.

— Eu vou com você — diz Nathan.

— Não! — A palavra sai muito mais ríspida do que eu planejei. — Desculpa, é só que... acho que é uma coisa que eu preciso fazer sozinha.

Nathan franze a testa.

— É meio que uma coisa de mãe e filha.

— Tá bom... — concorda ele, franzindo mais a testa. — Mas queria dizer que não imaginava que você fosse passar tanto tempo ausente no dia do nosso casamento.

Merda. Que escroto da minha parte. Só quero dar um abraço apertado em Nathan e contar tudo a ele. E eu vou, só que não agora.

— Eu sei. Me desculpa, é só que... minha família, você sabe como elas são.

Ele suspira e baixa a cabeça, desanimado. Agora parece mais triste do que irritado, o que é ainda pior.

— Eu entendo.

— Hum, odeio fazer isso, mas será que você poderia, hã... ficar perto da Lilian enquanto eu estiver fora?

A tristeza em seu rosto dá lugar a uma expressão confusa.

— Da Lilian?

— É. Ela... — Tento pensar em alguma desculpa minimamente razoável. Nada. Minha mente está vazia. Merda, preciso mesmo ir ver a Ma. — Vou explicar tudo mais tarde, eu prometo. Mas, por favor, Nathan. Só se certifique de que ela está bem.

Uau. Essa é a coisa mais próxima da verdade que eu disse para ele hoje.

Nathan abre e fecha a boca, mas nenhuma palavra sai. Ele finalmente dá de ombros e diz:

— Certo. Pode deixar, vou ficar de olho nela.

— Obrigada.

Deixo os sentimentos de lado e me forço a virar as costas e ir embora. Essa última parte é simples: basta colocar um pé na frente do outro. Mas é como se eu estivesse andando debaixo d'água. De alguma forma, consigo sair da Christ Church College e caminhar pela rua, onde pedestres me encaram sem disfarçar. Não é todo dia que se vê uma noiva por aí sozinha. Ignorando os olhares, chamo um táxi — graças a Deus tem um monte em Oxford —, e o motorista me ajuda a colocar minha saia gigante para dentro do carro.

— Não é sempre que levo uma noiva — comenta ele enquanto percorremos a St. Aldates Street.

Abro um sorriso fraco. Estou fazendo isso bastante hoje.

Meu celular toca outra vez. Desta vez, é Seb.

— Ei, só pra te atualizar: a gente tá voltando pra Christ Church. Olha, sua família meio que nos expulsou do quarto. Não que

eu esteja reclamando nem nada. Quer dizer, foi meio grosseiro, mas... ai! Ei!
— Oi, sou eu — diz Selena. Ao fundo, consigo ouvir Seb reclamando. — Então, a gente deixou sua família no quarto e meio que ficou por lá pra ver se elas precisavam de mais alguma coisa, mas aí elas simplesmente começaram a gritar pra irmos embora. Foi isso...
A esta altura, meu estômago já virou um turbilhão de pavor.
— Desculpa mesmo. Muito obrigada por terem feito isso.
— Não foi nada, imagina. Não esquenta. A gente se vê na Christ Church.
— Sobre isso... Hã, eu meio que estou a caminho do Randolph. Mas tranquilo, vão pra lá, sim. Eu volto rapidinho.
Solto um suspiro longo e interminável ao desligar. O que pode ter feito Ma e as tias expulsarem Seb e Selena do quarto desse jeito? Seja lá o que for, coisa boa não é.
Quando chego ao Randolph, meus nervos estão à flor da pele. O motorista dá uma olhada em minha expressão de acabada e diz, obviamente com dó, que não devo nada. Eu o agradeço e corro para o hotel.
Cabeças se viram e olhos me seguem enquanto atravesso a recepção e subo as escadas — não existe a menor chance de eu caber no elevador pequeno. Tento agir da forma mais natural possível, o que não dá muito certo, principalmente porque estou usando um vestido branco enorme, mas dou o meu melhor mesmo assim.
Quando chego ao andar correto, estou sem ar. Para um vestido de noiva, o meu até que é bastante flexível e confortável. Apesar disso, não foi feito para uma pessoa subir quatro lances de escada em pânico. Subo o último lance praticamente de quatro e cambaleio até o quarto de Ma. Bato na porta. Os ruídos do lado de dentro cessam em um segundo.
— Ma? Sou... — Arfo. — Sou eu. — Arfo. — Meddy.
Há uma comoção e a porta se abre. Alguém agarra meu pulso e me puxa para dentro. De repente, estou cara a cara com a Quarta

Tia, que fecha a porta com um chute e me arrasta como se eu fosse uma criança travessa.

— Ai, Quarta Tia, a senhora tá me machucando. Ei, o que tá rolando?

Ela para e vira, de modo que nosso rosto fique a literalmente centímetros um do outro.

— Você precisa nos dizer se isso é real ou um sonho, ou se é, tipo, a Matrix.

— A Matrix? Quê?

Ela solta um suspiro, impaciente.

— Keanu Reeves? Simulação esquisita?

— Eu sei o que é a Matrix, Quarta Tia. Só não sei do que a senhora tá falando.

— Keanu Reeves. — A carranca em seu rosto derrete e ela começa a encarar o nada. — Ele é gostoso. Você sabia que ele já passou dos cinquenta? Eu pegaria fácil.

Ok, ela não vai me explicar nada. Tento dar a volta, mas é impossível com este vestido e ainda estamos na passagem estreita entre a porta e o quarto.

— Hum, será que eu posso entrar?

— Ah, sim. Mas será que dá para você nos poupar da sua reação de sempre de "Ai, meu Deus, que terrível"?

O turbilhão de pânico que vinha se formando em meu estômago ameaça sair.

— Eu só reajo assim quando a situação é terrível de verdade. É terrível desta vez?

— Ah, Meddy. — A Quarta Tia suspira, balançando a cabeça. — Já vi que você vai insistir em ser melodramática como sempre.

— Eu só... esquece. Com licença, Quarta Tia.

Consigo reunir a coragem para pôr as mãos em seus braços e empurrá-la para o lado, com delicadeza mas sem deixar de ser firme. Depois vou até a área de estar da suíte.

— Ma?

— Aqui! — grita ela, no quarto, e depois solta uma espécie de risada nervosa e engasgada.

O temor ameaça me esmagar a cada passo, mas continuo andando. Um pé na frente do outro. Chego à porta, me preparo para o pior e a abro. Ma, a Grande Tia e a Segunda Tia se separam em um pulo, com cara de culpadas. Fico encarando a cena, boquiaberta, os olhos tão arregalados quanto os de um peixe fora d'água. Achava que estava preparada para qualquer coisa. Mas isso...

— Que. Merda. É. Essa?

25

Dizem que você vê sua vida inteira passar diante de seus olhos quando está prestes a morrer. Não sei se estou perto da morte, mas minha vida com certeza está a ponto de acabar. E, de fato, vejo-a passar diante de meus olhos, feito um filme de cinema mudo, em que a protagonista nem sequer sou eu, e sim Ma e minhas tias, que não param quietas. Permaneço paralisada. O filme mudo desaparece à medida que elas se materializam de boca aberta.

A realidade é que o Terceiro Tio está amarrado e amordaçado no chão.

— Que merda é essa? — digo outra vez. Não pode ser real. Belisco o braço com tanta força que chego a me encolher. Ainda assim, o Terceiro Tio não desaparece. Está nos encarando, apavorado. — Como ele… por que as senhoras… mas… argh!

Para ser justa, Ma e as tias parecem constrangidas diante da minha fúria crescente.

Respiro fundo, tentando organizar os pensamentos. Mas como? Por onde começar? Por fim, decido por um simples "O que aconteceu?".

Ninguém responde. Ficam só trocando olhares culpados.

— Grande Tia — vocifero. Uma vozinha diz, estridente, "Você não pode falar com a Grande Tia desse jeito!". Esmago essa voz e aponto para a Grande Tia. — O que aconteceu? A senhora pode me explicar?

Ela me encara, boquiaberta, e pisca devagar.

— Meddy…

— Sim?

Ela franze o rosto, que fica amassado feito uma folha de papel, e choraminga.

— Você é como filha para miiim!

Deus, me salve das minhas tias chapadas.

— Tá, tudo bem, eu também amo a senhora, Grande Tia. Shhh, tudo bem. Desculpe ter estourado com a senhora.

Estendo o braço e dou batidinhas carinhosas em seu ombro, em um gesto que espero que seja reconfortante. Lanço um olhar de súplica para Ma, mas ela apenas assente e abre um sorriso bondoso. Depois, murmura algo sobre eu ter quatro mães maravilhosas, não é maravilhoso, não é tudo maravilhoso?

De repente, o Terceiro Tio começa a gritar a plenos pulmões. Puta merda, a mordaça soltou. Corro até ele, sem saber o que estou prestes a fazer, mas, antes de eu conseguir atravessar metade do quarto, a Segunda Tia, a Quarta Tia e Ma saltam como tigres atacando um velho antílope e aterrissam em cima dele.

Não sei quem está gritando o quê, mas é terrível e horroroso, e me pego parada às margens da confusão, congelada. Sempre que há uma cena de briga nos filmes, reclamo muito de como os protagonistas demoram para reagir. Mas aqui estou eu, observando Ma e duas tias aos tapas e pontapés com um homem, e só... não sei. O que eu faço? Pego um abajur na mesa de cabeceira e o seguro como se fosse um bastão de beisebol, mas continuo imóvel. Como vou saber que não estou batendo forte demais? E se eu acertar Ma por acidente? E se...

Ouço uma batida na porta. Todo o sangue da minha cabeça se esvai. Tem alguém lá fora.

— Silêncio! — exclamo, um meio grito, meio sussurro. — Tem alguém na porta.

A massa de braços e pernas no chão para.

— Olá, senhorita. Sou o Dan, da recepção — diz a pessoa.

O Terceiro Tio arregala ainda mais os olhos e começa a gritar, mas a Segunda Tia levanta a perna em um movimento de cair o queixo e enfia a coxa sobre a boca do homem. Pelo jeito, Tai Chi melhora mesmo a flexibilidade.

— Não precisamos de serviço de quarto — respondo em um tom falsamente alegre.
— A senhorita poderia abrir a porta, por favor?
Olho para Ma e tias e para o Terceiro Tio.
— Vai. Dá um jeito de mandá-lo embora, rápido — sibila a Quarta Tia.
Assinto e saio do quarto, fechando a porta. Respiro fundo, solto o ar e ajeito o cabelo antes de me dirigir à porta. Queixo erguido, sorriso educado. Certo. Minha mão treme de leve quando toco a maçaneta.
— Oi, Dan — digo com um falso entusiasmo.
O homem parado diante de mim parece meio surpreso ao se deparar com uma noiva.
— Hã. Olá. Senhorita... hã, Natasya?
— Essa é a minha mãe. Eu sou a Meddelin.
— Ah. Se me permite dizer, a senhorita está radiante! Parabéns pelo casamento! — fala ele com um sorriso hesitante.
— Pois é, meu casamento é hoje. Voltei pra retocar o cabelo e a maquiagem. Sabe como é.
— Ah, sim. Claro — concorda Dan, um pouco aliviado.
— Enfim... — Ficamos nos encarando por um momento, ambos sorrindo com incerteza. — Hum, então. Posso ajudar?
— Ah, certo! Sim, bom. Sinto muitíssimo por incomodá-la, srta. Meddelin, mas recebemos algumas reclamações sobre o nível de ruído no seu quarto. Obviamente, em uma ocasião tão feliz, odeio pedir que diminua um pouco o barulho, mas será que a senhorita poderia fazer isso?
Seu sorriso está mais para uma careta.
— Posso, é lógico. Sinto muito. Minha mãe só se empolgou demais. O sonho dela era me ver casar. Vamos diminuir o barulho. Obrigada, tchau! — Fecho e tranco a porta sem esperar por uma resposta, então corro de volta para o quarto. — Eu me livrei d... ah, não. O que as senhoras fizeram?

Ma, a Segunda Tia e a Quarta Tia estão paradas com expressões muito, muito culpadas. Às suas costas, a Grande Tia ainda funga de leve, murmurando sobre como sou uma noiva linda e por que ela não teve uma filha em vez de seus filhos idiotas e inúteis, Hendra e Russ. Olho para o chão, esticando o pescoço para ver o Terceiro Tio, mas Ma se move para bloquear a visão. Sinto a bile subir pela garganta. Engulo em seco.

Minha voz sai em um sussurro rouco.

— As senhoras... hum... as senhoras... Ele tá morto? Porque é óbvio que está. Já quase matamos o Grande Tio e o Segundo Tio, e isso foi antes de elas terem bebido champanhe batizado com maconha. Em condições normais, minha família é perigosa, mas chapadas de drogas e álcool... Elas com certeza o mataram. Era só questão de tempo.

— *Aiya*, não, *lah*! Por que você sempre pensa "*Wah*, deve estar morto"? Pensa que a gente sai por aí matando pessoas? — pergunta a Segunda Tia.

— Hã, meio que sim?

— *Tch* — repreende ela. — Só apagamos ele. Um pouquinho.

— Ah, tá, então tudo bem.

Eu me encolho para passar por elas e respiro fundo quando vejo o Terceiro Tio. Ele está deitado de costas, com os olhos fechados. Com cuidado, eu me aproximo e me agacho ao lado da sua cabeça. Como é possível que não seja a primeira vez que checo o pulso de alguém inconsciente hoje? Não é nem a *segunda* vez.

— Dá pra sentir o pulso — anuncio, aliviada.

— Falo para você, não somos assassinas — diz a Segunda Tia, convencida.

— Quer dizer, tecnicamente somos, mas tudo bem — murmuro e me sento na beira da cama, suspirando.

Estou exausta. Observo enquanto Ma conforta a Grande Tia, murmurando com uma voz suave. Baixo a guarda um pouquinho. É difícil assistir a uma pessoa tão forte como a Grande Tia

desmoronar, mesmo sabendo que é apenas um efeito colateral de droga e álcool.
— O que vamos fazer com ele? — pergunta a Quarta Tia.
Nós a encaramos.
— Como assim? Acho melhor o amarrarmos e, sei lá, deixá-lo aqui por enquanto? — sugiro.
Ela balança a cabeça com tanta violência que seu dragão-de-komodo sai voando e aterrissa em um canto do quarto.
— Não, não. *Tch*, você é tão ingênua, Meddy. Não podemos deixar ele aqui. Não. Não!
Óbvio que a Quarta Tia ficaria maníaca depois de consumir drogas e álcool.
— Por que não?
— Talvez a gente fatia ele... — sugere a Segunda Tia.
— *Não* — digo, ríspida. — Nada de fatiar ninguém.
— Sim, *lagipula* aqui tem piso de carpete, depois mancha carpete, hotel cobra multa grande — observa Ma.
— Acho que fariam mais do que cobrar uma multa grande se fatiássemos um ser humano aqui — murmuro —, mas, sim, provavelmente nos mandariam uma conta enorme do serviço de limpeza.
— *Wah*, não dá, conta de limpeza vai ser tão cara. Certo, esquece, vamos pensar em outra coisa — declara a Segunda Tia.
Pelo menos as prioridades delas estão certas.
— É a oportunidade perfeita para nos livrarmos do Terceiro Tio — diz a Quarta Tia. — Olhe só para nós, estamos todas arrumadas e maravilhosas. Você está usando um vestido de noiva, pelo amor de Deus. Quem vai suspeitar de uma noiva? Ninguém!
Por mais que eu odeie admitir, até que faz sentido.
— O que a senhora está sugerindo?
— Tiramos ele daqui e o jogamos no rio Tâmisa, junto com os dois irmãos — responde ela com simplicidade.
Fico de queixo caído. E isso anda acontecendo bastante ultimamente.

— Eu... quê... isso é assassinato.
Ela franze o cenho.
— Eles provavelmente vão nadar ou algo assim.
— E se não nadarem? E se não acordarem? Vão se afogar!
A Quarta Tia suspira.
— O Tâmisa não é tão fundo. Eles fazem, tipo, aquela coisa de enfiar uns bastões na água, sabe, tipo uma gôndola? Não dá para fazer isso se o rio for muito fundo.
— É fundo o suficiente para uma pessoa inconsciente se afogar.
Ela está prestes a lançar mais um argumento quando alguém bate na porta outra vez.
— Que foi? — grito, irritada.
— Sinto muito mesmo, senhorita, mas é o Dan da recepção.
Cacete, Dan! Aponto um dedo acusatório para minha família e sibilo:
— Não. Se. Mexam. E pelo amor de Deus, não fatiem o Terceiro Tio enquanto eu estiver fora.
Marcho para fora do quarto, fecho a porta com firmeza e respiro fundo outra vez. Solto o ar devagar, depois atravesso a sala de estar e abro a porta.
— Sim, Dan? — digo, sorrindo com os dentes cerrados.
— Montamos um presente para a senhorita neste dia especial! — exclama ele, exibindo uma enorme cesta cheia de comida.
Certo, não estava esperando por isso.
— Uau. Ok, muito obrigada. É muita gentileza de vocês.
Estendo o braço para pegar a cesta, mas ele recua um pouco.
— Está bem pesada. A senhorita se importaria se eu entrasse e a deixasse na escrivaninha?
— Sim.
Ele ergue as sobrancelhas.
— Sim, a senhorita se importa?
— Sim, eu me importo. Desculpe, mas minha mãe tá, hã... se trocando. Colocando o vestido, então ela tá, tipo... pelada?

Estendo o braço outra vez, mas ele afasta a cesta de novo.
— Hum, e sinto muito mesmo por incomodar, mas se a senhorita pudesse... o barulho...
Ele abre um sorriso que está mais para uma carranca.
— Diminuir, ok, claro.
Pelo jeito, as paredes deste lugar são feitas de papel. A Quarta Tia está certa. Não podemos correr o risco de deixar o Terceiro Tio aqui. Mesmo que ele fique amarrado e amordaçado, se ele acordar, vai começar a gritar. Mesmo que os gritos sejam abafados, a pessoa no quarto ao lado aparentemente tem uma audição sobre-humana. Droga. Temos mesmo que tirá-lo daqui.
Estou prestes a mandar Dan embora quando tenho uma ideia.
— Dan, seria possível pegar uma cadeira de rodas emprestada? O hotel tem alguma?
— Sim, com certeza. Temos orgulho de ser referência em acessibilidade no país. Mandamos construir rampas em todo lugar, mesmo do lado de fora da entrada dos fundos.
— Perfeito. Que incrível. Ótimo.
Ele fica radiante com o elogio.
— Então, hum, a cadeira? — insisto.
— Ah, sim, é para já, senhorita. Ou devo dizer "senhora"?
Deixo escapar um risinho ao lembrar que, hã, hoje é meu casamento e passei a maior parte do dia longe de Nathan. Dan deixa a cesta comigo e sai correndo para "providenciar uma cadeira de rodas imediatamente". Assim que fecho a porta, solto um suspiro pesado. Sinto um nó na garganta ao pensar no desastre que o dia do meu casamento se tornou, mas logo afasto o pensamento. Não posso me dar ao luxo de desmoronar agora. Vou compensar o Nathan durante nossa lua de mel. Porra, vou compensá-lo amanhã, ou mesmo hoje à noite, quando tudo acabar.
Respiro fundo outra vez e volto ao quarto para contar o plano à família, mas é como tentar explicar cálculo para um bando de

gatos. Elas me encaram, sem entender nada ao ouvirem que pedi uma cadeira de rodas para tirarmos o Terceiro Tio daqui.
— O que as senhoras acham? Alguma pergunta?
Silêncio. Será que entenderam pelo menos uma palavra do que acabei de dizer? Para começo de conversa, quanto tempo dura o efeito da maconha?
— Boa ideia, Meddy — concorda a Segunda Tia.
Finalmente.
— Obrigada, Segunda Tia.
— Agora só precisamos quebrar as pernas.
— Como é que é?
Ela se move em direção ao Terceiro Tio com os braços estendidos feito um zumbi. Meus sentidos entram em alerta e eu salto, entrando no caminho.
— Espera aí! O que a senhora vai fazer?
— Precisamos quebrar pernas, *ya*? Para caber em cadeira de rodas? Cadeira de rodas só para pessoas que não podem andar.
Ela explica o conceito como se eu fosse uma criança não muito brilhante.
— Ah, sim, Er Jie, bem pensado. Certo, sim, quebrar pernas — diz Ma, assentindo.
— Ninguém se mexe! — grito. Estendo os braços igual ao Chris Pratt contendo um bando de velociraptors em *Jurassic World*. Só que, em vez de dinossauros, estou tentando controlar um bando de tias sino-indonésias intrometidas, que com certeza são mais perigosas. — Ninguém precisa quebrar a perna de ninguém. Dá pra usar uma cadeira de rodas mesmo conseguindo andar!
— Acho que não, Meddy — discorda Ma com a voz arrastada, balançando de leve. — Isso não é bom, é igual mentir. Sabe que tia Liying faz isso? Ela tem uma dessas muletas, sabe, coloca em carro. Aí estaciona em vaga de pessoa com deficiência. *Wah*, tão feio, sempre falo para ela, você mente para todo mundo. Não podemos fazer igual. Não é honra. Se outras pessoas descobrem, ela passa vergonha.

— É, não somos mentirosas. Temos vergonha na cara. Venha, vamos quebrar pernas agora — emenda a Segunda Tia.

— Ou podíamos cortar pernas — sugere a Quarta Tia.

— Não é assim que funciona! Sério, será que a maconha transformou as senhoras em maníacas homicidas ou as senhoras sempre tiveram uma tendência? Escutem aqui. Nada. De. Machucar. Ninguém. Certo? Entendido?

A Segunda Tia e Ma assentem, amuadas. Eu me viro para a Grande Tia e a Quarta Tia, que passaram o tempo todo estranhamente quietas — a primeira ainda está fungando e murmurando em um canto sobre o quanto me adora, e a Quarta Tia está retocando a maquiagem. Quando digo "retocar" quero dizer "espalhando os produtos como se fosse uma pintura de guerra". As duas parecem completamente alheias ao drama que acabou de se desenrolar. Acho que é melhor assim. Não tenho muita certeza de que ficariam do meu lado, e se fossem as quatro contra mim, sem dúvida o Terceiro Tio já estaria sem pernas a esta altura.

Por sorte, a cadeira de rodas não demora. Mando a Segunda Tia e Ma ficarem quietas e não cortarem as pernas de ninguém e corro até a porta.

— Aqui está a cadeira de rodas que a senhorita pediu! — diz Dan, orgulhoso. — Há mais alguma coisa…

— Ótimo! Obrigada. Tchau, Dan!

Praticamente arranco a cadeira de rodas das mãos do rapaz antes de fechar a porta com tudo na cara dele. Sei que estou sendo muito mal-educada, mas minha prioridade é garantir que Ma e minha tia não estão decepando os membros de alguém neste exato momento. Empurro a cadeira de rodas para o quarto, ofegante, e fico aliviada ao ver o Terceiro Tio ainda intacto no chão.

— Certo, ótimo. Vamos lá!

É difícil pra caramba erguer um peso morto do chão. Bom, "morto" não (bate na madeira), "inconsciente". É mais difícil ainda erguer um peso inconsciente do chão quando suas ajudantes estão bêbadas e chapadas. Junto minha saia volumosa e puxo-a para trás, depois passo o braço direito do Terceiro Tio ao redor dos ombros. Ma desliza o braço esquerdo sobre os dela, mas quase cai com o peso. A Segunda Tia corre para apoiá-la, mas as duas tombam com um baque alto que com toda a certeza vai fazer Dan aparecer outra vez.

No fim, é preciso um trabalho conjunto das cinco para erguê-lo e colocá-lo na cadeira de rodas. O processo envolve muitos xingamentos e gritinhos e, quando terminamos, estamos todas ofegantes. Eu me agacho e me esforço para amarrar a corda ao redor dos tornozelos do Terceiro Tio com o máximo de firmeza, depois me levanto, dou um passo para trás e encaro o resultado.

Não é dos melhores. A cabeça está caída para trás em um ângulo estranho, o pomo de adão obscenamente saliente. Qualquer um perceberia que ele está inconsciente.

A Quarta Tia deve ter pensado o mesmo, porque empurra a cabeça, deixando-a ereta. Porém, assim que ela a solta, a cabeça cai para trás outra vez, com a boca aberta.

— Acorda, cara. Estou atrasada para minha apresentação — repreende ela, empurrando a cabeça para a frente e deixando-a cair para trás outra vez.

— Não. O que a senhora tá fazendo? — pergunto, segurando seu pulso. — Não queremos que ele acorde.

— Ah, não? — Ela faz uma cara confusa. — Ah, sim, tem razão. Não queremos. Ops. Mas e a minha apresentação? Meus fãs estão esperando!

Apresentação? Levo um segundo para me lembrar do show imaginário, fruto do efeito da maconha.

— Certo, sua apresentação. Não se preocupe, Quarta Tia, ainda falta, tipo, uma hora pro show. Precisamos pensar em um jeito de tirar o Terceiro Tio daqui sem ninguém descobrir que ele tá apagado, tudo bem? Depois vamos pro seu show.

Pego um cobertor da cama e cubro o Terceiro Tio. Prendo o tecido com firmeza debaixo de seu corpo, enrolando o homem feito um burrito. Certo, pelo menos vai esconder a corda. Já a cabeça... A inspiração finalmente dá as caras.

— Ma, onde está a sua almofada de viagem? Sei que a senhora a trouxe pra usar no avião.

— A viagem de avião para vir para Inglaterra e casar minha única sobrinha — sussurra a Grande Tia com uma voz tristonha.

— Hã, sim, essa viagem de avião.

— Para vir aqui e casar minha única filha — choraminga Ma.

As duas se apoiam uma na outra e começam a chorar alto.

Cacete. Esmago a parte de mim que quer abraçá-las e confortá-las e dizer que sempre vou ser a filha e a sobrinha delas. Não temos tempo para isso. Vou até a bagagem de Ma. Vasculho seus pertences com uma eficiência implacável até encontrar a almofada de viagem, depois passo por Ma — ainda se lamentando — e a coloco ao redor do pescoço do Terceiro Tio. Dou um passo para trás e o examino outra vez. Certo, não é ótimo, mas está menos alarmante. Ele parece mais adormecido do que inconsciente. Tiro um dos lenços de Ma da mala e o enrolo em sua cabeça, cobrindo o cabelo. Para o toque final, pego um par de óculos de sol na mesa e os ajeito em seu rosto. Quando termino, mal dá para reconhecer o Terceiro Tio. Na verdade, é quase impossível distinguir se é um homem ou uma mulher.

— Opa, o que você pensa que tá fazendo? — grita a Quarta Tia, tirando os óculos de sol do rosto dele. — São da Hermès!

De repente, Ma para de chorar.

— Você compra Hermès? *Gila*, tão gastadeira! Gasta dinheiro como água e ainda empresta dinheiro de nós toda hora! Quando vai parar de ser tão irresponsável?

A Grande Tia dá batidinhas nos olhos enquanto assente.

— É culpa minha. Eu mimo Mimi. Assim como mimo Meddy. Agora Meddy me deixa.

— Meu Deus, é um Hermès Class One, ok? Parem com esse drama — diz a Quarta Tia, irritada.

— Ahá! Falsificado — tripudia Ma. — *Tuh kan*, sei que você só consegue comprar produto falso. Igual sua bagagem Louis Vuitton, tudo falso. Igual sua cara.

— Certo, já chega — digo, meio sussurrando, meio gritando em meio ao barulho. Tiro os óculos de sol da Quarta Tia antes que ela tenha a chance de protestar. — Já que são falsos, acho que podemos usá-los. Vou comprar um novo pra senhora, tudo bem?

— Um verdadeiro? — pergunta a Quarta Tia, os olhos brilhando de esperança.

— Óbvio que não! — grita Ma.

— Hum. Vamos discutir isso mais tarde — respondo do modo mais diplomático possível. Recoloco os óculos no rosto do Terceiro Tio e assinto. — Certo. Tudo pronto. — Dou uma olhada no horário e fico enjoada. A festa começa em menos de quinze minutos. — Vamos. Tá quase na hora da festa.

Começo a empurrar a cadeira de rodas, mas percebo que é impossível com este vestido imenso. Consegui trazê-la da porta meio empurrando, meio carregando, mas com o Terceiro Tio sentado, mal consigo movê-la.

— Uma das senhoras vai ter que empurrar. Meu vestido fica atrapalhando.

— Eu faço! — exclama Ma, segurando as manoplas da cadeira. Todas abrimos caminho conforme ela manobra para fora do espaço estreito. Um joelho do Terceiro Tio acerta o batente. — Ops.

— Cuidado, Ma.

Desse jeito, ele vai acordar todo cheio de hematomas.

Com certa dificuldade, finalmente tiramos a cadeira de rodas do quarto e atravessamos o corredor. Fazê-la entrar no elevador minúsculo é outra parte complicada. Ma e a Grande Tia descem primeiro enquanto a Segunda Tia, a Quarta Tia e eu corremos escada abaixo. Chegamos e fico esperando impaciente o elevador chegar. Quando as portas se abrem e vejo Ma, a Grande Tia e o Terceiro Tio, solto um suspiro de alívio. Acho que não confiava muito que chegariam inteiros.

— Vamos lá — digo, baixinho, tentando adotar o ar casual e inocente de alguém que com certeza não está em posse de uma pessoa inconsciente.

Conforme atravessamos a recepção, tenho a sensação de que está todo mundo nos encarando, mas tento lembrar a mim mesma que toda a atenção deve ter mais a ver com nossas roupas e os *fascinators* de dragão-de-komodo do que com o fato de que estamos saindo do hotel com alguém em uma cadeira de rodas. Provavelmente.

— Devo chamar um táxi, senhorita? — pergunta o porteiro.

Estou prestes a responder que sim quando percebo que não podemos enfiar o Terceiro Tio em um táxi, porque aí ficaria na cara que ele está inconsciente e amarrado. Merda.

— Não, está tudo bem. Obrigada. Vamos andando mesmo.

O porteiro franze a testa, confuso.

— Tem certeza? Seu belo vestido vai ficar todo sujo se a senhorita caminhar pela St. Aldates assim.

— Sim, tenho certeza. Obrigada!

Passo por ele e gesticulo para Ma me seguir.

Na rua, atraímos ainda mais olhares. Como o esperado. A imagem deve ser ridícula — eu com um enorme vestido de noiva, Ma e tias com seus vestidos cor de berinjela radioativa, e o Terceiro Tio parecendo uma senhorinha Amish. Eu deveria ter escolhido um vestido discreto e ajustado ao corpo.

Notando toda a atenção que recebemos, a Quarta Tia bate palmas e sorri feito uma criancinha.

— Olha só quanta gente veio me ver cantar!

Antes que eu responda, ela ergue o queixo, leva a mão ao quadril e começa a desfilar pela rua como uma modelo na passarela da Paris Fashion Week. Estou prestes a pedir que pare de chamar mais atenção, mas percebo que uma boa distração talvez evite que as pessoas reparem no Terceiro Tio. Acho. Não faço a menor ideia do que é o melhor a se fazer nesta situação.

Percorremos a St. Aldates Street e tento ignorar os inúmeros celulares apontados em nossa direção. A Quarta Tia acena e manda beijos para os estranhos que nos filmam enquanto Ma, a Grande Tia e a Segunda Tia se amontoam atrás da cadeira de rodas, obviamente desconfortáveis com toda a atenção. Minha mente chia como uma máquina sobrecarregada.

O que vamos fazer com ele? Parando para pensar, o que vamos fazer com os outros dois homens na Christ Church? Nossa, nós não sequestramos apenas dois, mas três deles! Apagamos e amarramos todos os homens da família Tanuwijaya. Ha. Ha-ha. Ha-ha-ha. *Meu Deus.*

Tento acalmar a mente. *Certo. Vai ficar tudo bem.* Não sei como, mas me forço a respirar fundo. Certo. Agora solta o ar. Ufa. Respirar: bom. Pensar: ruim.

Bem nesse momento, Ma se inclina.

— Ah, Meddy, tenho boa ideia, *lho* — diz ela e ergue as sobrancelhas de um jeito astuto, parecendo bastante satisfeita consigo mesma.

— Que ideia?

Apesar de ter lá minhas dúvidas, uma esperança cautelosa brota dentro de mim. O que é estúpido, eu sei, mas mesmo assim.

— Vi que em frente à Christ Church College tem parque grande.

— As campinas da Christ Church, sim. O que é que tem?

— Há vacas — responde Ma, balançando a cabeça com um ar conspiratório.

— Hum, e daí?

— Jogamos ele em campina e vacas comem ele.

Eu devia ter imaginado que não era para criar esperanças. Porque é isso que acontece quando tento. Não sei nem como começar a responder.

A Quarta Tia intervém antes.
— Hah! Vacas não comem humanos — debocha ela.
Ma lança um olhar furioso para a irmã.
— Ah, é? Você expert de vaca, *ya*? Sabe — começa ela, virando-se abruptamente para mim —, Segunda Tia e eu assistimos a filme ontem à noite, *wah*, sobre homem que gosta de comer gente, *aduh*, muito assustador, *deh*.
Ela parou de empurrar a cadeira de rodas, absorta na história.
— Tá bom, Ma, continua empurrado — digo, entre dentes.
— E aí o cara, certo, Meddy, o cara ele joga pessoa em chiqueiro, *waduh*! E aí ele toca música e *wah*, porcos todos comem homem! — Ma estremece. — Viu só, porco come gente, por que vaca não come gente?
Descubro qual é o filme pela descrição.
— A senhora viu *Hannibal*? Não é nada a sua cara. Enfim, pois é, porcos comem de tudo. São onívoros, igual a nós. Vacas são vegetarianas.
— Não é má ideia — comenta a Grande Tia de repente, tirando o lencinho do rosto por um segundo.
A Segunda Tia bufa e diz:
— Hah! Você pensa que não é má ideia, sua *gila*! — Ma faz uma expressão de afronta, mas a Segunda Tia dá de ombros. — Desculpa, San Mei, mas sim, ideia muito boba. Desde quando vaca come gente? Você já bebeu muito champanhe, bolha sobe à cabeça.
— Não isso — vocifera a Grande Tia. — Não vaca comendo gente. — Ao ver a expressão magoada de Ma, seu tom de voz se torna mais suave. — Desculpa, San Mei. O que quero dizer é, sabe, sei que vaca pode matar gente. Não comer, isso não, mas podem, como se diz, sabe, correm muito rápido e aí, *bam*! Atropela gente, quebra todo osso, esmaga todo órgão, pessoa morre. Talvez a gente coloca Terceiro Tio na campina e procura vaca para atropelar corpo. Pessoas pensam, ah, ele só foi para campina e foi atropelado por vaca, então ele morre, ponto-final.

Hum. Isso... talvez não seja uma má ideia. Não, espera, o que estou dizendo? É uma péssima ideia! Estamos literalmente planejando usar uma vaca para assassinar uma pessoa! Isso não... só... não.

— Não podemos matar o Terceiro Tio. Parem de pensar logo em assassinato — sibilo.

As pessoas ainda apontam a câmera dos celulares para nós.

A Quarta Tia acena, toda pomposa, e diz:

— Não podemos simplesmente jogar ele no rio como decidimos antes?

— Não decidimos nada, e para de dizer isso tão alto. — Começo a falar em indonésio. — E as senhoras esqueceram os — ai, qual é a palavra mesmo? — outros dois homens no quarto da Christ Church? Mesmo que a gente mate o Terceiro Tio, ainda temos que lidar com mais dois.

— Sim, mas pelo menos são dois, e não três. Podemos nos livrar dos outros mais tarde. Mais fácil se livrar de dois corpos do que de três, minha querida — observa a Quarta Tia.

Até Ma assente.

— Não posso... não. Não! Parem de tentar me convencer a matar qualquer um deles. — Finalmente chegamos à universidade. Vislumbro Staphanie, parada do lado de fora dos enormes portões da faculdade. Xingo baixinho. Merda, merda. O que eu faço? — Pessoal, levem o Terceiro Tio pra...

Staphanie nos vê e corre em nossa direção. Merda. Ela nos viu, óbvio. Teria que estar vendada para não nos enxergar em meio à multidão. Meu Deus, ela vai surtar quando reparar que estamos com o Terceiro Tio.

Tento pensar em uma solução enquanto ela se aproxima, mas é tarde demais. Antes que eu tenha tempo de dizer qualquer coisa para minha família, Staphanie está parada diante de nós, a apenas alguns metros do tio sequestrado.

26

— Aí está você — diz Staphanie, um pouco ofegante. — Escuta, seja lá o que vocês fizeram com o Segundo Tio...

— Seja lá o que a gente fez com quem? — interrompe a Quarta Tia em sua voz normal, o que significa que ela está basicamente gritando.

Staphanie parece à beira das lágrimas.

— Espero mesmo que vocês não tenham feito nada idiota.

— Idiota? Por que você diz isso? — pergunta Ma.

Staphanie balança a cabeça e desvia o olhar de nós para o Terceiro Tio, que está apagado e amarrado em uma cadeira de rodas. Entro na frente dele rapidamente, escondendo-o de Staphanie. Por sorte, acho que ela não reconhece o Terceiro Tio. Deve estar muito distraída com o desaparecimento do Segundo Tio.

— Você deu a entender que tinha feito alguma coisa com o Segundo Tio — diz ela.

— Não, acho que você entendeu errado.

— E onde é que você estava até agora?

— Hum, onde eu estava? Acabamos de voltar do Randolph.

Minha mente se apressa para analisar as palavras que saem da minha boca, verificando cada uma para se certificar de que é algo normal de se dizer.

Staphanie faz uma expressão confusa.

— Do Randolph? Por quê?

— Hã...

— Staphanie... — interrompe Ma, então se aproxima tanto dela que chega a ser desconfortável, o que faz a garota se inclinar para trás ao máximo. Ma aproxima o rosto, encarando-a com uma expressão severa. Tenho certeza de que nem Staphanie nem eu estamos respirando neste momento. — Você tem pele muito boa. Igual estrela sul-coreana.

Solto um suspiro de alívio.

— Hã. O que tá rolando? — pergunta Staphanie.

— Elas estão meio bêbadas — explico, constrangida.

Staphanie volta a me encarar e cerra os lábios em uma linha fina.

— Porque estavam tentando deixar eu e Ama bêbadas? Foi por isso que sua Grande Tia perdeu o *fascinator* de dragão?

— Hum, é.

Uma expressão de dúvida atravessa o rosto de Staphanie, o que a faz parecer muito mais jovem e, só por um segundo, vulnerável. Não faço ideia do que está se passando em sua cabeça. Talvez ela ache tão surreal a ideia de que minha família seja capaz de matar alguém que agora está tendo dificuldade para juntar as peças. Não custa nada sonhar.

Ela faz uma pausa antes de me olhar nos olhos.

— Escuta, o Segundo Tio tá bem?

Quase desvio o olhar, mas me mantenho firme.

— Tá. Dependendo de como o resto da noite se desenrolar — digo, com a voz mais durona que consigo fingir.

Staphanie range os dentes. Então assume uma expressão dura feito pedra e balança a cabeça de leve.

— Vocês não sabem com o que estão lidando. Tá todo mundo se perguntando onde você tá, e a festa já vai a começar, então vamos lá.

— Certo. — A festa de casamento. Nathan. Meu Deus. Ele deve estar tão chateado e confuso. — Vamos.

Olho para trás, onde Ma e minhas tias estão paradas uma ao lado da outra com o Terceiro Tio escondido às suas costas. Faço um gesto para elas enquanto sigo Staphanie. Por favor, universo, faça com que elas estejam lúcidas o suficiente para esconder o Terceiro Tio em algum lugar antes de irem para a festa. As quatro parecem meio atordoadas e confusas. E não dá para culpá-las. *Eu* estou atordoada e confusa. Pelo menos ninguém encontrou o Grande Tio e o Segundo Tio, caso contrário a polícia estaria por todo lado. Não é um pensamento muito agradável.

    Sabe de outra coisa que não é muito agradável? A empatia estranha e conflitante que sinto por Staphanie. Quer dizer, que merda é essa? Só porque ela está preocupada com o Segundo Tio não significa que deixou de ser uma mafiosa malvada prestes a matar alguém a sangue frio. Pelo amor de Deus, Meddy, foque em quem são os verdadeiros vilões aqui. Não somos nós. Apesar de todos os sequestros e tudo o mais.

    — Seu tempo tá quase acabando. — Deixo a frase escapar de repente. Merda, por que eu disse isso? Então percebo que é verdade. Agora só falta a festa e, depois de dançarmos um pouquinho, este maldito dia vai acabar, graças a Deus.

    Staphanie me olha de soslaio.

    — Você quer dizer que o *seu* tempo tá quase acabando.

    — O quê?

    Ela dá de ombros.

    — Não, mas o que isso quer dizer? O que vocês vão fazer?

    — Nossa. Este devia ser o plano deles o tempo todo. É óbvio. Planejaram matar Lilian durante a festa ou talvez durante a dança, quando estiver tudo escuro e todo mundo bêbado. — Você me dá nojo — digo, ríspida. — Ela é uma senhora. Deixe-a em paz.

    Staphanie dirige um olhar gélido para mim e curva a boca em um sorriso maligno.

    — Você ficaria surpresa com as atrocidades que senhorinhas são capazes de fazer.

    Estou prestes a retrucar com um comentário ácido quando percebo que ela tem razão. Quer dizer, minha família, que consiste em quatro senhorinhas, de fato acabou de passar o caminho inteiro do Randolph até aqui discutindo várias formas de assassinar o Terceiro Tio, então...

Aos pés da escadaria que leva ao salão de jantar, Staphanie me puxa de frente para ela. Tira fios de cabelo de meu rosto. Se alguém nos visse por acaso, pensaria que ela está apenas sendo uma fotógrafa meticulosa. Sua voz é baixa e firme.

— Não sei o que você fez com os meus tios, mas eu juro, se você tiver machucado eles, vai pagar caro por isso. Agora vai lá e aja como uma pessoa normal.

Isso sim é uma ameaça. Queria ser mais rápida nas respostas. Mas não consigo pensar em nada antes de ela me puxar escada acima. Assim que damos a volta no topo da escadaria, meus pensamentos se esvaem.

Porque lá, em frente ao icônico salão de jantar da Christ Church, está Nathan. Quando me vê, ele ergue a cabeça e sorri, mas há um quê de tristeza nesse sorriso. Um toque de exaustão. Lançando um último olhar significativo, Staphanie nos deixa sozinhos e entra no salão, e agora somos só eu e Nathan e um fosso inteiro de mentiras entre nós. Corro até ele e lhe dou um abraço apertado, sentindo seu cheiro limpo e agradável e saboreando a sensação de segurança de ter seus braços ao meu redor.

— Sua família tá bem? — pergunta ele.

Assinto em silêncio. Não consigo falar. Nenhuma palavra é capaz de descrever a sensação maravilhosa de estar de volta aos braços de Nathan depois de tudo.

— Escuta, Meddy, eu sei que tem alguma coisa rolando — diz ele com delicadeza.

Fecho os olhos com força. É óbvio que ele sabe. É uma das pessoas mais intuitivas que já conheci. Esse é um dos motivos que o tornaram um empresário tão bem-sucedido. No casamento de Tom e Jacqueline, descobriu que minha família e eu estávamos por trás do cadáver de Ah Guan. Então é claro que percebeu que tem algo errado hoje. Ergo a cabeça para olhá-la e pisco depressa para conter as lágrimas.

— O que é? Você pode me contar qualquer coisa.

— Eu... hã... — Tudo soa tão ridículo quando paro para pensar. Minha família está sendo chantageada pela máfia e, por coincidência, sequestramos três homens e minhas tias talvez estejam prestes a assassinar um deles. — Não é nada — digo, por fim.

O rosto lindo de Nathan é tomado pela decepção.

— Tá tudo bem — acrescento rapidamente, o que soa como uma mentira, até para mim. Mas a noite está quase acabando, e Staphanie e Ama perderam três de seus principais ajudantes, então quais são as chances de conseguirem executar seja lá o que estiverem planejando? Minha família e eu estamos vencendo, porra. — Vai ficar. — Dessa vez, minha voz soa mais confiante. — E vou te contar quando tudo acabar. — E estivermos em casa, livres e sem nenhuma chance de Nathan se envolver em problemas por ser um cúmplice ou qualquer coisa do tipo.

Ele suspira.

— Meddy, eu...

A porta para o salão de jantar se abre, e Ama bota a cabeça para fora.

— Está na hora — avisa, lançando para mim um olhar mortal pelas costas de Nathan.

Nós nos endireitamos e olhamos um para o outro.

— Eu te amo — digo.

Parece ser a única coisa que me resta a dizer.

As feições de Nathan se suavizam.

— Eu também te amo. Vamos entrar.

Ele me estende o braço, e eu o tomo.

As portas se escancaram, e juntos entramos no deslumbrante salão de festas ao som de aplausos estrondosos.

O salão de jantar da Christ Church College é icônico por um motivo. O lugar serviu de inspiração para o salão de jantar de Hogwarts. Todas as paredes são adornadas com detalhes luxuosos em ouro e repletas de pinturas. As mesas compridas foram decoradas com vasos cheios de flores, e lustres enormes pendem do teto abobadado. Ao lado do palco, há uma linda mesa de sobremesas com todo tipo de guloseimas açucaradas e, no centro, um imponente e gigantesco bolo de casamento se ergue com uma cascata de delicadas flores de açúcar ao redor da massa, digno de satisfazer qualquer noiva sino-indonésia.

Trata-se de uma cena digna das mais tradicionais revistas de casamento. Os convidados aplaudem, gritam e assobiam enquanto entramos. A atenção de mais de duzentas pessoas me deixa tão nervosa que minhas pernas viram gelatina, e eu teria caído se não estivesse me segurando em Nathan. Respiro fundo. Passamos pelos corredores de pessoas nos aplaudindo e nos sentamos em nossos lugares à frente da mesa de jantar. Annie e Chris estão lá, então vou até os dois e os abraço.

— Onde está a sua família? — pergunta Annie, com uma expressão confusa, mas também de julgamento.

É uma boa pergunta. De fato, onde elas estão? *Provavelmente em algum lugar nas campinas, tentando convencer uma vaca a devorar uma pessoa?* Não vai colar.

— Hum, é uma longa história — respondo com um sorriso constrangido. — Eu acho que estão... há, um pouco indispostas no momento.

Annie funga e troca um olhar de desprezo com Chris. O gesto machuca. Sei que não deveria, mas machuca. Eles são meus sogros, e eu queria muito que tudo desse certo, que eu me encaixasse na família adorável e funcional de Nathan. Queria que recebessem a mim e a minha família com alegria, que dissessem que sou a nora com quem sempre sonharam e que minha família é encantadora.

— Suponho que seja melhor assim, não é, querido? — diz Annie para Chris, que dá de ombros, cauteloso.

Mordo o lábio com tanta força que quase sangra.

— Mãe — repreende Nathan.

— O quê? Elas têm sido absolutamente...

As portas se abrem com tudo outra vez. Annie para de falar enquanto minhas tias e Ma irrompem no salão de jantar. Não consigo reprimir um sorriso ao vê-las. É verdade que elas têm sido absolutamente — seja lá o que Annie estivesse prestes a dizer —, mas também são a minha família e eu teria ficado arrasada se perdessem minha festa de casamento. Estou prestes a correr até lá e dar um abraço enorme em cada uma quando Ma se move, revelando algo atrás de si. Meu sangue congela. Meu coração para de bater. Todo o barulho a nossa volta de repente cessa.

Porque, bem atrás de Ma, sendo empurrado pela Segunda Tia, está o Terceiro Tio, ainda enrolado feito um burrito na cadeira de rodas. Meu cérebro implode. Elas trouxeram o homem que sequestraram para minha festa de casamento.

27

Não pode ser real. Simplesmente não pode. É só um pesadelo. Um pesadelo muito longo e complexo, mas ainda assim um pesadelo. Apenas algo que minha mente inventou. Talvez eu esteja bêbada. Talvez Ma tenha colocado um pouco de medicina tradicional chinesa em meu café da manhã e agora eu esteja tendo alucinações. É, deve ser isso. Este dia inteiro não passou de uma alucinação. A questão é: como eu acordo?

Não consigo fazer nada além de ficar olhando, completamente horrorizada, minha família atravessando o corredor em nossa direção. Como sempre, a Quarta Tia se deleita com os olhares. Acena e sopra beijos enquanto desfila. A Grande Tia marcha como uma matrona prestes a pegar uma criança travessa, e Ma e a Segunda Tia vêm logo atrás, as cabeças um pouco abaixadas, obviamente desconfortáveis com toda a atenção. O Terceiro Tio ainda está apagado.

— Ah, aquela na cadeira de rodas é a sua avó? — pergunta Annie, forçando um sorriso. — Que adorável e inesperado. Não me lembro de ver avós na lista de convidados.

— Aquela é, hum... é... minha. Hã. É. — Vejo a careta no rosto de Nathan e digo depressa: — É, é a minha avó.

Em vez de se dissipar, a careta só aumenta.

— Não sabia que a sua avó ainda estava viva — diz ele, sem comprar a mentira.

— É, eu quase nunca falo sobre ela porque ela mora na Indonésia?

Droga. Sempre que digo uma mentira sai em tom de pergunta. Tenho certeza de que Nathan também percebe, porque estreita os olhos por um segundo.

— Certo — concorda ele, finalmente.

A decepção puxa seus belos traços para baixo, e meu coração se quebra em pedacinhos. Antes que eu possa dizer qualquer coisa, ele se vira um pouco.

É a pior parte. Fecho as mãos. A última coisa que eu queria era magoar Nathan, mas é óbvio que todas as mentiras fizeram exatamente isso. Sinto as lágrimas se formando em meus olhos. Eu só... Eu só o quê? Não sei o que fazer, e, de qualquer forma, não há nada para ser feito agora. Não na frente de duzentos convidados, os pais de Nathan, Staphanie e Ama. Apenas cumprimento minha família com uma alegria falsa quando elas chegam e digo, bem alto:

— Ah, as senhoras trouxeram Popo! Que surpresa maravilhosa!

Então me inclino para beijar o Terceiro Tio na bochecha.

Annie se aproxima e dá um abraço contido em Ma e nas tias. Depois, joga beijinhos educados e para na frente do Terceiro Tio, então se curva um pouco e diz:

— Olá! Bem-vinda à Inglaterra!

O Terceiro Tio permanece absolutamente imóvel. Annie olha para nós com um sorriso hesitante.

— Hum, é um prazer recebê-la aqui! — Ela meio que grita para o Terceiro Tio outra vez.

— Acho que minha avó está dormindo — digo depressa.

— Viagem longa e tudo o mais. Não é isso, Ma? A vovó está dormindo?

Ma leva um momento para processar o que eu disse. Ela me olha, confusa, murmurando bem baixinho e devagar a palavra "vovó", então parece entender tudo e responde:

— Ah, sim! Isso, vovó. Sim, esta é a nossa avó.

As sobrancelhas de Annie sobem até os cabelos.

— Ah, uau. Então esta é a sua bisavó? Que incrível!

— Não, ela é minha avó — intervenho, depois me pergunto por que senti a necessidade de intervir, afinal, que diferença faz de quem é a avó de mentira?

— Ah? Certo. Tudo bem — diz Annie.

Há um silêncio constrangedor enquanto permanecemos parados, sorrindo com uma educação dolorosa uns para os outros. Nathan faz um discreto gesto de cabeça para alguém distante e percebo que é para Ama. Levo um susto. Ah, certo, faz sentido. Ela é a cerimonialista, no fim das contas. Ele só pediu para dar início às festividades.

Precisamos mover algumas cadeiras para incluir o Terceiro Tio em nossa mesa. Quando tudo está pronto, nos sentamos, aliviados. As portas se abrem outra vez e uma torrente de garçons entra carregando bandejas de comida. Fico com água na boca. Quando foi a última vez que comi? Uau. Na verdade, acho que foi ontem à noite, o que significa que passei quase vinte e quatro horas sem comer. Não é nenhuma surpresa que eu esteja me sentindo tão trêmula e frágil.

Porém, assim que a linda salada é colocada à minha frente, percebo com um sobressalto que é isso. Deve ser assim que a família de Staphanie planeja matar Lilian! É tão simples. Os lugares são todos marcados, então elas saberiam de antemão qual seria o prato, as taças e os talheres da mulher. Meu Deus. Olho para a mesa ao lado, onde Lilian está sentada. A comida ainda não chegou.

Dou batidinhas urgentes no braço de Ma.

— *Ma, si itu* — sussurro para ela.

Com Nathan a meu lado, não posso dizer nada mais específico do que "a coisa".

— *Apa itu?* — Que coisa?

Ranjo os dentes. Droga, Ma. Tenha dó.

— *Itu* — repito, arregalando os olhos, tentando transmitir o recado.

— *Eh? Apa? Kenapa?* — fala Ma, mais alto.

— Tudo bem aí? — pergunta Nathan, com um ar cansado.

Assinto e abro um sorriso forçado, depois me viro de volta para Ma e sussurro:

— O *pembunuhan*. — O assassinato.

Ela arregala os olhos, chocada, como se a ideia fosse uma surpresa. Sério, não existem palavras para o desastre que é Ma estar bêbada. Então, felizmente, ela entende do que eu estou falando e assente com um ar sábio.

— Ah, sim. O *pembunuhan*.

Ela se inclina e entra na frente do Terceiro Tio, então sussurra algo para a Grande Tia, que já está na metade da salada.

A Grande Tia levanta a cabeça e as duas olham para Lilian. Meu coração afunda. Os garçons já chegaram à sua mesa e estão servindo salada para todos. Ma e a Grande Tia também devem ter percebido, porque se levantam com tudo. Na verdade, Ma fica de pé tão rápido que derruba a cadeira. O baque ensurdecedor chama a atenção de todos, e, de imediato, as vozes ao redor se calam. Os convidados olham para nós. Merda, merda.

Ma está com uma cara apavorada, mas não dá para culpá-la. *Faz alguma coisa, Meddy!*, grita minha mente. Mas não sou capaz de pensar em nada. Só consigo me concentrar nos olhares de todos, principalmente de Annie.

Por sorte, a Grande Tia, muito mais perspicaz do que eu, ergue o queixo com orgulho e diz, em alto e bom som:

— Olá a todos! Meu nome é Friya, e sou Grande Tia de Meddelin.

Um murmúrio suave atravessa a multidão e os ombros relaxam. Os convidados devem estar pensando: *Ah, os discursos. Certo.* Discursos são normais. Deus abençoe o raciocínio rápido da Grande Tia.

Mas meu alívio dura pouco. Porque, assim que ela termina de se apresentar, fica na cara que não faz ideia do que dizer em seguida. Ela olha para mim, depois volta a encarar a multidão.

— Obrigada a todos por vir — diz ela, hesitante. O silêncio é ensurdecedor. Eu deveria salvá-la. Estou prestes a me levantar quando ela prossegue: — Por vir para casamento de minha

Meddy. — Ela volta a olhar para mim e sua expressão fica mais suave. — Sabe, não sou mãe de Meddy, mas sempre sinto como se fosse minha filha. Desde que ela pequena, amo ela como filha. Porque filhas são bênção, né?

A multidão murmura em concordância. A maioria das pessoas sorri gentilmente. Puta merda, acho que talvez dê certo. Mas não posso ficar sentada aqui e relaxar, porque o que vai acontecer quando a Grande Tia terminar o discurso? As pessoas vão voltar a comer, e voltaremos à estaca zero.

Enquanto ela continua, sussurro para Ma:

— Não podemos deixar a Lilian comer nada.

Ma olha para mim com os olhos arregalados.

— Sim — diz ela devagar, então pega o celular e digita uma mensagem.

A algumas cadeiras de distância, a Segunda Tia e a Quarta Tia pegam seus celulares e leem a mensagem antes de responderem. Não posso deixar de notar que Annie reparou na interação e está nos observando com uma reprovação evidente. Acho que, do seu ponto de vista, Ma e as outras estão sendo extremamente mal-educadas, uma vez que a irmã mais velha está fazendo um discurso.

Um agudo estranho na voz da Grande Tia me faz erguer a cabeça e, para o meu horror, vejo que ela está chorando outra vez. ARGH. Congelo de pavor quando ela soluça.

— E agora minha linda filha vai me deixar, casa em país estrangeiro, talvez depois mora em país estrangeiro, quem sabe? Igual meu filho, sabe, Russ, você também me deixa, mora tão longe, nunca me visita.

Eu me levanto em um pulo e corro até a Grande Tia. Dou um abraço nela e agradeço em voz alta pelo discurso maravilhoso. Mas percebo tarde demais que minha atitude foi a deixa para o fim da fala. Há alguns aplausos educados, seguidos pelo tilintar de talheres, enquanto os convidados voltam a comer. Olho desesperada para minha família, e a Segunda Tia se levanta depressa e grita:

— Eu também tenho discurso!

— Santo Deus — murmura Annie, deixando o garfo cair e limpando a boca com o guardanapo.

Todo mundo encara a Segunda Tia com expectativa. Ela volta os olhos arregalados para mim.

— Eu, hã… eu sou Segunda Tia. Meu nome é Enjelin. Olá. Sim, oi. Ah, sabe o que eu gosto de fazer?

Ah, não. Não, não, não.

— Tai Chi! — exclama ela, orgulhosa, entrando no clima. — Vamos, todo mundo fazendo Tai Chi!

As pessoas olham ao redor, confusas e perplexas.

— Sim, tudo parte de casamento sino-indonésio — explica a Segunda Tia. Os poucos convidados do nosso lado da família franzem a testa e dão de ombros. — Traz boa sorte para recém-casados. Senão são amaldiçoados para sempre. Vamos, todo mundo de pé!

Ela bate palmas alto e começa a andar pelo salão, encorajando as pessoas a se levantarem.

Nossa. É muito pior do que eu pensei que seria.

— Ela está falando sério? — pergunta Annie.

— Bom, faz bem se exercitar um pouco antes de comer — diz Nathan, depois se vira para mim e faz cara de "Que merda é essa?".

Dou de ombros, impotente, mas, em meio ao horror, percebo que a Segunda Tia nos deu a abertura perfeita. Agora, enquanto todos estão distraídos com as posturas de Tai Chi, é a nossa chance. Vou até o outro lado da mesa e sussurro para a Quarta Tia:

— A senhora pode dar um jeito de distrair a Lilian? Não deixar ela comer?

A Quarta Tia assente, endireitando os ombros e estalando o pescoço.

— Deixa comigo, garota.

Ela sai andando, cada passo transmitindo confiança. Volto para meu lugar.

— Então, sem querer julgar nem nada — começa Nathan —, mas já fizemos alguns casamentos sino-indonésios lá no hotel, e nenhum envolveu Tai Chi.

— Bom, a Segunda Tia não foi convidada pra eles — observo, sem convicção.

— Isso é verdade...

— Vamos, todo mundo de pé! — exclama ela outra vez.

Chris se levanta como uma criança apavorada, e não dá para culpá-lo. Annie estende a mão, segura o braço do marido com uma firmeza implacável e o encara.

— Você esqueceu o que aconteceu da última vez que concordou com essa palhaçada?

Parte de mim fica furiosa por ela se referir ao Tai Chi como "palhaçada". Acho que é aquela história: *eu* posso xingar minha família, mas *você* não. Exceto que eu jamais, em hipótese alguma, xingaria minha família, nem mesmo na minha cabeça. Faço uma careta só de pensar.

Certo, se controle e foque no problema de verdade, Meddy: a Segunda Tia está nos dando a oportunidade perfeita de afastar Lilian de seus talheres muito-provavelmente-envenenados-pra--caramba, e não estamos aproveitando. Bom, a Quarta Tia está. Embora eu não faça a menor ideia de qual seja o plano.

— Olá, teste, teste — diz a Segunda Tia, a voz ressoando pelo vasto salão de jantar. Meu Deus, ela subiu no palco e pegou um microfone. — Olá, testando, um, dois...

— Dá para ouvir! — grita a Grande Tia, quase tão alto quanto a Segunda Tia, apesar de não ter microfone.

— Ah, está funcionando? Certo, que bom. — A Segunda Tia olha ao redor e, pelo jeito, percebe que é o centro das atenções pela primeira vez. — Oh.

Ela hesita. Meu coração bate com tanta força que juro que vai quebrar uma costela. Ela vai se engasgar. Vai ter uma crise de pânico. Ai, meu Deus, que vergonha alheia...

Porém um sorriso aos poucos vai tomando forma, derretendo seu rosto feito sorvete. De repente, a Segunda Tia está radiante, animada igual a uma criancinha. Acho que é o efeito da maconha, mas ela parece pronta para dominar o mundo.

— Certo! Uhul! — exclama.

É sério que ela acabou de dizer "Uhul"? Isso com certeza foi efeito da maconha. Afinal, quanta erva Ma colocou naquela dose?

— Tai Chi! Vamos fazer Tai Chi! — Ela está vibrando de entusiasmo. Acho que sempre sonhou em ter companhia para praticar Tai Chi, então ver um salão de jantar inteiro seguindo suas instruções deve ser incrível. — Primeira postura. Braços estendidos assim, depois dividimos crina de cavalo selvagem. Fazemos devagar, cavalo é selvagem, muito fácil de assustar, sim? Ah, sim, você em fileira da frente, muito bom. Você, de vestido azul, menos bom.

Fico encarando o espetáculo com uma cara horrorizada até perceber que é hora de tomar uma atitude para o caso de a Quarta Tia não conseguir escoltar Lilian para um lugar seguro. Faço um esforço extremo para tirar os olhos do show da Segunda Tia e olho para a mesa de Lilian. Meu coração para.

Sua cadeira está vazia. Não a vejo em nenhum lugar próximo. Merda, para onde ela foi? Passo os olhos pelo salão, sentindo um nó se formar na garganta, e solto o ar quando vislumbro a Quarta Tia e Lilian na lateral do palco. O que estão fazendo? Encaro a Quarta Tia com intensidade, e tento chamar sua atenção. De alguma forma, um pequeno milagre acontece e ela de fato olha. Então abre um sorriso orgulhoso e ergue as sobrancelhas, inclinando a cabeça para Lilian como se dissesse "Viu o que eu fiz? Olha! Consegui pegar ela!".

Dou o meu melhor para expressar um "Sim, bom trabalho, Quarta Tia, mas qual é o plano?".

É meio difícil transmitir a mensagem do outro lado do salão enquanto se tenta fazer Tai Chi sem muito ânimo — pelo jeito, agora estamos na postura Grou Branco Abre As Asas.

A Quarta Tia assente, depois balança a cabeça e move os lábios formando um monte de palavras que não consigo distinguir. Franzo a testa para ela, que começa a mexer a boca de um jeito mais exagerado. Balanço a cabeça. Não adianta.

Um lampejo de movimento chama minha atenção, e todo o sangue se esvai da minha cabeça. É Staphanie, silenciosa e cuidadosa, feito uma cobra à espreita na grama, indo em direção à presa. Merda. O que ela vai fazer? Será que já perceberam que essa história toda de Tai Chi é só um truque para ganhar tempo e salvar Lilian?

— Ma — sussurro, mas ela está concentrada na postura do Macaco da Repulsa, mesmo bem desequilibrada.

Ela ergue a cabeça e inclino a minha em direção a Staphanie. Ma aperta os lábios em uma linha fina e corre até a Grande Tia. As duas sussurram uma para a outra e depois saem de fininho da mesa.

— Será que você pode, por favor, me contar o que tá acontecendo? — diz Nathan em voz baixa.

Nem sequer olho para ele.

— Eu... por favor, só preciso me concentrar.

Ma e a Grande Tia marcham até Staphanie. Meu coração bate tão rápido que sinto que vou desmaiar. Tenho dificuldade para continuar respirando. Preciso fazer alguma coisa. Não sei o que elas planejaram, mas não posso simplesmente deixar minha família enfrentar sozinha a droga da máfia. E se Staphanie estiver armada? Meu Deus. Ela com certeza está. Ela é da máfia! Aperto a lateral da mesa com força. O que eu faço agora? Grito? Acabo com tudo de uma vez? Ou será que isso só vai fazer Staphanie entrar em ação? E se Ma ou a Grande Tia se machucarem por minha causa?

Porém, quando elas chegam até Staphanie, nada acontece. Palavras são trocadas, e depois as três simplesmente... ficam paradas. Enquanto isso, a Segunda Tia chega ao fim da sessão de Tai Chi.

— Muito bom! — diz ela, sorrindo para a multidão. — Talvez nós fazemos de novo... oh...

Ela é interrompida pela Quarta Tia, que sobe no palco acompanhada de Lilian e arranca seu microfone. A Quarta Tia abre um sorriso enorme para a plateia.

— Uma salva de palmas para minha talentosíssima irmã! — exclama ela, e há uma onda fraca de aplausos. — Agora tenho um presente para todos vocês. Como todos devem saber, meu nome é Mimi Chan, uma celebridade bastante conhecida. Já me apresentei para nomes como Oprah e Ellen DeGeneres.

Mesmo de onde estou, consigo ouvir o bufo debochado de Ma. A Quarta Tia lança um olhar enviesado para ela e sorri ainda mais, então sacode os ombros de leve.

— Estou prestes a realizar uma performance da qual vocês jamais se esquecerão! Ah, e Lilian também. Lilian, diga "olá". — Lilian abre um sorriso apavorado para nós. A Quarta Tia acena para a banda e diz: — Som na caixa!

A banda começa a tocar uma versão de "I Will Always Love You".

Ma e a Grande Tia parecem mais tensas ainda. Ma diz algo para Staphanie, que abre um sorriso tão convencido que faz meu estômago revirar. Ma olha para mim e franze o cenho. Também estou sentindo. Algo está prestes a acontecer. Mas o quê? Elas nos enganaram. Não envenenaram a comida de Lilian no fim das contas. Não, é outra coisa. Mas o quê? Pense, cérebro!

Certo, vamos analisar. Elas são mafiosas. São da máfia — ok, já entendemos essa parte. Elas são da máfia, e daí? O que sabemos sobre a máfia? Eles amam mandar recado. É, é isso! Eles querem o assassinato mais dramático possível, que fique marcado na mente de todo mundo. Ai, meu Deus.

Uma bomba. Meu Deus. É isso que… não. Não faz sentido. Se tivessem plantado uma bomba, Staphanie não estaria aqui. Pelo menos não tão perto da ação. Ama pode até ser uma chefona implacável da máfia, mas não consigo imaginá-la sacrificando a única neta desse jeito.

Então, o que é? E onde está Ama, cacete? Olho ao redor e noto um reflexo repentino no balaústre do segundo andar. Solto um pequeno suspiro. Aquilo é... será que é a mira de um fuzil?

Quando nos conhecemos, Staphanie mencionou que a avó caçava quando era jovem e que era uma excelente atiradora. De que outro modo conseguiria ter subido na hierarquia até se tornar a matriarca? Foi assim. Vai atirar em Lilian dali, na frente de todo mundo. Vai assassinar a mulher. Passamos o tempo todo focadas na coisa errada. Nunca foi envenenamento. Teria sido silencioso demais, sutil demais. É a máxima sino-indonésia: quanto mais extravagante, melhor.

Tenho dificuldade de sair do lugar, de dar a volta na cadeira com o vestido. Ma olha para mim e deve ter percebido algo em minha expressão, porque agarra a Grande Tia, que agarra a Segunda Tia. Juntas, as três se aproximam devagarinho do palco, cautelosas.

— Aonde você vai? — pergunta Nathan.

— Banheiro.

Ele não acredita, mas consegue ver o pânico em meus olhos.

— O que tá aconte...? Esquece. Só me diz o que você precisa que eu faça.

— A gente precisa...

De canto de olho, vislumbro algo. Alguém está se movendo, um movimento tão estranho, bizarro e nitidamente errado que faz todos os meus pensamentos desaparecerem. A visão me faz congelar.

É o Terceiro Tio. Ele acordou.

Chris nota ao mesmo tempo que eu.

— Ah, sua avó acordou.

Agora entendo a expressão "ficou plantada". Minha mente grita "Anda!", mas juro que raízes brotaram das solas dos meus pés e se enterraram bem fundo na terra.

Enquanto observo, o Terceiro Tio se joga da cadeira de rodas, debatendo-se sem conseguir se soltar do cobertor. Ele se levanta sem jeito, como se estivesse bêbado, prestes a tropeçar e cair, mas dá um pequeno passo, depois outro. As amarras em seus tornozelos devem ter se afrouxado.

Ma e minhas tias ainda não o viram, estão com os olhos fixos em Lilian, que canta e dança, tímida, ao lado da Quarta Tia.

Minhas pernas destravam e vou até o Terceiro Tio. O que estou prestes a fazer? Não faço ideia. Estendo o braço e ele corre para longe, em pânico.

— Não, espera...

Ele faz uma curva fechada, perde o equilíbrio e tropeça, caindo em cima do imponente bolo de casamento às suas costas. A mesa de sobremesa inteira, junto ao bolo de oito andares, desmorona com um bang colossal, e minha família entra em ação. Eu me viro para o palco a tempo de ver Ma, a Segunda Tia e a Grande Tia se lançarem sobre Lilian, derrubando-a no chão.

28

Caos. Alguém gritou "Arma!", e as pessoas estão correndo e berrando para todo lado. No que deve ser o segundo mais longo da história, fico parada, de queixo caído, encarando a bagunça maluca que minha festa de casamento se tornou. Então algo me agarra — Nathan, segurando meu braço e me levando para fora do salão. Consigo me desvencilhar dele e noto a expressão confusa em seu rosto.

— Eu preciso... minha família...
— Sai daqui. Eu volto pra buscar elas — diz ele.

A frase me arranca do estado de choque.

— Não! Leva os seus pais pra fora daqui. Eu vou buscar minha família.

Por um momento, Nathan parece prestes a argumentar, mas menciono Lilian e ele assente com um ar severo antes de correr até o palco. Nós dois vimos minhas tias e Ma se jogando em cima da coitada da Lilian, e não faço ideia de como a mulher está. Provavelmente nada bem.

No palco, por um milagre, vejo-a sentada com uma expressão atordoada. Ma estende o braço para ajudá-la a se levantar, mas Lilian solta um gritinho assustado e se encolhe. Quem pode julgá-la? Nathan toca Lilian com gentileza e, juntos, eles saem do palco cambaleando e se dirigem à saída mais próxima.

Onde Staphanie se meteu? Olho ao redor, mas não vejo sinal dela nem de Ama. Mas não há tempo para procurá-las. Preciso dar um jeito no Terceiro Tio.

Corro para as ruínas da mesa de sobremesa e o encontro preso debaixo do gigantesco bolo de casamento esmagado. Ele percebe que é quase impossível se levantar com os pulsos e tornozelos ainda amarrados e coberto por uma camada densa e oleosa de bolo de coco com um creme de limão pegajoso.

Eu me curvo para ajudá-lo, mas ele se afasta, assim como Lilian quando Ma se aproximou. Penso em agarrar seu braço à força, mas decido que é melhor não. Apesar da gravidade da situação, ainda não suporto a ideia de sujar meu vestido de bolo. O que é loucura, eu sei. Ele abre a boca. Eu me preparo para o grito que está prestes a sair, mas ele tosse, então vira a cabeça e vomita um pouquinho. Merda, será que ele teve uma concussão? Fico de pé e aceno frenética para o palco, chamando a atenção de Ma.

— Ajuda aqui! — gesticulo.

Ma ajuda a Grande Tia a se levantar e a Quarta Tia faz o mesmo com a Segunda Tia. Juntas, elas descem do palco correndo. Para minha surpresa, estão todas sorrindo de orgulho.

— Conseguimos! — exclama Ma.

— Conseguimos o quê?

— Salvamos Lilian! — grita a Segunda Tia. — Você viu como fui rápida? Igual predador ao ataque. Ah, isso devia ser movimento de Tai Chi, *ya*? Predador ao Ataque. Talvez posso sugerir postura para organização de Tai Chi.

— As senhoras não salvaram a Lilian.

— Como assim? — pergunta a Grande Tia, franzindo a testa. — A gente ouviu disparo, então entrou na frente, *wah*, muito corajosas. — Seus olhos brilham com lágrimas. — Quase morremos, *lho*, Meddy.

— É, então, sobre isso... — Abaixo a cabeça em direção à figura desajeitada do Terceiro Tio no chão. — Não foi um disparo; foi o Terceiro Tio caindo na mesa de sobremesas. — Um barulho completamente diferente de um tiro, quero acrescentar, mas decido que é melhor não as irritar. — Falando no Terceiro Tio, precisamos tirá-lo daqui, rápido.

Elas parecem notar a presença do homem pela primeira vez.

— *Aduh*. Por que ele deitado desse jeito? — pergunta Ma.

— Acho que teve uma concussão? Sei lá. Não importa, vamos tirá-lo daqui.

— *Ih*, ele sujou nosso vestido, então como? — pergunta a Segunda Tia.

Quero fazer um comentário cruel, mas percebo que estou sendo hipócrita porque, bom, não foi exatamente por isso que não o levantei para começo de conversa? *Deixa disso, Meddy*, repreendo a mim mesma. Tirar o Terceiro Tio do salão > vestido limpo. É. Certo. Estendo os braços e viro a coberta que o envolve até deixar o lado limpo para cima.

— Certo, agora podemos puxá-lo sem sujar as roupas.

— *Wah*, muito boa ideia, Meddy — diz Ma, sorrindo, orgulhosa.

Mais uma vez, ela precisa rever as razões pelas quais se orgulha de mim.

Levantar o Terceiro Tio exige um pouco de coordenação, mas, a essa altura, minha família e eu já temos uma estranha experiência em carregar homens inconscientes. Assumimos nossas posições sem pestanejar: a Quarta Tia segura a axila esquerda; a Segunda Tia, a direita; a Grande Tia, a cabeça; e eu e Ma, uma perna cada. Nós o erguemos e o movemos devagar até a cadeira de rodas.

Graças a Deus somos muito eficientes, porque, assim que terminamos de arrumar as cobertas sobre ele, as portas do salão se abrem com tudo e um par de seguranças entra marchando. Meu Deus. Estão aqui para nos deter, vão nos levar para fora e depois chamar a polícia e...

— As senhoras precisam deixar o recinto agora — ordena um deles.

— Sim, sim, estávamos prestes a sair. Não se irrite — murmura a Quarta Tia, dando uma piscadinha para nós enquanto empurra a cadeira de rodas em direção à saída.

Meu coração bate acelerado conforme saímos apressadas. Inacreditável. Estamos passando diante de dois seguranças com

um homem sequestrado. Quando os deixamos para trás, um dos guardas lança um aceno discreto de cabeça para mim e diz:
— Sinto muito pelo seu casamento.

As emoções borbulham em meu peito e preciso engolir o nó na garganta. Retribuo o gesto e corro porta afora.

Ao ar livre, fecho os olhos e solto o ar. Foi por pouco.

— Vamos levá-lo de volta pra, hã... — hesito. Para onde devemos levá-lo? Não podemos voltar para o Randolph, não depois de todo o alvoroço com Dan da recepção. Vamos atrair atenção demais. — O quarto daqui — digo, por fim.

Já estamos mantendo dois homens sequestrados lá. Que mal faz levar mais um?

E, ai, cara. O que vamos fazer com eles? O buraco em meu estômago aumenta. Pensar nisso me dá vontade de vomitar. Não podemos simplesmente soltá-los, porque vai saber o que vão fazer? Provavelmente nos denunciar à polícia por sequestro. Ou colocar nossa cabeça a prêmio. Mas, se não os deixarmos ir, bom... e aí? Não podemos mantê-los presos para sempre. Não dá para fazer isso, não dá para fazer aquilo. Talvez a Segunda Tia tenha razão, acho que teremos que fatiá-lo em pedacinhos e...

Certo, pelo visto todos os neurônios do meu cérebro estão dando defeito. Nós nos viramos para atravessar o corredor em direção ao vestíbulo quando alguém grita:

— Parem!

Congelo, depois me viro. O que vejo é pior do que guardas: Nathan, acompanhado dos pais.

Annie está furiosa. Até Chris está sério. Mas Nathan parece decepcionado, o que de alguma forma é pior ainda.

— O que aconteceu? — grita Annie. — O que foi aquilo? Vocês quase mataram a coitada da Lilian.

— Vão indo pro quarto — sussurro para a Quarta Tia, que assente e começa a empurrar a cadeira de rodas enquanto os pais de Nathan se aproximam.

— Não, não — diz Ma, paciente. — Nós salvamos Lilian.

— Eu já falei, Ma, não foi um tiro — murmuro.

Annie balança a cabeça.

— Vocês têm sido bem... bem... — Ela tem dificuldade para encontrar as palavras certas, os olhos faiscando enquanto gesticula para minha família. — Quer dizer, estas roupas, estes chapéus...

— Qual é problema de chapéu? — pergunta a Grande Tia, que, de repente, voltou ao seu modo normal, irradiando autoridade imponente e intimidação.

Annie bufa.

— Ah, pelo amor de Deus, olhe só para eles! São ridículos! Vocês são motivo de chacota!

As palavras rasgam meu peito como uma faca.

— Mãe, a senhora está passando dos limites — sibila Nathan.

Motivo de chacota. É verdade que minha família fala de um jeito diferente e faz muitas coisas ridículas, mas sempre entendi o porquê. *Motivo de chacota*. As palavras se contorcem, queimando em culpa ardente. Acho que uma parte de mim sempre tentou esconder minha família porque sei que elas podem parecer estranhas para quem é de fora. Talvez eu seja uma hipócrita por sentir tanta raiva, principalmente porque também tentei obrigá-las a se ajustarem aos padrões dominantes. Não fui eu que passei a vida toda tentando mudá-las?

Mas a expressão de minhas tias e Ma é dolorosa demais para suportar. Não aguento. Jamais vou ser capaz de apagar a mágoa no rosto de Ma de minhas memórias. Fuzilo Annie com o olhar.

— Talvez elas não se encaixem na sua visão meticulosa de como o mundo deveria ser, mas não são o motivo de chacota aqui.

Annie estreita os olhos para mim. Chris suspira e pigarreia. Uma gota de esperança surge por um segundo. Talvez ele diga a Annie que ela passou dos limites.

— Sinto muito mesmo, Meddy, mas preciso concordar com Annie. O comportamento de sua família é muito estranho. Não estou dizendo isso para zombar de ninguém — acrescenta ele depressa —, mas, para ser sincero, é bastante inaceitável.

— É ridículo! — arremata Annie.

— Mãe, pai, já chega.

Diversas emoções fervem dentro de mim. Raiva pelos pais de Nathan, em grande parte por terem a audácia de falar da minha família assim. Mas, no fundo, também sinto vergonha. Porque sei que têm razão. Qualquer pessoa de fora que olha para minha família pensa o mesmo. Passamos o dia inteiro correndo por aí, fazendo coisas completamente ridículas. Coisas que, sob as circunstâncias, são compreensíveis — para aqueles que sabem o que está acontecendo, pelo menos —, mas que são inexplicáveis para os outros. E, mesmo se não houvesse toda a ameaça da máfia, minha família continua sendo algo muito difícil de assimilar. Eu sei, juro que sei, mas, mesmo assim, ouvir os pais de Nathan falando dessa maneira com uma ferocidade tão atroz é demais.

— Escuta aqui, será que dá pra gente simplesmente conversar? — pede Nathan, abaixando a voz.

— Ah, sim, vocês crianças conversam, certo? — diz Ma antes que eu possa responder. — Vamos sair de caminho. Certo, adeusinho, até logo!

— E pare de falar desse jeito! — fala Annie, irritada.

— Não diga a elas como falar — retruco.

Assim que as palavras saem, levo as mãos à boca. Puta merda. O que acabei de fazer?

— Meddy, não pode falar com mais velhos desse jeito — repreende Ma, horrorizada. — Peça desculpas agora.

— Desculpa — digo na hora.

As palavras apenas saem no automático. Não teria conseguido impedi-las nem se tentasse.

— Não precisa se desculpar. — Nathan suspira. — Mãe, a senhora tá sendo insuportável.

— Nathan! — grita Ma. — Não pode falar com sua mãe assim, não!

Nathan e Annie encaram Ma, confusos.

— Mas estou defendendo a senhora — responde Nathan, devagar.

— Não importa. Não pode dizer coisa assim para mãe e pai — repreende Grande Tia, séria.

A Segunda Tia assente, os lábios cerrados em uma linha fina.

— Meddy, você nos faz passar vergonha, falando com sogra desse jeito.

Jogo as mãos para o alto. É óbvio que isso as une. Annie pode ser escrota à vontade e elas levam numa boa, mas se alguém de uma geração mais nova ousar responder, é o fim do mundo. Inspiro, entre dentes.

— As senhoras têm razão, como sempre. Me desculpe, Annie.

Ma arregala tanto os olhos que eles parecem prestes a pular das órbitas.

— Quer dizer, me desculpe, hã... mãe — corrijo.

Ma relaxa, abrindo um sorriso orgulhoso para mim.

— Ah, tudo bem, pode continuar me chamando de "Annie" — rebate ela, obviamente desconfortável.

— Não! — vocifera a Grande Tia. — Impossível. Não, não pode.

A Segunda Tia balança a cabeça.

— Não pode, não. *Tidak boleh.*

— Desrespeito — explica Ma. — Como pode jovens chamar mais velhos por nome? Impossível. Não, não posso permitir.

Annie sorri sem jeito e perplexa. Está atordoada, e com razão. Há apenas alguns minutos, estava arrumando briga com minha família, e agora Ma e minhas tias estão defendendo seu direito de ser horrível com elas.

— Acho que é melhor encerrarmos a noite. Será que podemos conversar amanhã? — pergunto.

Além disso, acabei de lembrar que não sei onde Staphanie e Ama estão. Preciso me livrar da minha família e da de Nathan e dar um jeito de encontrá-las.

Annie e Chris assentem devagar.

— Podemos conversar agora? Só nós dois — pede Nathan.

— Ah, eu ia... — Uma série de desculpas cruza minha mente. Todas soam esfarrapadas. — Tá, certo.

Ele me leva para longe e caminhamos em silêncio em direção às campinas. A noite caiu, e o lugar está deserto. A canção dos grilos preenche o ar, e a beleza dos arredores apenas ressalta a catástrofe terrível em que transformei meu casamento. Meus olhos se enchem de lágrimas. Fico feliz por estar tão escuro que Nathan não consiga vê-las.

— Então — diz ele depois de um tempo.

— Então.

— Pronta para me dizer o que tá acontecendo de verdade?

— Eu... hã.

A esta altura, a Quarta Tia já deve ter voltado para o quarto. Não vai haver um, nem dois, mas três homens amarrados lá dentro.

— Por que a sua família derrubou a Lilian?

— Porque, hum... estavam tentando protegê-la?

Tecnicamente, não é uma mentira, mas é óbvio que parece suspeita.

Nathan suspira e baixa a cabeça.

— Por favor, Meddy, me diz a verdade.

Não há palavras para expressar o quanto eu queria poder contar tudo a ele. Mas e quanto a Staphanie e Ama? Até onde sei, podem estar espreitando nas sombras, ouvindo tudo. O que fariam se me pegassem contando a verdade a Nathan? Ou melhor, o que estão planejando agora, depois que nós obviamente contrariamos os avisos e arruinamos seu plano de assassinar Lilian? Qual vai ser a vingança?

É coisa demais para pensar.

— Estávamos tentando protegê-la — insisto.
As palavras saem carregadas de culpa.
A decepção toma o rosto de Nathan.
— É sério que você vai continuar mentindo pra mim depois de tudo que acabou de acontecer? — A mágoa em seus olhos é quase um golpe físico em meu estômago. — Assim não dá.
Sem mais nem menos, ele se vira e sai andando. Nathan me deixa sozinha com o canto dos grilos.

29

É estranho ter o coração partido. A expressão é esquisita, mas é o mais perto que consigo chegar de descrever a sensação: todo o meu ser se parte. Primeiro o coração, depois as rachaduras se estendem até cada dedo se despedaçar, e eu desmorono em uma pilha de destroços.

Eu sei que soa melodramático, mas experimenta ser abandonada no dia do seu casamento no meio de um campo cheio de vacas depois me diz se a sensação não é a de virar pó. Talvez as vacas tenham piedade de mim e me comam.

Estou perdendo Nathan. Talvez já tenha perdido.

Ele vai me deixar porque o afastei e, se o afastei, então cabe a mim trazê-lo de volta.

— Não! — grito.

Ele para. Começo a correr e quase tropeço no chão poeirento e cheio de cascalhos.

— Não vai embora, porra! — grito.

Nem pareço uma noiva desvairada.

— Meddy, eu só preciso de…

Eu me lanço em cima dele. Jogo o corpo inteiro bem no peito de Nathan. Acho que, no fim das contas, sou mesmo filha da minha mãe.

Nathan cambaleia para trás, mas me segura com força. Ele me abraça e não me solta, então eu me permito chorar.

As lágrimas jorram incontroláveis, como um rio repleto de tudo — medo, pânico, ansiedade. Não deveria contar a ele, não deveria colocar esse fardo em suas costas, não deveria…

Por que não? Porque queria que hoje fosse perfeito e livre de preocupações para ele? Bom, isso com certeza já era. Porque eu queria protegê-lo? Essa com certeza não é uma situação do tipo "a ignorância é uma bênção". Ou foi apenas egoísmo puro? Porque, para começo de conversa, me sinto culpada por arrastá-lo para esta bagunça? A situação com Ah Guan foi toda culpa minha e quase acabou com a carreira de Nathan. Acho que uma parte de mim nunca superou esse fato, mesmo depois de tudo ter dado certo. Exceto que, no fim das contas, nada deu certo. Meu Deus, meus pensamentos não estão fazendo o menor sentido.

— A Staphanie é da máfia! — digo de uma vez só.

Os braços de Nathan enrijecem. Ele abaixa a cabeça e me olha.

— Como é?

— Staph e a família dela são *a família*. Tipo *O Poderoso Chefão*, ou *Família Soprano*, ou...

— Eu sei o que é uma máfia — diz Nathan com delicadeza.

— Eu só... espera aí, preciso de um segundo. — Ele inclina a cabeça e fica parado, atordoado. — Você... espera, quando você descobriu isso?

— Só ontem. Depois da minha despedida de solteira, ouvi Staphanie falando com alguém no celular e pareceu suspeito pra caralho. — Parece que foi em outra vida. É sério que foi na noite passada? — Eu a confrontei e ela confessou que a família toda é da máfia e veio pra matar uma pessoa.

— Nossa — murmura Nathan.

— Pois é, eu sei! Ela me disse que eu não podia cancelar o casamento porque senão nos denunciaria pelo assassinato de Ah Guan.

— O quê?

Nathan fica de queixo caído, e eu balanço a cabeça.

— Foi a minha reação também. Não sei como ficaram sabendo de Ah Guan... mas eles têm informação o bastante para nos colocar em uma baita encrenca. Aí fomos obrigadas a seguir com o casamento. Mas é óbvio que não podíamos deixar eles matarem uma pessoa, então...

— É por isso que você e a sua família passaram o dia inteiro agindo de um jeito tão estranho? Porque estavam correndo por aí tentando passar a perna na máfia?

Não consigo decifrar a expressão de Nathan. Ele parece igualmente horrorizado e impressionado. Seja o que for, não o julgo.

Quando assinto, Nathan solta o ar em um longo suspiro.

— Mas por que você não me contou?

— Staphanie disse que, se eu te contasse, ela chamaria a polícia. Me desculpa, mesmo. Você não faz ideia do quanto eu queria te contar. Descobrimos que Lilian era o alvo e estava tentando protegê-la o tempo todo.

— Espera, por que a Lilian?

Nathan franze a testa.

— Nós encontramos umas mensagens no celular do Segundo Tio sobre "a rainha" e tudo mais, aí presumimos que estavam falando da Lilian porque ela é a sua principal investidora.

Nathan fica paralisado, com cara de quem acabou de ser atingido por algo enorme e pesado. Tipo um caminhão.

— Lilian é minha principal investidora?

Ele ergue a cabeça e murmura algo.

— É, não é? Ela não faz parte da diretoria de... alguma coisa? — Até eu consigo notar o desespero em minha própria voz agora. — Você sempre a trata como se fosse da realeza.

— Porque ela é minha madrinha!

Madrinha. De. Nathan.

Madrinha de Nathan?

Puta. Que. Pariu.

— E fazia parte da diretoria de uma grande empresa, mas vendeu as ações há muito tempo. Ela é aposentada, Meddy.

— Mas... — Mas o quê? Não consigo pensar em como terminar a frase, porque O QUÊ? Não entendo o que está acontecendo. — Mas ela não é... espera. — Não estou conseguindo processar as informações. — Ela não é o alvo? Não é a Rainha?

— Não sei por qual motivo ela poderia ser. Quer dizer, a menos que seja secretamente uma contrabandista de armas nas horas vagas ou coisa do tipo, mas acho que não, mesmo. Ela é minha madrinha. Acho que eu saberia se Lilian estivesse fazendo algo grande o suficiente pra alguém querer a cabeça dela.

— Mas então o que isso significa? Que outra pessoa é o alvo? Estávamos protegendo a pessoa errada o tempo todo?

Estou passando mal. Quando foi a última vez que vimos Staphanie e Ama? Elas estavam na festa. Depois foram embora antes de toda a comoção começar. Eu pensei que havíamos vencido, que havíamos protegido Lilian, mas agora...

— Então quem é a porra da "rainha"? — Minha mente está gritando: MEU DEUS MEU DEUS. — Quem, Nathan?

— Não sei, eu não... não sei de ninguém da minha lista de convidados que seja poderoso o bastante pra irritar a máfia.

Nathan balança a cabeça, meio perdido.

De repente, sou tomada por uma necessidade de encontrar Ma e minhas tias, de vê-las com meus próprios olhos e ter certeza de que estão bem. O medo é sufocante.

— Preciso encontrar minha família. — Seguro a mão de Nathan e me viro para ir em direção ao alojamento. — Vem comigo?

— É claro.

Então faço uma pausa. Merda. É melhor contar tudo a ele.

— Hum.

— O que foi? — pergunta Nathan.

— Antes, preciso te contar mais uma coisa...

Batemos na porta. A voz de Ma surge do outro lado.

— Quem é?

Solto um suspiro de alívio. Ela está bem.

— Sou eu, Meddy.

— Ah, Meddy! — Há uma comoção de conversas empolgadas dentro do quarto, então a porta se abre e Ma aparece para me dar um abraço enorme. — *Aduh*, tão feliz que você está bem, *wah*, por que demora tanto para vir... ah, Nathan!

Ma olha para mim em pânico, provavelmente se perguntando por que trouxe Nathan se sei muito bem que há três homens sequestrados amarrados ali.

— Ele sabe.

— Eu sei — repete Nathan, então coloca a cabeça para dentro do quarto, vê a cena, volta para fora e fecha a porta. Há um instante de silêncio. Ma e eu o encaramos, apavoradas demais para dizer qualquer coisa. Finalmente, ele continua: — Quando você disse "Talvez a gente tenha sequestrado três pessoas", não imaginava que estava falando num sentido tão literal.

Jogo as mãos para o alto com as palmas para cima.

— Que outra interpretação é possível?

— Sei lá, Meddy, nunca tive que pensar em qual é o jeito apropriado de contar pra alguém que você sequestrou três pessoas!

Fico pálida ao ouvir as palavras, e ele relaxa a postura.

— Desculpa. Estou surtando um pouco porque pelo visto você tem mesmo três homens amarrados feito perus aí dentro.

— Ah, sim — diz Ma, orgulhosa. — Muito bom, *ya*? Nós que fizemos, sabe.

Balanço a cabeça para ela, e Nathan abre um sorriso acanhado.

— Acho melhor termos essa conversa lá dentro — digo.

Nathan respira fundo antes de assentir, então abrimos a porta e entramos.

A coisa está feia. Quer dizer, eu sabia que, tecnicamente, estava feia *de verdade*, mas pelo jeito é pior do que eu imaginava. Minha família colocou os três homens lado a lado: o Grande Tio ainda está desmaiado; o Segundo Tio, acordado e se debatendo contra as amarras; e o Terceiro Tio pisca e olha ao redor, todo confuso, ainda coberto com o resto do bolo de casamento.

— Nathan! Tão bom você aqui! — exclama a Grande Tia, que, é claro, está tomando um chá com as outras. — Venha, tome chá com a gente. Si Mei, dá chá para ele.

— Tudo bem, não precisa...

— Um chá saindo — interrompe a Quarta Tia, levantando-se e servindo uma xícara para Nathan.

Ele aceita com uma expressão atordoada. Agradece à Quarta Tia e dá um gole antes de colocar a xícara sobre a mesa.

— Precisamos soltar estes homens.

O quarto explode em uma onda de argumentos.

Grande Tia:

— Impossível.

Segunda Tia:

— A gente solta, eles matam todo mundo!

Ma:

— *Aduh*, como? Meninos muito maus, muito maus!

Quarta Tia:

— Você quer dizer depois que matarmos eles?

Segundo Tio:

— Mmmf mm mfmmf!

Não aguento mais.

— Silêncio! SILÊNCIO — grito.

Por um milagre, todas param e olham para mim. E agora?

— Precisamos... bom, precisamos pensar no que fazer com eles — digo por fim.

— Não é óbvio? — começa a Quarta Tia. — Mantemos como reféns até família mafiosa deles prometer não nos matar.

— Ah, tão fácil, *ya*? — debocha Ma. — Você acha que é fácil assim? Só falar para eles "*Eh*, promete não matar a gente, *ya*?" e eles falam "Certo, nós prometemos". Depois soltamos esses homens, e aí a máfia vai dizer "Ha ha ha, que bom, vocês soltam eles, agora nós matamos vocês!".

Elas voltam a discutir até eu bater palmas e dizer:

— Uma de cada vez!
A Segunda Tia levanta a mão e acena para mim.
— Eu, eu tenho ideia! — exclama ela, então eu assinto. — Certo, fácil, nós matamos um deles para mandar recado: vocês ousam vir atrás de nós, nós matamos vocês todos — sugere ela, assentindo e sorrindo com avidez.

Todo mundo a encara, a mulher que pensa que Tai Chi é a solução para todos os problemas da vida e que não conseguia nem pensar em tocar no corpo de Ah Guan há um ano.

— Hum — digo, finalmente. — Nós, hã, vamos levar essa ideia em consideração. Alguém tem outra sugestão?

— Talvez a gente mata ele mais devagar? Sabe, mandar recado bem claro, bem claro — insiste a Segunda Tia.

— Então não apenas morte, mas uma morte horrível — murmura Nathan, me encarando de olhos arregalados, e me pergunto se está pensando em sair correndo e nunca mais voltar. Eu entenderia.

— Pare com isso. — A Grande Tia repreende a Segunda Tia. — Por que tudo tem que ser matar aqui, matar ali com você? Muito azar.

— É, a Grande Tia tem razão, dá muito azar — concordo depressa.

Franzo a testa para a Grande Tia, percebendo que ela aproveitou o tempo para colocar o *fascinator*, com dragão e tudo, de volta na cabeça. A prioridade da minha família, sem dúvida, é garantir que seus trajes estejam completos mesmo que as festividades já tenham terminado. Mas que seja. Seu dragão, sua escolha.

— Sim, se você assassina pessoa, traz muito azar para família — diz Ma, bastante previsível.

— Não é verdade — retruca a Segunda Tia. — Nós matamos Ah Guan, na verdade trouxe boa sorte para nós. Veja, negócios vão muito bem, e Meddy finalmente se casou. Talvez se matamos um deles agora, Meddy fica grávida, dá netinho para você.

O rosto de Ma se ilumina.

— Aaah, netinho! Bem pensado. Certo, decidido, matamos ele.
— "Bem pensado" COISA NENHUMA! — Qual é o problema da minha família? — Não é assim que as coisas funcionam.
Ma e a Segunda Tia me encaram, sérias.
— Meddy, eu falo para você, o tempo passa — argumenta Ma, tristonha. — Posso morrer antes de ver meu netinho.
— Não acredito que a senhora tá usando isso pra me chantagear a engravidar — resmungo. — Olha, vou fingir que a senhora não disse nada e voltar à pergunta original: o que vamos fazer com eles? E, só pra constar, não, *não* vamos matar ninguém, nem cortar em pedacinhos, nem esfolar, nem nada do tipo.
— *Aduh*, Meddy, *choy*, bate em madeira, quem falou de esfolar? — diz a Segunda Tia, agitando as mãos para mim com uma expressão horrorizada. — *Aduh*, muito cruel, sabe.
— Então qual é o limite? Fatiar uma pessoa, beleza, mas esfolar é demais?
Ma e a Segunda Tia assentem.
— Bom saber. Enfim, alguma outra ideia que não envolva machucar ninguém?
— Que tal a gente simplesmente ir até a polícia e contar tudo? — sugere Nathan, que percebe nossa reprovação e acrescenta depressa: — Ah, ok. Péssima sugestão. Esquece.
— Acho que talvez amarramos Nathan também. Ele fala de ir para polícia — murmura a Segunda Tia.
— *Enak aja!* — repreende Ma. — Ninguém amarra meu genro, certo?
Nathan, horrorizado, diz:
— Hum. Obrigado, Ma?
— Só não diga nada ridículo como "ir até a polícia" outra vez — repreende a Quarta Tia.
— Ok. — Nathan assente rápido. — Quer dizer, é só que, já que esses caras são mafiosos, poderíamos dizer à polícia que eles estavam colocando todo mundo em perigo e...

— Mas aí eles contariam aos policiais sobre nosso envolvimento na morte de Ah Guan — interrompo.
Nathan cerra os lábios em uma linha fina.
— É — diz ele, baixinho. — Mas acho que é o preço que temos que pagar. Tenho contatos na procuradoria do distrito, eles vão nos ajudar...
— *Eh, ngga ya!* — grita Ma. — Não, não, não. Depois aparece em nossa ficha, quem vai querer contratar criminoso para casamento?
— E seu hotel, ninguém vai querer ficar lá, *lho* — acrescenta a Grande Tia.
Nathan suspira e elas começam outra discussão acalorada, entrando em um círculo interminável de horrores sobre o que fazer.
Estou cansada. As últimas vinte e quatro horas têm sido um redemoinho de emoções intensas, e não sei o que fazer. A questão é que não há nada de bom que *possamos* fazer. Todas as opções vêm com sua própria punição. E, por mais que tenha sido bom e certo abrir o jogo com Nathan, também foi muito exaustivo. A sensação é de que retiraram tudo de dentro de mim, deixando apenas uma concha vazia.
Aos poucos, meus músculos se transformam em água e eu me esparramo em uma cadeira próxima. Ninguém nota; estão todos ocupados demais discutindo, o que não é um problema. Repouso o queixo nas mãos e examino a cena, distraída. É como se eu tivesse saído do meu corpo e estivesse observando o desenrolar a distância, como um fantasma: a Grande Tia cruza os braços e balança a cabeça, imperiosa; A Segunda Tia argumenta sobre os méritos de cortar pessoas em cubinhos enquanto Nathan a encara de queixo caído, perplexo; Ma alterna entre agradar as irmãs mais velhas e o genro; e a Quarta Tia examina as unhas e bebe chá. Esta é minha família. Que coisa engraçada.
Falando em família, os três homens amarrados também são uma família. Meu olhar voa para eles. É estranho o quanto

são parecidos. O quanto se comportam como minhas tias. O Grande Tio também acordou e está piscando devagar. O Segundo Tio parece apavorado, o que é compreensível. O Terceiro Tio faz uma careta como se estivesse com a pior dor de cabeça do mundo, o que deve ser verdade. Três homens da máfia, todos de alguma forma capturados e amarrados por minha família maluca. Nós nem somos da máfia, mas demos um jeito de sequestrar estes assassinos profissionais de verdade, amarrá-los com abraçadeiras e...

Espera um pouco. Abraçadeiras. Franzo a testa e endireito a postura, olhando com cuidado para os três homens. O Grande Tio e o Segundo Tio estão ambos amarrados com as abraçadeiras pretas da Quarta Tia, mas o Terceiro Tio...

Eu me levanto em um pulo, corro até eles e arranco o cobertor. Levo um susto.

— Merda!

30

— *Apa? Kenapa*, Meddy? — pergunta Ma.
— O que foi? — diz Nathan, correndo até nós. — Ele te machucou? Você tá bem?
— Sim, estou bem, só cala boca rapidinho. — Hesito. — Desculpa. Amo você.
— Tudo bem.
— Certo, hum. — Respiro fundo e me viro para encarar minha família. — Então, quem amarrou o Terceiro Tio?
Braços se estendem e formam um emaranhado de dedos. A Grande Tia, a Segunda Tia, Ma e a Quarta Tia estão todas apontando umas para as outras, irritadas.
— Certo... obviamente isso não vai funcionar — murmuro. — Quem o viu primeiro?
— *Aduh*, quando eu vejo ele, sua Quarta Tia já tinha amarrado! — acusa Ma.
— Eu nunca toquei no cara. Deve ter sido você quando estava bêbada, toda esquisita — resmunga a Quarta Tia. — Sério, que tipo de pessoa não aguenta uma única taça de champanhe?
Fecho os olhos e respiro fundo. Pelo menos os efeitos da droga e do álcool já passaram. Elas estão agindo de um jeito mais ou menos normal. Quer dizer, o normal delas.
— *Ngga*, não Natasya, acho que Natasya bêbada demais para controlar homem — diz a Grande Tia.
— Sim, Natasya não é grande o bastante para isso — concorda a Segunda Tia, lançando um olhar de desdém tão intenso para Grande Tia que parte de mim se pergunta se seus olhos vão se revirar por completo. — Mas *ada orang* que é. — O desdém

aumenta. — Sabe, *orang yang* todo dia carrega bolo grande, pesado, provavelmente consegue carregar homem grande, pesado, sem problema.

A Grande Tia desvia o olhar para ela, irritada, e o fato de a Segunda Tia não se encolher é uma prova de sua coragem, ou talvez de sua falta de instinto de sobrevivência. Quer dizer, não é nem para mim que a Grande Tia está olhando, mas eu me encolho. A Grande Tia estreita os olhos e a temperatura do quarto cai alguns graus.

— O que você diz? Você diz que eu faço?

Todos recuamos quando a Grande Tia dá um passo em direção à Segunda Tia. Neste momento, ela é tão aterrorizante que consigo imaginá-la acabando com qualquer pessoa. Não é nada difícil imaginá-la avançando para cima do Terceiro Tio feito Annie Wilkes em *Louca Obsessão*, só que pior, porque nem mesmo Annie Wilkes tem a ira de uma tia sino-indonésia desrespeitada.

Preciso pôr um fim na conversa agora mesmo.

— Abraçadeiras!

A Grande Tia franze o cenho para mim.

— *Apa?*

— Abraçadeiras.

Ela me encara, confusa.

— Para prender cabos — explica a Quarta Tia, mas as outras a encaram sem entender. Ela repete, desta vez em indonésio.

— Ah, abraçadeiras, sim, *kenapa?* — diz a Segunda Tia.

— A senhora trouxe abraçadeiras, não trouxe, Quarta Tia? Abraçadeiras pretas. Nós as usamos pra amarrar o Grande Tio e o Segundo Tio.

Aponto para os dois, cujos pulsos e tornozelos estão amarrados com abraçadeiras pretas.

— Certo... — concorda a Quarta Tia.

— Então quem trouxe abraçadeiras brancas? — pergunto.

— Hã?

Todas ficam confusas.

— Olhem os pulsos do Terceiro Tio.

Todas nos viramos para o Terceiro Tio ao mesmo tempo e, como eu disse, a abraçadeira em seus pulsos é branca, não preta.

— *Apa artinya?* — pergunta Ma.

— Significa que... — É impossível organizar a bagunça de pensamentos em minha mente. Mas um deles consegue se afastar da confusão devagarinho. — Hum, espera aí.

Nathan e minha família me observam pegar o celular e fazer uma ligação.

Ao atender, uma voz educada diz:

— Você ligou para o Randolph Hotel, Oxford. Quem fala é o Daniel. Como posso ajudar?

— Oi, Dan, é a Meddy. A noiva de hoje mais cedo, lembra?

— Srta. Meddelin, é sempre um prazer — diz ele em um tom que indica exatamente o contrário. — Em que posso ajudá-la?

— Acho que minha amiga tá lá no meu quarto, ou talvez no quarto da minha mãe. Você poderia checar os dois, só pra garantir e passar um recado?

— Mas é claro. Qual é o recado?

— Diz que o que ela está procurando está no quarto da Christ Church. E que eu sei de tudo.

É o recado mais enigmático e estranho possível, mas Dan, recepcionista de primeira linha como é, nem sequer hesita.

— Perfeito. Passarei o recado para sua amiga imediatamente.

Encerro a ligação e me viro, dando de cara com todos me olhando, boquiabertos.

— Dá pra explicar o que acabou de acontecer? — diz Nathan.

— Acho melhor vocês se sentarem. Temos uns dez minutos até Staphanie e Ama chegarem aqui.

O quarto explode em um coro de "O QUÊ?".

Soltando um suspiro, gesticulo para todo mundo se sentar, então me recomponho e conto minha teoria ridiculamente maluca, torcendo com todas as forças para estar certa.

Mesmo já esperando, todos pulamos de susto quando ouvimos uma batida na porta. Na verdade, está mais para um soco.

— Abre a porra dessa porta! — grita Staphanie do outro lado.

Certo. Respiro fundo e olho para minha família. Elas assentem. Quando abro, Staphanie passa por mim com tudo. Ou pelo menos tenta. Meu vestido gigantesco atrapalha, e ela acaba se encolhendo para chegar ao tio.

— *Eh! Hati-hati!* — grita Ma.

Quero rir. Por que ela está mandando Staphanie tomar cuidado, como se a garota não tivesse me empurrado de propósito?

Ama entra logo depois, e nem se dá ao trabalho de olhar para mim. Fecho a porta e lembro a mim mesma de respirar outra vez. Elas não estão me olhando. Estão distraídas pela imagem do Grande Tio, do Segundo Tio e do Terceiro Tio, todos amarrados, cada um em uma cadeira.

— Grande Tio, Segundo Tio! — Staphanie corre até eles e dá um abraço apertado no Segundo Tio. — Ah, graças a Deus os senhores estão todos bem. A gente achou que... — Sua voz desvanece em um soluço baixo e ela pigarreia antes de se endireitar. — O que tá acontecendo? Por que eles estão aqui?

— Jems, Hendry! *Aduh, kok bisa begini?* Solte eles agora! — exige Ama.

Staphanie me fuzila com o olhar.

— Você não vai se safar dessa. Vamos denunciar vocês à polícia por sequestro.

Em meio ao oceano de horror e pânico, dou um jeito de encontrar minha voz e ouço a mim mesma dizer:

— Não vão, não. Porque não sequestramos o Terceiro Tio. Ele mesmo se sequestrou.

31

Staphanie arregala os olhos e cai na gargalhada, mas não antes que eu perceba, por uma fração de segundo, um vislumbre da verdade. Minhas bochechas ardem. Eu estava certa. *Eu estava certa.* Minha teoria maluca estava certa. O Terceiro Tio foi para meu quarto de propósito, e Staphanie sabia de tudo.

— Ele não se seques...

— Se sequestrou, sim, ele já confirmou — digo.

Staphanie fecha a boca de repente e encara o Terceiro Tio, furiosa.

— O senhor contou pra elas? O senhor tinha *uma* tarefa, Terceiro Tio. Uma!

— Ele não contou, mas você acabou de confessar. Nenhuma de nós tem abraçadeiras brancas, então a única explicação é que o próprio Terceiro Tio as trouxe. Também andei me perguntando por que o Dan não parava de ir ao quarto pra falar do barulho no meio do dia, quando a maioria dos hóspedes fica fora do hotel. Era você quem estava ligando pra reclamar do barulho no quarto da minha mãe. Porque queria que ele entrasse e encontrasse o Terceiro Tio.

Staphanie range os dentes.

— Parece que eu estava certa.

Eu não deveria me vangloriar. Não é legal se vangloriar. Mas, fala sério, olha só pra mim, passando a perna em Staphanie!

Ma também deve concordar, porque bate palmas e diz:

— *Wah*, Meddy, muito bom. — Ela olha para todos, sorrindo e assentindo. — Muito bom, *ya*? *Pinter, ya*?

A Grande Tia assente com um sorriso discreto.

— Sim, *pinter sekali*.

De novo, aquela pequena parte de mim que tem a maturidade de uma criança de cinco anos abre um sorriso enorme e saltita enquanto cantarola "A Grande Tia disse que eu sou muito esperta!". Contenho a pequena Meddy e me forço a manter o foco.

— Certo, mas e o Grande Tio e o Segundo Tio? — rebate Staphanie.

Ah.

— É... esses nós sequestramos mesmo — murmuro, murchando um pouquinho. — Mas não importa, porque vamos soltar todos eles.

Todo mundo me encara de olhos arregalados.

— Meddy, acho que você diz coisa errada, *deh* — sussurra a Segunda Tia.

— Eu disse isso mesmo. Vamos soltar todos eles.

Os cantos da boca de Nathan se curvam para cima de leve, o que me conforta um pouco.

— Mas antes quero saber a verdade. Por que você quis fazer parecer que a gente tinha sequestrado o Terceiro Tio?

— Porque... eu só... estava tudo uma bagunça, e não conseguíamos falar com o Segundo Tio, aí o Grande Tio desapareceu e, sei lá, tivemos que bolar um plano de última hora pra encrencar vocês com as autoridades, tá bom? — confessa Staphanie. — Será que agora podemos ir e esquecer que tudo isso aconteceu?

— Não! — gritam várias pessoas ao mesmo tempo, e todos olhamos uns para os outros, perplexos.

— Pra começar, preciso saber por que vocês planejaram tudo isso. Sei que não estavam de fato atrás da Lilian. O que queriam de verdade? — pergunto.

Todos os olhos se voltam para Staphanie. Pela primeira vez, eu a vejo hesitar. Ela dá um pequeno passo para trás, alternando o olhar entre Ama e cada um de seus tios, nervosa.

— Não é da sua conta. Só solte meus tios.

— Conta pra gente agora ou todos morrem! — vocifera a Segunda Tia.

— Opa, Segunda Tia, eu não...

— Isso, se não contar pra nós, eu mato este aqui — diz a Grande Tia, marchando e parando atrás do Terceiro Tio com uma postura ameaçadora. — Somos máfia, você não mexe conosco.

O Terceiro Tio geme.

A Grande Tia levanta o braço, muito assustadora.

— Pare! É porque... porque... vocês matam meu único neto! — grita Ama, depois irrompe em lágrimas.

Soluços profundos e dolorosos estremecem seu corpo todo, uma tristeza tão devastadora que meus olhos se enchem de lágrimas.

— O quê? Como assim, matar neto? — pergunta a Grande Tia, então olha para nós como se dissesse "Como assim, cacete?". As outras tias balançam a cabeça e dão de ombros. A Grande Tia se aproxima de Ama e dá batidinhas em seu ombro. — Acho que você comete erro, *deh*.

É aí que a ficha cai: atroz, horrível e devastadora. Tão brutalmente ruim que quase caio de joelhos. O primo morto que Staphanie havia mencionado no aeroporto de Los Angeles. O primo de quem ela era próxima.

Minha voz sai em um sussurro rouco.

— É Ah Guan, não é? Seu neto é Ah Guan.

32

— Hã? Meddy, o que você diz? — pergunta Ma.

Nathan, mais rápido para ligar os pontos, olha para Staphanie sob uma nova luz de compreensão.

— Ele era seu primo?

Staphanie assente, o rosto uma combinação conflitante de ressentimento e exaustão.

— *Eh?* Quem é seu primo? — pergunta Ma.

— *Tch*, como pode ser tão devagar? — diz a Quarta Tia, ríspida. — É Ah Guan, né?

— Olha, acho que a senhora já pode parar de falar com esse sotaque — suplico, embora não saiba por que estou preocupada com *isso*.

— Ah Guan seu neto?! *Waduh.* Coisa demais — declara a Segunda Tia, depois entra em uma postura de Tai Chi, murmurando baixinho consigo mesma e balançando a cabeça.

Respiro fundo, mas juro que não entra nenhum ar. Meu Deus, a família do homem que matei está na minha frente, e a Segunda Tia tem razão. É coisa *demais*. Desde o incidente, consegui, em geral, seguir em frente ao lembrar a mim mesma que Ah Guan era um babaca. Uma vez, cheguei a pensar com Ma sobre a família dele — de repente comecei a me perguntar se ele tinha filhos ou algo assim, mas ela simplesmente fez um gesto para eu esquecer aquilo e disse "Não, rapaz tão ruim daquele jeito, como pode ter família?", e eu quis tanto acreditar que aceitei suas palavras na hora, sem mais perguntas.

Mas estávamos erradas. Porque aqui está ela. A família de Ah Guan. Tão parecida com a nossa que nem chega a ser engraçado.

— Ama... — começa Staphanie, estendendo os braços para a avó, que os afasta e continua chorando. — Olha só o que vocês fizeram — sibila Staphanie. — Isso vai matá-la. A ideia de acabar com vocês era a única coisa que dava forças para ela seguir em frente desde a morte de Ah Guan.

Minha mente gira.

— Por que vocês simplesmente não nos denunciaram pra polícia? E como sabiam que estávamos envolvidas, pra começo de conversa?

Tenho tantas perguntas para fazer que mal consigo organizá-las mentalmente.

— Nós sabíamos que Ah Guan tinha laços com a máfia. Quando ele apareceu morto, fomos até a ilha em busca de informações. Conversamos com o delegado, com os funcionários do hotel...

— Vocês falaram com meus funcionários? Mas temos uma política de não discutir o incidente com pessoas de fora — diz Nathan.

— Arranjei um emprego como lavadora de louças — explica Staphanie, séria. — Fiz amizade com outros funcionários e fofoquei *horrores* durante os intervalos.

— Você trabalhou no meu hotel? — pergunta ele, de queixo caído.

Todo mundo está boquiaberto a esta altura.

— Isso. Achei que era a melhor forma de conseguir informações. E consegui. Descobri muita coisa. Tipo que havia um grupo de mulheres asiáticas muito suspeitas carregando um cooler enorme pelo hotel no dia em que Ah Guan foi encontrado morto.

Juro que meu rosto inteiro está em chamas. Até a Grande Tia está contorcendo as mãos, cheia de culpa.

— Falaram que uma das mulheres asiáticas suspeitas era muito gostosa? — pergunta a Quarta Tia.

— Não.

Ma não consegue segurar uma risada de deboche. A Quarta Tia franze os lábios, dá de ombros e continua examinando as unhas.

— E algumas pessoas me disseram que aconteceu um roubo naquele mesmo dia. Os presentes da cerimônia do chá haviam sido roubados. Assim que descobri isso, soube que Ah Guan tinha alguma coisa a ver com a história.
— Ah Guan era bom menino. Nunca teve nada a ver! — interrompe Ama, irritada.
Staphanie suspira.
— Ama, acho que nós duas sabemos que ele devia estar envolvido, e foi por isso que foi assassinado. — Ela se vira para me olhar nos olhos. — Porque roubou a máfia.
O tempo congela. Planetas param de girar, só por um segundo. A Quarta Tia começa a gargalhar. Ma solta um "*Eh? Apa?*". Até a Segunda Tia pausa no meio da postura de Tai Chi.
— Ah Guan sempre teve uma… veia rebelde — continua Staphanie. — Estava sempre metido em algum esquema pra ganhar dinheiro rápido. Imaginei que havia roubado a máfia e que foi assassinado por isso. Quer dizer, até a forma como vocês o mataram, enfiando o corpo em um cooler, literalmente colocando-o na geladeira, é… — Sua voz falha e seus olhos se enchem de lágrimas. — É um método clássico de execução da máfia.
Levo um momento para recuperar a voz.
— A gente não…
— Sim, método clássico de execução da máfia. É o que vamos fazer com vocês se não obedecerem a gente — ameaça a Quarta Tia, passando uma unha afiada pelo pescoço.
— Para com isso, Quarta Tia. — Eu a encaro até ela revirar os olhos e dar de ombros, depois volto a olhar para Staphanie, tentando organizar meus pensamentos confusos. — Espera, mas se tinham tanta certeza de que havíamos assassinado Ah Guan, por que simplesmente não nos denunciaram pra polícia?
— Nós tentamos! — exclama Staphanie, e as lágrimas finalmente jorram. Ela pisca várias vezes para contê-las. — É óbvio que tentamos. Até falamos com o delegado, hum, McConnaughey?

— Delegado McConnell — murmuro, pensando no profissional incompetente responsável pela ilha inteira.

— Isso. Fomos falar com ele e levamos todas as evidências que eu tinha conseguido juntar. Ele riu até desistirmos e irmos embora. Me disse que eu precisava parar de mexer com aquilo, senão ele faria da minha vida um inferno e me denunciaria por um monte de merda inventada, tipo, hã, bisbilhotar? Sei lá. Basicamente, nos obrigou a desistir. Vocês molharam a mão dele, né? — diz ela, amargurada.

Franzo a testa para Nathan. Sei que estamos pensando a mesma coisa. Por que o delegado McConnell estaria do nosso lado? Então me ocorre que ele não está. Está do próprio lado, pois preencheu um relatório com a informação de que solucionou o caso da morte de Ah Guan e, se surgirem evidências refutando seu testemunho, vai perder o emprego e um salário generoso.

— Hum, não é o que vocês estão pensando — digo, ou pelo menos tento, porque, neste exato segundo, Ama dá um grito de gelar o sangue e investe contra a Grande Tia.

33

— Puta merda!
Não sei o que eu estava esperando. Mas pelo menos sei o que *nunca* esperei: uma mulher de setenta e tantos anos, cabelos grisalhos e babyliss partindo para cima de outra mulher de sessenta e tantos anos, cabelos grisalhos e babyliss. Outra coisa que nunca esperei? Que as duas de fato botassem pra quebrar.

Ama afunda as unhas no cabelo enorme da Grande Tia, que grita e distribui tapas a torto e a direito como se fosse uma máquina giratória. Staphanie pula no meio da briga, empurrando a Grande Tia para trás, e a Segunda Tia urra, um verdadeiro grito de guerra, e investe para atacar, seguida rapidamente por Ma e a Quarta Tia.

Nathan, até então congelado de choque, finalmente volta a si. Ele entra no meio do combate e tira Ama de cima da Grande Tia, porém, enquanto retém a senhora, é atingido pelas outras, que ainda estão estapeando-a. Uma mão de unhas perfeitas o acerta no rosto. Ele solta um "Ai!" e perde o equilíbrio. Ama se livra e avança mais uma vez sobre a Grande Tia. As duas tombam no chão com um baque alto e, de repente, o quarto fica envolto em uma nuvem de…

— Folhas de chá? — murmuro.
Pisco com força. No estado de pavor, exaustão e praticamente delírio em que me encontro, meu primeiro pensamento é: *A Grande Tia acabou de se metamorfosear em um leito de folhas?* Não teria sido a coisa mais maluca a acontecer hoje.

— Não são folhas de chá — murmura a Quarta Tia, então se vira e fuzila Ma com os olhos.

— *Apa?* Por que olha para mim?
— Estou olhando para a traficante local. Pelo amor de Deus, Nat, não imaginava que você traria um carregamento inteiro de maconha para a Inglaterra.
Ma arregala os olhos.
— *Eh? Apa?* Não faço isso.
Nathan tosse, agitando a mão na frente do rosto, e se agacha para ajudar a Grande Tia a se levantar.
— Tá todo mundo bem?
Depois que a Grande Tia se ergue, ele se abaixa e ajuda Ama, que deve estar atordoada demais para afastar a mão de Nathan, afinal aceita a ajuda. Em pouco tempo estão todas de pé outra vez, parecendo esgotadas.
O dragão-de-komodo no topo da cabeça da Grande Tia foi rasgado ao meio. Agora é possível ver que seu interior foi preenchido com pequenas folhas secas. Pego o pedaço quebrado do chão e o examino.
— Grande Tia, eu acho que... acho que o seu *fascinator* estava cheio de maconha.
— O quê? — exclama a Grande Tia, então bate no cabelo como se houvesse uma abelha zumbindo ao redor. A outra metade do chapéu cai e ela a chuta para o outro lado do quarto como se fosse uma barata. — Nat!
Todos encaram Ma, que encara de volta, apavorada.
— *Apa?* Por que todos olham para mim?
— Ma — digo, tentando manter o tom de voz gentil. — Esse tempo todo, eu tratei toda essa sua coisa de medicina tradicional chinesa como, sabe, medicina chinesa, mas acho que está na hora de fazermos uma intervenção a respeito do seu problema com as drogas.
— Que problema com drogas? Não sou eu! — diz ela.
— Tá bom, Pablo Escobar — debocha a Quarta Tia.
— Pablo Quem? — pergunta Ma, irritada. — Eu digo, não sou eu!

— Tá tudo bem, Ma. Não precisa ter vergonha. Vamos arranjar o melhor tratamento para você... — fala Nathan.

Enquanto todos se reúnem ao redor de Ma, tento conter as lágrimas. Eu falhei com ela. Andei tão focada nas minhas próprias merdas que ignorei completamente o fato de que minha mãe tem uma dependência química. E é tão ruim que ela está disposta até a colocar as próprias irmãs em risco, contrabandeando drogas nos chapéus delas! Que terrível! O que aconteceu com "família em primeiro lugar"? O que aconteceu com a mulher que se preocupava tanto com a reputação a ponto de insistir que eu cortasse frutas para minhas tias quando elas foram me ajudar a me livrar do corpo de Ah Guan? Isso é tão atípico de Ma.

TÃO atípico, na verdade, que talvez não tenha sido ela...

Não. Eu me recuso a criar esperanças. Não posso me dar ao luxo de me decepcionar outra vez, não hoje.

Ainda assim, olho ao redor, para o alvoroço enorme e para a bagunça em que o quarto se encontra. Estendo o braço e dou uma batidinha no ombro da Segunda Tia, que se vira.

— Segunda Tia, posso ver seu dragão-de-komodo, por favor? — pergunto com delicadeza.

Ela arregala os olhos.

— Você acha que ela esconde dentro do meu também?

Dou de ombros.

— A senhora se importa?

Ela abaixa a cabeça para que eu pegue o chapéu, e vejo a confusão de presilhas e grampos que mantêm o dragão-de-komodo no lugar, tão firme, que provavelmente vou levar meia hora para tirá-lo da cabeça dela. Então lembro que o Segundo Tio havia pedido para ver os *fascinators* meses antes do casamento, e de sua insistência hoje de manhã para se certificar de que os chapéus ficassem bem presos. Não liguei muito para isso na hora, distraída com outras coisas, mas agora sua atenção aos detalhes parece suspeita pra caramba.

— Não foi Ma. Foi ela — digo, apontando para Staphanie, que lança um olhar furioso para mim, sem palavras. — Ou eles. Não sei, faz parte do esquema todo. Vocês plantaram a maconha nos *fascinators*. Antes de sairmos, você não parava de perguntar se elas estavam levando os chapéus. Era parte do plano de vingança, não era? Isso e fazer parecer que a gente havia sequestrado o Terceiro Tio.

Staphanie parece prestes a discutir, mas Ama diz uma simples palavra, "Sim", e é o suficiente para todo o barulho do quarto sumir.

Silêncio.

— Foi a única coisa em que consegui pensar — acrescenta Staphanie, depressa. — Quer dizer, eu queria plantar cocaína, mas não sei onde arranjar, então pensei que talvez maconha fosse ruim o suficiente.

— Que tipo de mafiosa de meia-tigela não consegue arranjar cocaína? — murmura a Quarta Tia.

— Espera aí, então *esse* era o plano de vingança de vocês? Contrabandear maconha no chapéu da Grande Tia? — pergunto.

— É um plano um pouquinho patético — emenda a Quarta Tia, convencida.

Sério, essa mulher sabe ser antipática. Mas tem razão. Em termos de vingança, é bastante bobo.

Ama a fuzila com os olhos.

— É óbvio que não é só isso! Você... — Ela se dirige ao Grande Tio, que se encolhe. — Você tinha que morrer!

Uau. Todos os encaramos, horrorizados. Ok, essa parte do plano é bem mais pesada do que eu estava esperando.

— *Wah*, você mata próprio filho pra enquadrar nós? — retruca a Segunda Tia, com uma mistura de horror e fascínio no rosto.

— Não — grunhe Staphanie. — Óbvio que não. Ama viu *Garota Exemplar* e ficou muito inspirada. Pensamos que poderíamos fazer algo parecido. Era para o Grande Tio desaparecer no meio do casamento, aí nós acusaríamos você e faríamos os policiais investigarem toda a família. Imaginamos que vocês eram assassinas tão cruéis que os policiais com certeza encontrariam algo para incriminá-las.

— Operação Tio Desaparecido — diz a Quarta Tia, depois ri. Ninguém a acompanha. — Ah, essa foi boa, vai.

Minha cabeça está girando.

— Então o Grande Tio ia forjar a própria morte? Como isso funciona? É um plano a longo prazo. Ele por acaso ia voltar à vida?

— Era para se esconder com família aqui — resmunga Ama.

— Vocês têm família aqui? — pergunta a Grande Tia.

— É claro. Primo de sobrinho de marido de irmã *punya* primo — explica Ama.

A Grande Tia assente.

— Ah, família próxima.

— Então era para ele se esconder com seus parentes e depois o quê? Passar o resto da vida aqui? — digo, atônita.

Staphanie franze o cenho.

— Óbvio que não. Nós íamos armar o sequestro e depois, quando estivessem todas presas, ele ia ser "encontrado" amarrado em uma casa abandonada ou coisa do tipo. Foi por esse motivo que decidimos fazer tudo durante seu casamento. Bom, e também porque, quando descobrimos que você ia casar, nós meio que, hã, marcamos o casamento antes de ter um plano. A gente sabia que conseguiria pensar em algo se estivesse no controle da situação. Enfim, era para o Grande Tio começar uma discussão com uma de vocês durante o coquetel, aí entraríamos no seu quarto de hotel e forjaríamos uma cena para que todos pensassem que houve uma briga séria antes do desaparecimento do Grande Tio.

— Nossa — diz Nathan.

— Mas aí o Segundo Tio desapareceu...

— Era para você achar ele! — vocifera Ama para o Grande Tio, que se encolhe. — Coisa tão pequena também não consegue fazer.

Ele geme contra a mordaça e parece tão arrependido que, apesar de tudo, fico com pena.

— Não é culpa de Grande Tio se a gente deu uma coça nele — argumenta a Quarta Tia.

Staphanie respira fundo.

— Enfim, o Segundo Tio e o Grande Tio desapareceram, e aí o *fascinator* desapareceu também... sei lá. Entramos em pânico. Aí, no último segundo, fizemos o Terceiro Tio fingir que tinha sido sequestrado para convencermos a polícia a vasculhar os quartos de vocês. Não imaginamos que...

— Sem ofensa, mas o plano de vocês tem uns furos enormes... — interrompe a Quarta Tia.

— Eu sei, tá bom? Não foi fácil bolar um plano pra derrubar vocês, e esse foi o melhor que conseguimos. Estávamos sofrendo e desesperadas e só queríamos, sei lá, fazer vocês pagarem pelo que fizeram com Ah Guan.

— Não acredito que vocês vieram tão longe pra nos enquadrar — digo.

Sinceramente, não sei se estou impressionada ou horrorizada.

— Ah Guan meu único neto — fala Ama de repente, voltando a chorar. Apesar de tudo o que aconteceu, ver esta senhora poderosa e altiva reduzida a nada além de pesar é uma tortura. — Fazemos qualquer coisa por ele.

Toda a raiva se esvai de meu corpo. Consigo sentir o mesmo acontecendo com Ma e as tias. É óbvio que a família de Staphanie faria de tudo por Ah Guan, assim como Ma e minhas tias fariam — e já fizeram — por mim. Eles seriam capazes de cometer qualquer crime para nos salvar. Qualquer plano, mesmo um terrível e cheio de falhas, é o suficiente para que a família entre em ação.

— Vocês matam ele, por quê? Só porque rouba joias de você? Joias valem matar?

— Não foi por isso — sussurro.

— Ele rapaz tão bom...

— Não foi por isso! — Desta vez, minha voz sai estridente. Eu me forço a continuar mesmo sabendo que vou estilhaçar os resquícios do coração de Ama. — Ah Guan morreu porque estava tentando me atacar. Ele estava dirigindo e não parou quando eu pedi, depois me levou pra um lugar abandonado e, meu Deus, eu estava tão assustada. Disparei meu taser nele, o carro bateu e...

Quando minha voz falha, Nathan passa o braço por meus ombros para me confortar.

— Você disparou o taser nele? — pergunta Staphanie. A ficha cai. — No aeroporto, você disse que seu taser já tinha salvado sua vida uma vez. Era disso que estava falando? — Eu assinto, e ela ergue o rosto para o teto, tentando conter as lágrimas. — Ele ia... hum, ele ia...

— É — confirmo, baixinho. — Eu disse pra ele parar, mas ele não me escutou.

— Merda — murmura Staph baixinho, então se vira de costas. Não consigo ver seu rosto, mas ela está balançando a cabeça.

— Não, tudo isso mentira — diz Ama, incrédula. — Meu Ah Guan é rapaz bom, melhor rapaz. Nunca faz coisa desse tipo!

— Não, Ama — retruca Staphanie. — Não. Sinto muito, mas ele faria. Ah Guan era um amor com a senhora, mas não era um "bom rapaz". Sinto muito, Ama.

— Não! O que você sabe?! Você não sabe nada! Ah Guan sempre foi bom menino, sempre traz minha comida preferida, toda segunda faz compras para mim em mercado Ranch 99, sempre compra linguiça boa para mim e...

— Bok choy, char siu bao, kangkong, leite de soja — acrescenta Staphanie.

Os lábios de Ama param de se mover, então ela fecha a boca enquanto a neta enumera uma longa lista de itens de supermercado.

— ... e maçãs fuji. Não é?

Ama apenas a encara, em silêncio.

— Eu sei, Ama — diz Staphanie, baixinho. — Porque nunca era Ah Guan que comprava. Era eu. Sempre fui eu. Ah Guan amava a senhora do jeito dele, mas não era responsável, nem atencioso, nem nada do que a senhora achava. — Ela olha para mim e aponta para os tios. — Posso?

Assinto, então ela se aproxima deles e tira a meia da boca do Segundo Tio.

— Conta pra ela, Segundo Tio.

O Segundo Tio lambe os lábios e diz em uma voz rouca:

— Staph está certa. Sinto muito, Ma. Ah Guan não é bom rapaz. Sempre encobrimos as bagunças dele.

— É nossa culpa — emenda o Grande Tio assim que Staph tira a meia que o amordaçava. — A gente sabe que ele seu preferido, então quer deixar senhora feliz, não ver que ele é rapaz tão ruim.

— Passávamos mão na cabeça dele — completa o Terceiro Tio.

— Isso aí, seus irresponsáveis — censura a Quarta Tia.

Ma faz um "shh" para a irmã.

— Mas Ah Guan sempre cuida de mim — diz Ama, baixinho. — Compra celular para mim...

— Isso fui eu — responde o Terceiro Tio. — Dissemos para a senhora que era presente de Ah Guan para convencer a senhora a aprender a usar.

— Ah Guan era muito bom em parecer bom — diz Staphanie com delicadeza. — E é, nós passávamos a mão na cabeça dele.

— Não pensamos que ele tão ruim a ponto de atacar mulher — murmura o Grande Tio, então olha para mim e depois para o chão.

— Sinto muito, Meddy — fala Staph, respirando fundo. — A gente não imaginava que...

— Tudo bem. Vocês não tinham como saber.

Olhamos para Ama, que parece ter encolhido nos últimos minutos. Staphanie se aproxima e a abraça.

— Ama...

A voz de Ama sai em um sussurro hesitante.

— É minha culpa.

— Não, Ama...

— Porque os pais se foram, então eu crio Ah Guan, mimo, por isso ele fica assim.

— Sim, um pouco culpa sua — diz a Grande Tia. Faço uma careta, tentando pedir a ela que fique fora disso. — Mas mais culpa de Ah Guan mesmo. Talvez sim, você mima, mas ele também precisa ter, sabe, *sadar diri*.

Consciência dos próprios atos.

As duas mulheres se encaram por um segundo até Ama assentir. A atmosfera do quarto muda. É como voltar à superfície para respirar depois de um longo mergulho.

— Podemos desamarrar meus tios agora? — pergunta Staph.

— Ah, sim, com certeza — digo. — Espera, quer dizer, presumindo que esteja tudo bem entre nós e vocês não estejam tentando nos enquadrar como traficantes-barra-sequestradores?

Staph suspira e balança a cabeça.

— Paramos por aqui.

— Espera, não podemos confiar neles! São máfia! — exclama Ma.

Staph faz uma cara confusa.

— Ah, vocês realmente acreditaram, hein?

— O quê? — Todo mundo para e se encara. Sinto que andamos fazendo isso bastante ao longo da última hora. — Vocês *não* são da máfia?

Ela grunhe e olha para a própria família.

— Viu só? Eu disse pra vocês que ela tinha acreditado. — Ela revira os olhos. — Só falei isso pra você ficar com medo de cancelar o casamento. Entrei em pânico quando você ouviu minha ligação. Tinha que dar um jeito para você não cancelar tudo.

— O QUÊ?

Eu não sabia que tinha sobrado ar em meus pulmões depois de tantas revelações surpreendentes, mas estou ofegante de novo. Passei muito tempo pensando nela como uma amiga, então, de repente, tive que mudar minha percepção e tratá-la como uma mafiosa. De alguma forma, consegui acreditar nisso tão profundamente que tratar Staph como uma pessoa normal outra vez é... esquisito pra caramba. Minha mente se debate com a ideia. Repasso todas as minhas memórias do dia de hoje.

Quando o Segundo Tio chegou para fazer nosso cabelo e maquiagem ficamos apavoradas de deixá-lo nos tocar porque "MÁFIA!". Então, decidimos sequestrá-lo porque, afinal, o que mais poderíamos fazer com um mafioso? E depois — que absurdo — pegamos seu celular para descobrir quem era o alvo do assassinato...

— E o assassinato? — sussurro.

Staph dá de ombros.

— Já falei, tive que pensar em alguma coisa na hora. Foi o melhor que consegui inventar. Sei que foi um pouco exagerado...

Agora que sei de toda a verdade, estou tipo, "*É, foi bastante exagerado!*". Por que a máfia tentaria apagar um alvo em um casamento? Não faz o menor sentido! Há tantas testemunhas, tantas formas de dar errado. É uma ideia ridícula.

O restante do meu cérebro concorda porque, de repente, uma risada me escapa. Todo mundo me olha como se eu tivesse finalmente perdido a cabeça, e não consigo parar de rir. Inclino o corpo para a frente por causa da força do riso, apertando a barriga.

— Você tá bem? — pergunta Nathan, e tento dizer a ele que sim, mas estou rindo demais para falar qualquer coisa coerente.

— ... A gente... pensou... matar Lilian!

Arfo entre uma risada e outra. A Grande Tia funga.

— Sequestramos Grande Tio e Segundo Tio porque pensamos que eram muito perigosos!

— E batizamos champanhe com Mary-Joanna — acrescenta a Segunda Tia.

— E aí acabamos drogando nós mesmas! — exclama Ma.

— Pelo menos a sensação foi boa — diz a Quarta Tia.

As outras olham para ela e então, todas ao mesmo tempo, perdem a compostura, se curvando de tanto rir.

Eu me junto a elas, passando um braço pelos ombros trêmulos de Ma e o outro pelos da Quarta Tia. Rimos até chorar. Puxo Nathan para um abraço. Ele ri e se junta, abraçando todas ao mesmo tempo. A família de Staph parece confusa, mas não me importo mais. Neste momento, descobri algo muito importante: sou exatamente como a minha família.

Acho que uma pequena parte de mim sempre pensou que eu fosse melhor de alguma forma: mais moderna, mais educada, mais sensata. Que não era tão agitada, tão extravagante ou tão barulhenta. De muitas maneiras, eu *sou* diferente. Falo um inglês impecável. Não fervo ervas chinesas em bebidas que forço os outros a beberem. Não faço chantagem emocional com as pessoas que amo para obrigá-las a fazer o que eu quero. Não grito sem necessidade, falo em um tom de voz normal e procuro me misturar em vez de me destacar.

Mas agora percebo que todas essas diferenças são superficiais. No fundo, sou o fruto de minha família. Por dentro, sou exatamente igual. Por exemplo: todas nós compramos essa história de máfia fácil demais. Qualquer pessoa, alguém normal, teria encontrado tantos furos na história de Staphanie que não teria acreditado. Nathan provavelmente teria percebido. Talvez. Vou ter que perguntar mais tarde. No mínimo, ele me contaria a verdade em vez de esconder tudo, e depois teria se sacrificado e ido à polícia. Tudo poderia ter dado certo de tantas formas, mas cada uma de minhas ações me mostrou que sou de fato a filha da minha mãe. Quer dizer, exceto pela tendência que ela e as irmãs têm de minimizar a seriedade de um assassinato e de fazer picadinho de uma pessoa.

E eu amo isso. Algumas — ok, a maioria — de nossas escolhas foram questionáveis, mas aqui estamos nós, com tudo resolvido de alguma forma. Conseguimos sobreviver. É isso que minha família sempre me ensinou. Ao longo dos anos, à medida que os homens partiam um a um, Ma e minhas tias me ensinaram o que significa recolher os pedacinhos quebrados de sua vida e seguir em frente até tudo ficar bem outra vez. Independentemente de qualquer coisa, nunca questionei nem uma vez sequer se elas estariam do meu lado ou não. Simplesmente presumi que estariam. Porque eu sei que elas estariam. Até a Quarta Tia, que sempre manteve uma rivalidade com Ma, esteve ao meu lado em todos os momentos.

Abraço todas com força e digo que as amo. De canto de olho, vejo Staph e os tios também abraçando Ama com força enquanto ela se desfaz em seus braços, lamentando a perda do neto mais uma vez. Eu me viro para dar a eles um pouco de privacidade e encontro os olhos de Ma. Ela assente e me lança um sorriso, um que volta no tempo e me mostra seu rosto de trinta anos atrás.

É exatamente igual ao meu.

— Então — diz Nathan, me entregando uma bebida gelada.

Tomo um gole e solto um suspiro de alegria.

— Que delícia.

— É flor de sabugueiro com gim. E não é "delicioso", é "primoroso".

— Foi mal. É muito primoroso.

— Não, não se diz "muito primoroso"; é só "primoroso".

Dou risada e tomo outro gole.

— Obrigada. Estava precisando de uma bebida forte depois de hoje.

— É.

Ele se senta a meu lado na cama e desfaz a gravata-borboleta, o que é inexplicavelmente sexy.

— Então eu te devo um pedido de desculpas — digo.

Nathan inclina a cabeça para mim e franze a testa.

— Por não ter sido honesta desde o começo. Assim que Staph me disse que era da máfia, eu deveria ter te contado tudo.

— É, deveria. — Ele fala de um jeito casual, sem qualquer malícia na voz. — Mas deu tudo certo, e fico feliz. Quer dizer, estou aliviado. Por favor, promete que vai me contar a verdade da próxima vez que algo assim acontecer?

Não consigo segurar a risada.

— Da próxima vez que alguém me disser que é da máfia e está planejando assassinar alguém no nosso casamento?

O rosto de Nathan fica sério quando ele responde:

— Bom, não exatamente essa situação. Olha, sempre vai surgir alguma merda. E vou estar tão afundado nela quanto você. Sou tão conivente quanto você com toda essa história do Ah Guan...

— Não é, não.

Ele dá de ombros.

— Bom, se você cair, eu caio. Estamos juntos nessa. Para sempre, Meddy. — Ele toma minha mão. — Sou seu marido.

Meus braços se arrepiam e um calor irradia da minha barriga à ponta de meus dedos.

— É, é mesmo.

Não consigo conter o sorriso que toma meu rosto.

— Então, por favor, me conta a verdade na próxima vez que se meter em encrenca, tá bom?

— Prometo. Me desculpa mesmo, Nathan.

— Não precisa pedir desculpas. Sei que estava tentando me proteger. Só quero que você entenda que consigo lidar com todos os crimes em que você e a sua família estão sempre se envolvendo.

— Crimes?

Dou uma risada, mas percebo que ele tem razão: não somos exatamente cidadãs exemplares.

— Juntos nessa? — diz Nathan.

— Juntos.

Eu me inclino e o beijo. Ele se inclina para mim, os lábios macios contra os meus, e eu mal percebo quando a taça escorrega de minha mão e cai com um baque estridente no carpete grosso.

Epílogo

Sinto a mão de Nathan quente e firme segurando a minha enquanto descemos as escadas. Sinto como se estivesse vivendo a música "Walking on Sunshine". A cada passo, tenho certeza de que meus pés não tocam o chão. Meu corpo está leve; a gravidade parou de funcionar, sério.

Estou casada. Não interessa que nosso casamento tenha sido basicamente um desastre que todo mundo vai usar como exemplo do que não fazer. Nada disso importa. A única coisa que importa é que acordamos hoje de manhã como marido e mulher. Enquanto escovávamos os dentes nas pias "dele" e "dela", ele me chamou de "Sra. Nathan Chan" e eu o chamei de "Sr. Meddelin Chan" e abrimos sorrisos cheios de espuma um para o outro.

— Pronto? — pergunto enquanto entramos no restaurante.

Ele assente e reprime um bocejo.

— Tá precisando de um café, hein — digo.

— É, não consegui dormir muito ontem à noite.

Ele aperta minha mão com um sorriso.

Ainda estamos sorrindo feito dois idiotas quando a mãe dele nos vê e acena com uma expressão de pânico. Dá para entender por que está tão ansiosa para nos juntarmos ao resto da mesa — Ma e as tias chegaram antes de nós e estão usando trajes ridículos que combinam entre si, incluindo, óbvio, chapéus igualmente ridículos, com pequenos orangotangos em poses variadas, mas essa nem é a pior parte. Não, a pior parte é que os orangotangos, assim como Ma e minhas tias, estão todos trajados com o icônico xadrez Burberry. Estou falando de tartã bege da cabeça aos pés, com o logotipo da Burberry por toda parte — peito, costas, braços, coxas e até sapatos.

Normalmente, eu estaria morrendo de vergonha e querendo me esconder em um buraco, mas apenas contenho um sorriso. Porque agora vejo que elas não estão tentando me envergonhar. Que isso não tem nada a ver comigo. Minha família nunca seguiu padrões. Elas não se importam com a forma com que os outros as veem. Estão apenas aproveitando ao máximo a viagem à Inglaterra, abraçando tudo a respeito do lugar e se divertindo como nunca. Como não amar isso?

— Oi, Ma — digo, dando um beijo em sua bochecha.

Cumprimento todos na mesa e faço questão de ignorar os olhares de pânico de Annie. O que ela quer que eu faça, afinal? Mandar minha família sair da mesa e se trocar?

Ma abre um sorriso malicioso para Nathan quando ele a cumprimenta.

— Nathan, seu bom menino — fala ela, dando batidinhas carinhosas em seu bíceps. — Vocês dois já fazem netinhos para mim?

Annie se engasga com seu Earl Grey. Chris toma um gole generoso de sua mimosa. Nathan, que já tem mais experiência com minha família, apenas ri e diz a ela que amou o visual. Olho para ver se está sendo irônico ou maldoso, mas seu sorriso para Ma e minhas tias é genuíno, e meu coração infla porque sei que ele chegou à mesma conclusão que eu. Nathan ama o fato de que minha família se joga de cabeça, e nós amamos a paixão com que acolhem tudo.

Nós nos acomodamos, mas, antes de tomarmos um gole do café, Ma me cutuca. Ergo a cabeça e vejo Staph vindo em nossa direção. Sinto um aperto no peito.

— Oi, pessoal — cumprimenta ela, abrindo um sorriso hesitante.

Para Annie e Chris não acharem nada estranho, nós a cumprimentamos também.

— Só queria me despedir. Estamos indo pro Heathrow.

— Bom, muito obrigada pelo trabalho — diz Annie. Ela olha ao redor da mesa, provavelmente intrigada por que nenhum de nós reforça o elogio. — Foi um prazer ter você e a sua família no casamento, não é?

— Uhum — murmura a Quarta Tia, examinando as unhas e cerrando os lábios.

Um silêncio dolorosamente constrangedor se segue.

— Enfim. Até mais — diz Staph, e vai embora.

A sensação estranha em meu peito cresce até que não consigo mais suportar. Saio correndo atrás dela.

— Staph, espera. — Eu a alcanço na porta. — Tenho uma última pergunta.

Ela me olha com expectativa.

— Para fornecedores falsos, vocês até que conseguiram organizar um casamento incrível. Quer dizer, tirando os sequestros e tudo o mais...

— Ah, sim — diz Staph com um sorriso torto. — Nós fizemos uma pesquisa extensa antes da reunião com vocês, mas o Segundo Tio mergulhou de cabeça em toda a parte de cabelo e maquiagem por causa da Segunda Tia. O Grande Tio não dava a mínima pra flores, então encomendamos de um fornecedor de casamentos local. E Ama simplesmente tem um talento natural pra mandar nas pessoas. Acho que teria sido uma excelente cerimonialista. Não sei quão bem o Terceiro Tio teria se saído como MC. Na verdade, ele é dentista.

Eu a encaro, de queixo caído.

— Dentista?

— É, tem um consultório em Arcadia.

— Uau, então tá.

— Então, o que você queria me perguntar?

Hesito, depois vou em frente.

— Bom, teria sido muito fácil deixar o dia inteiro ser um desastre do começo ao fim. Quer dizer, tá, você estragou mesmo todas as nossas fotos, não que eu esteja brava nem nada do tipo...

— Sinto muito por isso — diz ela, fazendo uma careta.
— ... mas todo o resto estava deslumbrante. As decorações, a comida, o bolo, a música. Por que vocês não arruinaram o casamento inteiro?
— Ah, isso. Você sabe como Ama é, orgulhosa demais pra fazer qualquer coisa malfeita.
Eu a encaro.
— Sério?
— É, em parte foi isso, mas também porque queríamos ter certeza de que os convidados iriam achar tudo normal e natural. Não era para ninguém suspeitar de nós.
— Entendi.
Acho que faz sentido. E, de um jeito estranho, consigo ver a Grande Tia se orgulhando de realizar um casamento falso com sucesso, mesmo que seja um casamento falso em que ela planeja destruir a vida dos noivos.
— Enfim...
— É. — Olhamos uma para a outra por um instante. — Hum. Só queria dizer que... — O quê? Tem tanta coisa que eu quero falar, e ao mesmo tempo nada é o suficiente. — Eu... hum. Sinto muito.
E sinto mesmo, por muita coisa.
Os olhos de Staph brilham com lágrimas, e percebo que os meus também. Ao longo dos últimos meses, ela se tornou mais do que apenas minha fornecedora de casamento, se tornou minha amiga. Uma confidente e uma fonte de apoio emocional. Alguém que me entende de verdade, porque sua família é exatamente igual à minha. Agora percebo que, embora tenhamos resolvido o conflito insano e secreto entre nós, as coisas nunca vão voltar a ser como eram antes. Nossa amizade está morta e enterrada, e eu estaria mentindo se dissesse que não fiquei um pouco triste.
— Eu sei — diz ela, então estende a mão. — Paz?
— Paz.
Apertamos as mãos.

— Se você souber de alguém que precisa de uma fotógrafa de casamento... — diz ela.

Meu sorriso desaparece.

— Muito cedo pra fazer piada?

— Demais.

Mesmo assim, algo próximo a um sorriso se passa entre nós e, quando ela vai embora, leva um pedaço do meu coração. Mas só um pedacinho.

Quando volto para a mesa, a Grande Tia está importunando Nathan, perguntando o que ele acha das roupas delas.

— Você gosta mesmo ou não? — pergunta ela, a boca meio cheia de bacon.

Qual é a dos sino-indonésios e nossa incapacidade de parar de falar enquanto mastigamos?

— Sim, é muito... autêntico.

A Grande Tia assente para a Segunda Tia, que se curva e pega um pacote debaixo da cadeira depois se levanta e o entrega a Nathan com a mesma solenidade com que a rainha concede um Ovo Fabergé a um de seus súditos.

— Presente para lua de mel.

— Não precisava — diz Nathan.

A Grande Tia abana a mão.

— Você diz sem cerimônia de chá, então não podemos dar envelope vermelho. *Ya sudah*, fazemos igual pessoas brancas, damos presente, não dinheiro, tudo bem?

— Aqui um para você também — diz Ma, me entregando um pacote idêntico. — Abre.

— Agora? — digo.

Que pergunta idiota. É claro que é para abrir agora. Com as mãos trêmulas, desembrulho o pacote com cuidado. Nathan simplesmente rasga o papel. Não imaginava que nossos olhos podiam se arregalar ainda mais, e quando finalmente abrimos as caixas, ficamos sem palavras.

Porque ali dentro há...

— Uau — diz Nathan, erguendo uma camisa indonésia tradicional. Porém, em vez do tecido típico com estampa batik, a peça foi feita com a estampa xadrez da Burberry. Ou melhor, a parte da frente ostenta o tartã bege, marca registrada da Burberry, enquanto a parte de trás foi confeccionada com uma estampa batik elaborada. Juro que ela me deixa cega. Levanto a minha. — Isto é muito... interessante — arrisca ele em um tom meio horrorizado.

— Uau, um qipao da Burberry — acrescento, segurando meu presente a uma distância segura e lembrando a mim mesma para manter o sorriso no rosto.

— São muito... hã, muito, hã... — começa Nathan — tradicionais?

— Sim, exatamente! — exclama a Grande Tia, alegre. — Veja, simboliza casamento entre inglês e sino-indonésia.

Annie e Chris, assim como os outros clientes do restaurante, encaram as criações medonhas de queixo caído.

— Deve ter custado tão caro — diz Nathan. Mas apesar do constrangimento, não resta a menor dúvida de que não apenas vamos ficar com os trajes horrorosos, como também usá-los e tirar um milhão de fotos.

— *Aduh*, Meddy, você esquece coisa dentro de caixa! — avisa Ma.

— Esqueci?

Pego a caixa e, dito e feito, há mais alguma coisa dentro. Eu a tiro e toda a tensão deixa meu corpo de imediato. Ao meu lado, sinto que Nathan também relaxa.

Porque estou segurando uma tunicazinha idêntica. De um bebê.

— Ah, Ma — sussurro, e dou um abraço apertado nela. — Sua maluquinha, amo você — murmuro em seu cabelo.

— Obrigado — diz Nathan, dando um abraço em Ma e em minhas tias. — Amamos os presentes. Mas, *por favor*, não nos deem mais nada.

— Espera, as senhoras disseram que estes presentes são para nossa lua de mel? — pergunto.

Ma e minhas tias trocam olhares matreiros entre si.

— Não entendi. Nathan e eu vamos passar a lua de mel na Europa mês que vem, lembram?

Um nervosismo cresce dentro de mim.

— Ah, sim, claro, e depois... — começa Ma, colocando a mão dentro da bolsa e tirando um pedaço de papel. — Depois vão para Jakarta! Bem a tempo para Ano-Novo Chinês!

— Sim, e todos seus primos vão estar lá! — continua a Segunda Tia. — Dizemos para eles que foram tão mal-educados por perder casamento que é melhor ir para Jakarta para Ano-Novo Chinês, senão...

Ela estreita os olhos em uma expressão ameaçadora, e estremeço mentalmente só de pensar na encrenca em que meti meus primos. Achava que tinha feito um favor a eles por liberá-los do casamento, mas pelo jeito o tiro saiu pela culatra.

— Olha, já compramos passagem para vocês dois!

Nossos queixos caem e fico estática diante do itinerário na mão estendida de Ma. O papel diz:

Primeiro passageiro: Meddelin Chan
Segundo passageiro: Nathan Chan
Rota: LAX (Los Angeles) com destino a CGK (Jakarta)

— Aham — diz a Grande Tia, sem se dar ao trabalho de disfarçar como uma tosse. — Vocês notam que é passagem classe executiva ou não?

São de fato passagens de classe executiva. Balanço a cabeça devagar, sem saber o que dizer.

— Que incrível! — exclama Nathan, o sorriso devorando metade do rosto.

— É? — digo.

— Não é a palavra que eu usaria — murmura Annie.

— Sempre quis conhecer o lugar de onde a sua família veio — explica Nathan. — É óbvio que é. Existe um momento melhor pra irmos do que na nossa lua de mel? Posso pensar em um jeito de trabalhar remotamente enquanto viajamos. Podemos ir pra Bali, e talvez pras ilhas Komodo, e talvez pras Mil Ilhas... mal posso esperar. Meu Deus, é o melhor presente do mundo. Muito obrigado.

Ele dá a volta na mesa e abraça Ma e cada uma de minhas tias. Enquanto observo, me ocorre que meu marido (marido!) está tão feliz por poder conhecer minhas raízes que é estranho nós nunca termos pensado na possibilidade de visitar a Indonésia. Acho que uma parte de mim sempre quis ir, mas imaginei que ninguém jamais iria querer visitar aquela parte do mundo; que motivo teriam para isso? A maioria dos californianos nem sabe onde fica a Indonésia, acha que faz parte do Vietnã, do Camboja ou coisa do tipo. Mas eu também não era capaz de encontrar algum desses países no mapa, foi preciso Ma e minhas tias para isso acontecer. É como se tivessem dado uma espiadinha nos recantos mais profundos do meu coração e descoberto o que eu queria antes que eu mesma percebesse. Como sempre.

Sorrio para minha família.

— Então vamos pra Indonésia.

Ma dá um gritinho de alegria.

— *Aduh*, Mama tão feliz. Todo mundo também tão feliz, temos comemoração de Ano-Novo Chinês, você conhece todo mundo. Talvez fazer segunda festa de casamento lá, para todo mundo poder ir?

— Hum... — murmuro.

Ela faz um gesto para eu deixar o assunto de lado.

— Certo, discutimos depois. Indonésia! Você vai amar.

Nathan sorri para mim.

— Mal posso-esperar.

Então ele se inclina para me beijar e tudo derrete. E sei que, seja lá o que o futuro me reserva, vou ficar bem, porque tenho minha família maluca e este homem perfeito ao meu lado.

Agradecimentos

Assim como em *Disque T para titias*, tenho tantas pessoas para agradecer, pessoas sem as quais este livro não existiria. Escrevi *Quatro titias e um casamento* assim que minha editora dos sonhos comprou os direitos de publicação do primeiro livro. Sabia que eles desejavam uma continuação, então quis escrever a história enquanto *Disque T para titias* ainda estava fresco em minha mente. O que não previ foi quão difícil é criar uma continuação. Sou muito grata à minha maravilhosa agente, Katelyn Detweiler, por me apoiar tanto enquanto eu choramingava sem parar sobre como o processo era horrível. Sempre que penso em Katelyn, eu a vejo com um arco-íris acima da cabeça, além de brilhos, glitter e tudo o que há de bom no mundo.

Já falei que Cindy Hwang é minha editora dos sonhos e reafirmo a declaração: trabalhar com ela é realmente um sonho realizado. Seus comentários não apenas poliram os dois livros sobre as tias como garantiram que eu abordasse o aspecto cultural da forma mais respeitosa possível. Nas duas vezes, Cindy entendeu tudo que eu estava tentando fazer, e trabalhar com ela foi extremamente natural e prazeroso.

A editora Berkley conta com alguns dos profissionais mais brilhantes do mercado, e tenho muita sorte de poder trabalhar com eles. Erin Galloway, Dache Rogers e Danielle Keir conseguiram fazer uma divulgação do livro extraordinária. Jin Yu e a equipe de marketing sempre bolam o conteúdo mais atrativo! E Angela Kim trabalhou pesado para coordenar tudo.

Também agradeço o restante da equipe da Jill Grinberg Literary Management — Sophia Seidner, Denise Page e Sam Farkas, por cuidarem de todas as coisas enlouquecedoras por mim. E são tantas coisas enlouquecedoras que eu estaria de verdade perdida sem vocês.

Como sempre, meus amigos de escrita são minha rede de apoio, a família que escolhi. Toria Hegedus, sempre gentil, carinhosa e maravilhosa; SL Huang, brilhante e atencioso; Elaine Aliment, a mais sábia dos líderes; Tilly Latimer, que está criando o futuro presidente do mundo inteiro; Lani Frank, a leitora mais atenta e atenciosa; Rob Livermore, que sempre nos faz rir; Mel Melcer, que continua sendo uma inspiração; e Emma Maree, a pessoa mais doce do mundo.

Um enorme obrigada à Laurie Elizabeth Flynn, a pessoa que tenho certeza que será a próxima Gillian Flynn e que me mantém sã ao ouvir minhas reclamações e lamúrias sobre tudo, todo dia. Ao meu grupo do Untitled Authors: Nicole Lesperance, que escreve as histórias mais deslumbrantes; Margot Harrison, que escreve as histórias mais assustadoras e perturbadoras; Marley Teeter, que está prestes a nos arrebatar com seu livro; e Grace Shim, cujo livro para jovens adultos será destaque em 2022. Obrigada também à Kate Dylan, que consegue fazer comentários valiosos apesar de se descrever como três guaxinins dentro de um casaco fingindo ser uma autora.

Meu marido, Mike, já teve que aguentar muita coisa ao longo dos anos, mas principalmente uma quantidade inacreditável de emoções intensas (Entusiasmo! Ansiedade! Alegria! Estresse!) no ano passado, durante a montanha-russa que foi a publicação de *Disque T para titias*. Durante esse tempo, ele permaneceu paciente e inabalável, e me deu um apoio imenso. Não sei direito como conseguiu, mas sou grata por isso.

A minha Mama e meu Papa, que também me apoiaram muito de todas as formas possíveis. Minha mãe reuniu as amigas para um ensaio fotográfico para o lançamento de *Disque T para titias* e começou a planejar outro para o lançamento de *Quatro titias e um casamento*. Vamos ver se consigo arranjar um vestido de casamento para as fotos, mas, se não der certo, saibam que não foi por falta de esforço da minha mãe! Ao restante da minha família, os Sutanto e os Wijaya, por ler meus livros e me dar muito amor e encorajamento. Muito obrigada por sempre estarem ao meu lado.

E, por último, mas não menos importante, obrigada aos meus leitores. Muitos de vocês leram *Disque T para titias* e entraram em contato para me dizer o quanto amaram o livro, como a história os fez lembrar de suas próprias tias, independentemente de suas origens. Li e amei cada uma das mensagens que recebi e vou guardá-las com carinho para sempre.

- intrinseca.com.br
- @intrinseca
- editoraintrinseca
- @intrinseca
- @editoraintrinseca
- editoraintrinseca

1ª edição	JUNHO DE 2023
impressão	LIS GRÁFICA
papel de miolo	PÓLEN NATURAL 80 G/M²
papel de capa	CARTÃO SUPREMO ALTA ALVURA 250 G/M²
tipografia	ARNO PRO